ABENTEUER Mittelalter

3

Rolf Heinrich Lampe, geboren 1948. Im Emons Verlag bereits erschienen: »Die Spur der eisernen Reiter« und »Der Ring des Thor«.

Dieses Buch ist ein Roman. Die Handlung ist frei erfunden, aber im historischen Umfeld eingebettet.
Eine Erläuterung der Namen und Begriffe findet sich auf Seite 189–203.

Rolf Heinrich Lampe

Im Schatten des Königs

Emons Verlag

Umschlaggestaltung: Atelier Schaller, Köln
Umschlagzeichnung: Heribert Stragholz
Umschlaglithografie: Media Cologne GmbH, Köln
Druck und Bindung: Clausen & Bosse GmbH, Leck
Printed in Germany 2003
ISBN 3-89705-293-8

www.emons-verlag.de

Für P., der mir das Leben rettete.

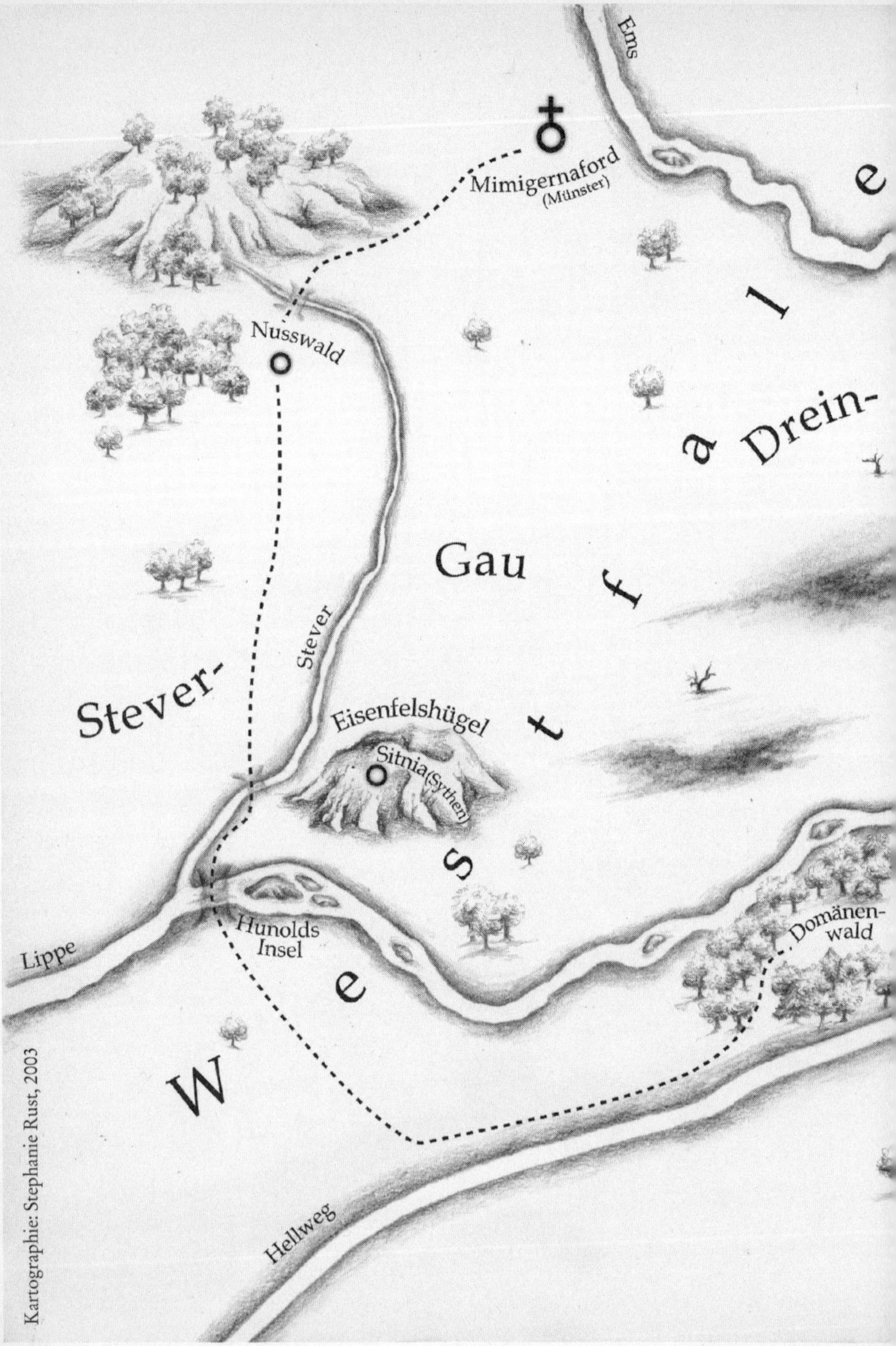
Ems
Mimigernaford
(Münster)
Nusswald
Westfalen
Drein-
Gau
Stever-
Stever
Eisenfelshügel
Sitnia (Sythen)
Lippe
Hunolds
Insel
Domänen-
wald
Hellweg
Kartographie: Stephanie Rust, 2003

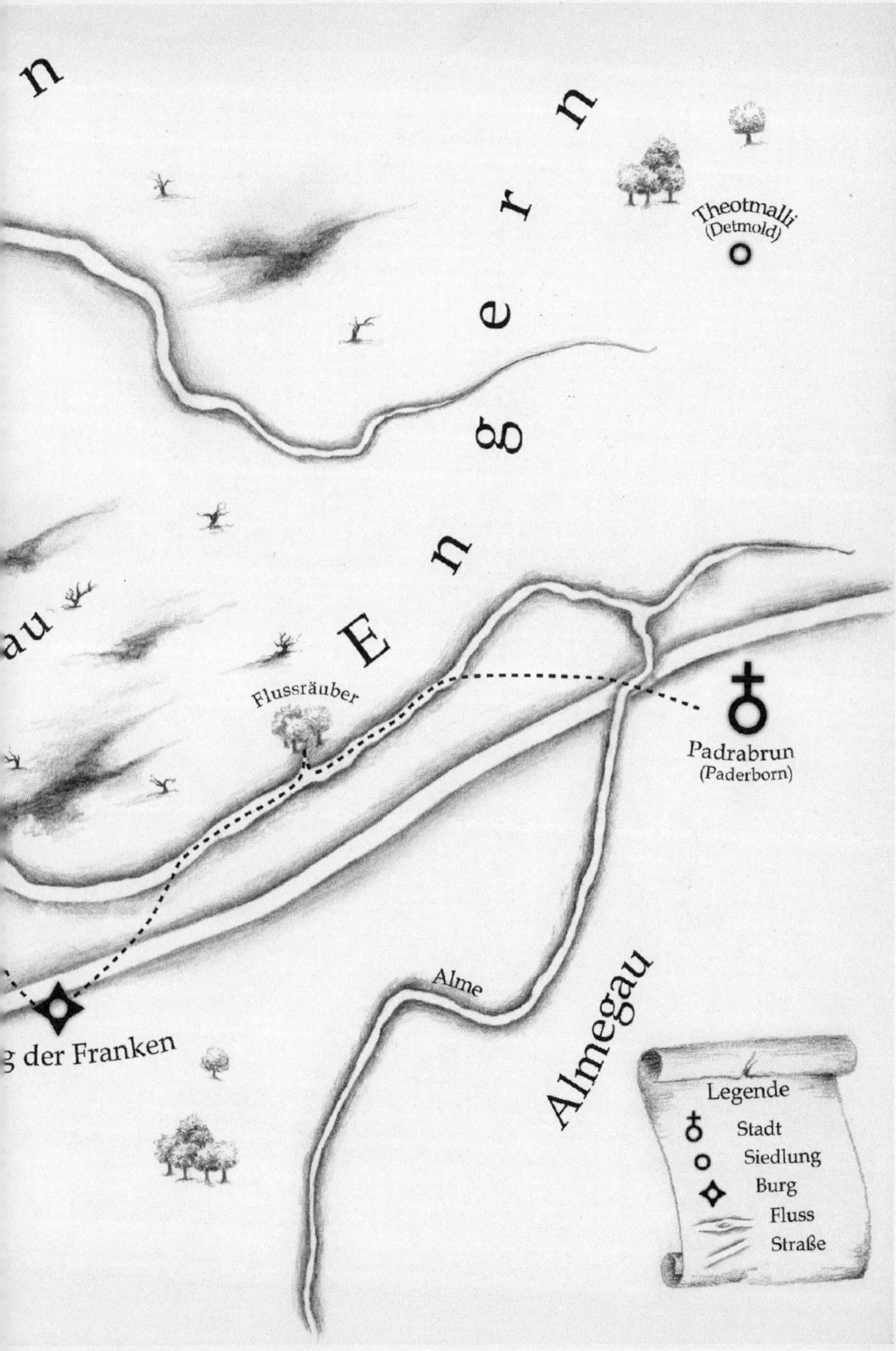
n
Engern
Theotmalli
(Detmold)
au
Flussräuber
Padrabrun
(Paderborn)
Alme
Almegau
g der Franken
Legende
Stadt
Siedlung
Burg
Fluss
Straße

»Westfalenland (...) ist kein Rebenland,
sondern ein Reckenland.«

(Der Kartäusermönch Werner Rolevink in
»Das Buch zum Lobe Westfalens«, Köln 1470)

Prolog

Westfalens Moore und Wälder atmen das Blut und die Tränen ungezählter Sachsen und Franken. Auch an diesem hellen Frühlingstag des Jahres 814, zehn Jahre nach dem Ende des grausamen Krieges zwischen dem Frankenkönig Karl und uns Sachsen, höre ich noch die Schreie der Sterbenden, die meine Sinne verdunkeln und mit Trauer und Ohnmacht gleichermaßen erfüllen.

Es ist der Schatten des mächtigen Herrschers, der auf mich, Bardo den Westfalen, fällt, während ich diese Worte niederschreibe. Im Herzen des Westfalenlandes, hier in den kalten Mauern von Liudgers Kloster in Mimigernaford oberhalb der alten Furt durch die Aa, wo ich als greiser Mann den Tod erwarte, hoffe ich, mit Hilfe der Götter meine Geschichte zu Ende bringen zu können.

Die christliche Taufe unseres Herzogs Widukind im Jahr 785 hatte nicht, wie Karl hoffte, Frieden zwischen ihm und uns Sachsen gebracht. Immer wieder mussten die Franken Aufstände und verzweifelte Überfälle der Westfalen und anderer sächsischer Stämme niederschlagen. Unsere alten Götter waren noch nicht besiegt. Sie lebten in den Herzen und Köpfen der Menschen weiter, auch weil Karl schon im Jahre 782 die erbarmungslose »Capitulatio de partibus Saxoniae« erlassen hatte, nach der jedermann mit der Strafe am Haupte belegt wurde, der sich, wie die Franken sagen, den »heidnischen Bräuchen« hingab.

Ich verspreche dir, geneigter Leser, die Schilderung eines düsteren Abenteuers, in dem du von vielen heimtückischen Unholden und tödlichen Gefahren hören wirst, die an den Säumen der Wege lauerten, auf denen ich mit meinen Gefährten wandelte. Die folgenschweren Ereignisse nahmen im Winnemanoth des Jahres 799 ihren Lauf. Den Göttern sei Dank, dass ich dir von den grauenvollen Geschehnissen berichten kann, denn mein Leben und das meiner Freunde war in dieser Zeit nicht einmal die kümmerliche Streu des Einkorns wert.

Bereits im Winter 796 hatte meine Schwester Varga die Seherin, die wie ich am Hof des Königs in Aachen lebte, die Grenze zum Reich der Hel überschritten. Sie war an der Schwindsucht erkrankt, und als sie gerade auf dem Wege war, sich mit Hilfe der Götter davon zu erholen, fand ich sie eines Nachts sterbend auf ihrem Lager. Man hatte ihre Schwäche genutzt und ihren Nachttrunk vergiftet. Der Anschlag blieb auf Befehl des Königs, in dessen Palast es keinen Mord geben durfte, geheim. Aber ich trachtete danach, dem Täter die Maske vom Gesicht zu reißen und ihn der ruchlosen Tat zu überführen. Die Götter wollten es, dass mich das Abenteuer, von dem ich berichten werde, auch zum Meuchler meiner Schwester führen sollte.

Auf Befehl Karls war ich im Jahre 797 mit dem jungen Franken Vili von Aachen nach Mimigernaford gereist. Dort wurden meine Dienste als Schmied im neu gegründeten Kloster gebraucht. Im gleichen Jahr hatte es noch Kämpfe zwischen einigen westfälischen Stämmen und dem Frankenkönig gegeben, der auf Fürsprache Alkuins die harte »Capitulatio de partibus Saxoniae« durch das mildere Gesetz »Capitulare Saxonium« ersetzt hatte. Zwei Jahre später, an einem Nachmittag im frühen Jahr 799, erreichte mich in Mimigernaford eine Botschaft des sächsischen Gaugrafen Grauwolf aus dem Nusswald. Ich kannte den Grafen seit einem gemeinsam bestandenen Abenteuer. Seine Botschaft erschien mir sogleich geheimnisvoll. Sie brachte mich dazu, schon einen Tag später gemeinsam mit Vili Mimigernaford zu verlassen und in den Nusswald zu reiten.

Von dem tragischen Geschehen, das sich drei Jahre zuvor im fernen Rom ereignet hatte und das sich mit meinem und dem Schicksal meines Gefährten verband, hatte ich bei unserem Aufbruch noch keine Ahnung.

Vorspiel

Rom 796

Die Häscher aus dem Lateranpalast kamen im Morgengrauen. Rom schlief noch. Über den sieben Hügeln der Stadt waberten dichte Nebelschleier, die vom Tiber heraufzogen, sich wie weiße Leichentücher auf Paläste, Häuser, Ruinen und Mauern legten und in die menschenleeren Straßenzüge krochen. Nur die Basilika St. Peter vor den Toren Roms ragte mahnend aus dem Nebelmeer heraus.

Crispin hatte die Schergen des Papstes bemerkt. Sie huschten wie Schatten durch die enge Gasse, in der sein Haus lag. Nun wusste er, dass der Tag der Flucht gekommen war. Er hatte mit ihnen gerechnet, denn ein Unbekannter hatte ihm eine Warnung zukommen lassen. Auch sein Gefährte Rado, der neben ihm aus der schmalen Fensteröffnung nach draußen schaute, war vorbereitet. Er hielt sein Schwert mit beiden Händen.

»Steck die Waffe in die Scheide«, sagte Crispin jetzt. »Du brauchst sie nicht. Die Haustür ist schwer und mit dicken Riegeln verschlossen. Sie werden sie aufbrechen müssen. Das dauert eine Weile. Wir haben also genügend Zeit, in den Katakomben zu verschwinden. Es ist besser, Leos Häscher finden das Haus verlassen vor, als sich mit ihnen zu schlagen und unseren Plan zu gefährden. Unsere Rache muss warten. Vielleicht viele Jahre lang.«

Rado nickte widerwillig. Sie stiegen die abgetretenen Steinstufen in das Kellergewölbe hinunter. Unten angekommen nahmen sie zwei Fackeln aus ihren eisernen Halterungen, zündeten sie an und standen wenige Schritte später vor einer aus gebrannten Ziegeln gemauerten Wand. Ein Durchlass war nicht erkennbar. Doch Crispin berührte zielstrebig einen der Steine. Ein knirschendes Geräusch erfüllte das Halbdunkel, dann öffnete sich die Mauer einen Spalt weit. Die Männer schlüpften hindurch. Crispin drückte von innen noch einmal auf einen Ziegel, und die Wand schloss sich geräuschvoll. Vor ihnen lag jetzt einer der vielen Gänge der Katakomben, die sich unter einem großen Teil Roms hinzogen. Unkundige würden kaum einen Weg aus diesem finsteren Labyrinth finden, aber Rado und Crispin kannten seit ihrer Kindheit jede Biegung des weitläufigen unterirdischen Wegenetzes.

Sie erreichten mit schnellen Schritten eine Gabelung. Crispin wählte den Gang, der unter den Gärten des Lucullus eine Dreiviertelmeile nach Norden und dort, nicht weit von der Porta Flaminia entfernt, unter der Aurelianischen Mauer aus der Stadt hinausführte.

Der unruhige Schein der Fackeln fiel in zahlreiche, übereinander liegende dunkle Nischen auf beiden Seiten des Ganges, die sich vom Boden bis unter die gewölbte Decke erstreckten. Hin und wieder tauchten bleiche Totenschädel und Gebeine auf, die seit Jahrhunderten dort ruhten. Crispin und Rado störten sich nicht daran. Als Kinder hatten sie mit Crispins Schwester Eleanor oft in diesen Gängen gespielt, sich versteckt und sogar die von Staub bedeckten Knochen und Schädel benutzt, um sich gegenseitig zu erschrecken.

Eleanor und Rado wurden später ein Paar, doch Eleanor starb, wie kurz darauf ihre Eltern, durch die Klinge des Mordbuben Desmond, den Leo III. mit dem Versprechen eines hohen Amtes gedungen hatte. Gleich nach der Wahl zum Papst hatte Leo seine lüsternen Hände nach Eleanor ausgestreckt, doch sie hatte ihn nur ausgelacht. Dafür hatte sie sterben müssen und mit ihr Mutter und Vater, die es gewagt hatten, den Frevel Leos III. auf dem Marsfeld öffentlich anzuprangern. Crispin und Rado konnten zwar den Meuchler überwältigen und ihm den Namen seines Auftraggebers entlocken, aber Desmond rettete sich im letzten Augenblick in die Hände herbeieilender Schergen des Papstes. Und nun flohen Crispin und sein Gefährte vor den Häschern Leos. Selbst in den Katakomben würden sie sich auf Dauer nicht verbergen können, denn Macht und Einfluss des Papstes waren groß, und seine Späher lauerten überall.

Die Nischen an den Seiten wurden spärlicher, je näher Crispin und Rado der Porta Flaminia kamen. Ein schwacher Lichtschein fiel in den Gang.

»Wir sind gerettet«, sagte Crispin, nachdem sie noch eine Weile gegangen waren. Er blieb stehen und drehte sich zu seinem Gefährten um.

Rado schaute angestrengt nach vorn. »Was macht dich so sicher?«, fragte er.

»Nur wenige kennen die Gänge so gut wie wir, Rado. Der Ausgang unter der Porta Flaminia ist seit langem verschüttet. Nur du und ich wissen von dem schmalen Spalt im Felsen, der von außen nicht zu sehen ist.«

Schweigend gingen sie weiter. Der vor wenigen Augenblicken noch schwache, schmale Lichtstreifen wurde zusehends breiter.

Irgendetwas stimmte nicht.

Jemand musste die Steine in dem verschütteten Ausgang zur Seite geräumt haben. Waren sie verraten worden? Oder hatten Leos Männer den Spalt durch Zufall entdeckt und freigeräumt?

Crispin griff zum Schwert. Plötzlich stürzten sich vier dunkle Gestalten auf sie.

»Für Eleanor!«, schrie Rado und stieß die Klinge gegen den ersten Angreifer. Er verfehlte ihn. Der Mann lachte hämisch und wich dem nächsten Hieb ebenfalls geschickt aus.

»Auch du wirst sterben«, höhnte der Scherge, »wie deine Eleanor.«

»Desmond, du bist es«, rief Crispin, der sich gegen zwei Männer wehren musste. Er schlug ihnen die Klingen mit einem einzigen wuchtigen Streich aus den Händen. Die Waffen fielen klirrend auf den Boden. Crispin setzte nach. Sein Schwert fuhr auf den ihm am nächsten Stehenden nieder und trennte ihm den Arm vom Rumpf. Ein gellender Schrei hallte durch die Katakomben, dann sank der Mann blutüberströmt vornüber. Der Zweite versuchte, durch den Ausgang zu entkommen, doch Crispin war mit drei Schritten hinter ihm und stieß ihm die Klinge tief in den Rücken. Stöhnend ging der Häscher in die Knie und fiel seitwärts auf das Geröll.

Rado focht indes erbittert mit Desmond, der ihm immer wieder auswich und ihm schon zweimal das Lederwams bis auf das Leinenhemd aufgeschlitzt hatte, während der Vierte den Kampf wie unbeteiligt verfolgte. Wartete er auf Verstärkung?

Crispin stellte sich ihm entgegen.

»Kämpf! Kämpf um dein Leben, Verräter!«, rief er.

Der andere zischte etwas Unverständliches. Er trug weder Gurt noch Schwert. Aber beide Hände zuckten blitzschnell nach vorn. Crispin sprang zur Seite und entkam dem Stoß der langen Messer nur um die Breite eines Haares. Er trat gegen einen der Geröllsteine, die vor dem Ausgang verstreut lagen, strauchelte und schlug mit dem Kopf an die raue Wand des Ganges. Rasender Schmerz durchfuhr ihn. Seine Sinne drohten ihn zu verlassen.

Crispin spürte das kalte Eisen an seinem Hals. Er lag wie erstarrt und wusste, er konnte dem Tod nicht mehr entrinnen. Doch plötzlich ertönte ein grauenvoller Schrei, der sich vielfach in den Gängen fortsetzte. Der Mann schreckte hoch. Im gleichen Augenblick fuhr ein kalter Lufthauch durch das Zwielicht, silbergraues Metall schimmerte kurz auf, dann durchtrennte die breite Klinge eines Schwertes dem Messerstecher den Hals.

»Der Verräter Desmond ist wieder entkommen«, sagte Rado verächtlich. Er wischte die blutige Schneide seiner Waffe an den Fellstiefeln ab und stieß den geköpften Mordbuben mit einem Tritt von Crispins Körper. Dann reichte er seinem Gefährten die Hand und half ihm auf.

»Desmond ist hinterhältig und feige. Ich konnte ihm nur einen einzigen Hieb versetzen. Das hat ihm gereicht. Er schrie wie ein Dämon und floh.«

Schwer atmend hatten sie sich nach draußen in einen dichten Pinienhain geschleppt, in dem ihre Verkleidung und ein Beutel voller Silberstücke für die Flucht versteckt waren. Noch immer lagen dünne Nebelschleier über der Stadt.

Crispin hatte sich unterdessen von seinem Sturz erholt. »Wir kriegen ihn und alle, die an Leos Seite stehen, das schwöre ich beim Tod Eleanors und meiner Eltern«, sagte er. »Und wenn ich dafür in die Hölle hinabsteigen muss.« Er schaute seinem Gefährten in die Augen. »Dank dir, Rado, für mein Leben«, fuhr er mit weicher Stimme fort. »Wir müssen unser Aussehen verändern. Leos Schergen sind überall, sie würden uns sofort erkennen. Hast du alles bei dir?«

Rado nickte.

Als die Sonne die letzten Nebelfäden vertrieben hatte, traten zwei Männer mit tief in die Stirn gezogenen Hüten und fränkischer Kleidung aus dem kleinen Pinienhain. Sie mischten sich unter die zahlreichen Händler und Reisenden, die Rom durch die Porta Flaminia Richtung Norden verließen.

Noch oft veränderten Crispin und Rado ihr Aussehen. In Rom hätte sie auch die beste Verkleidung nicht lange schützen können, denn sie waren zu bekannt in der Stadt. Nur in der Fremde konnten sie ihren Racheplan ungefährdet verfolgen. Sie trauten keinem, der sich ihnen näherte, gingen meist abseits der großen Wege, hatten keine Eile und überwanden die Alpes, ohne erkannt zu werden. Im Herzogtum Baiern, am nördlichen Rand des Gebirges, entschlossen sie sich, ihre Tarnung zum ersten Mal auf eine gefährliche Probe zu stellen. Eines Abends pochten sie, als Wandermönche verkleidet, an das Tor einer Benediktinerabtei am Tegernsee und baten um eine Mahlzeit und Schlafplätze für die Nacht. Niemand erkannte sie, obwohl die Kunde von ihrer Flucht und dem Kampf unter der Porta Flaminia das Kloster längst erreicht haben musste. Danach setzten sie ihren Weg nach Norden fort, und der Hass in ihnen wuchs mit jedem Schritt.

Nusswald 799

Am blauen Abendhimmel über Westfalens Baumbergen zeigte sich kein Wölkchen, als Vili und ich unsere Reittiere im Süden der Bergkette an einer Furt durch das Flüsschen Stever zügelten. Wir hatten das Herz des Stevergaus erreicht. Auf beiden Uferseiten berührten die tief hängenden Äste nur weniger, vereinzelt stehender Weiden das still dahineilende Wasser. Die enge Bodensenke, durch die wir jetzt reiten mussten, war über und über mit dichten Haselnusssträuchern und wucherndem Dornengestrüpp bewachsen. Dazwischen reckten mächtige Walnussbäume, Eichen und Buchen ihre weit ausladenden Kronen in die Höhe. Ihr junges Grün nahm uns die freie Sicht auf die Hänge des Nusswaldes am gegenüberliegenden Ufer. Die Wallburg des Gaugrafen Grauwolf, unser Ziel, lag nur noch zwei Meilen entfernt vor uns.

Ein ungehinderter Blick wäre mir lieber gewesen. Seit Ende des Ostarmanoth ging die Kunde von finsterem Gesindel, das entlang der Wege und an den Furten unterhalb der Baumberge harmlose Reisende, Händler und Wanderer überfiel und mordete. Anders konnte man sich das Verschwinden von fünf Männern aus dem Nusswald nicht erklären. Vieles daran war rätselhaft, denn die Leichen der Männer waren ebenso wie ihre Pferde, Zugochsen und Maultiere bis auf den heutigen Tag nicht aufgefunden worden. Man hatte auch keine Spuren entdeckt, aus denen man sich den genauen Ort der Überfälle oder das Schicksal der Verschwundenen hätte erschließen können. Sicher war nur, dass die Männer ihr Ziel, die Meiler des Köhlers Hagrim in den Wäldern abseits des Weges nach Mimigernaford, nie erreicht hatten.

Doch auf mich und meinen Gefährten schienen an diesem Tag keine Gefahren zu lauern. Schon seit der Mittagsstunde strich ein warmer Sundroni über das Land. Die Luft war schwer von vielerlei würzigen Gerüchen, wie sie nur das Frühjahr hervorbringen konnte, und der Gesang der Vögel hallte durch das kleine Tal und erfreute meine Sinne.

Ein friedlicher Abend, dachte ich, berauscht vom Duft und den Stimmen wiedergeborenen Lebens.

Sunna stand wie eine riesige, rot glühende Scheibe nur noch um die Breite eines Speerschaftes über den Wipfeln des Nusswaldes. Es war der fünfundzwanzigste Tag im Winnemanoth des Jahres 799. Im Morgengrauen hatten wir Mimigernaford noch im dichten Nebel auf dem Handelsweg verlassen, der von Osenbrugga im Norden kommend nach Südwesten verlief, wo er sich zwölf Meilen weiter im Nusswald mit einem von Westen nach Osten führenden kreuzte. Um nicht Händlern und anderen Reisenden zu begegnen, die uns nur aufgehalten hätten, oder gar herumstreunenden Mordbuben in die Hände zu fallen, waren wir zwei Meilen von Mimigernaford entfernt auf einen nur wenigen Wegekundigen bekannten Bohlenpfad abgebogen. Dieser nicht ungefährliche, schmale Pfad schlängelte sich durch tückisches Moor und traf nicht weit von dieser Furt wieder auf den Handelsweg.

Erst einen Tag zuvor hatte mich ein Meldereiter, der noch am gleichen Abend in den Nusswald zurückgeritten war, mit einer Botschaft Grauwolfs erreicht, in der mich der Graf ohne einen Grund zu nennen aufforderte, ihn sofort in seiner Burg aufzusuchen. Die Dringlichkeit der Nachricht war mir seltsam erschienen, und wir waren so bald wie möglich aufgebrochen.

Bevor ich Falgar, meinen treuen braunen Wallach, durch die Furt trieb, schaute ich mich noch einmal zur hundert Fuß hinter uns liegenden, kaum erkennbaren Einmündung des Moorpfades um, auf dem wir gekommen waren. Ich wollte sichergehen, dass uns tatsächlich niemand folgte. Neben mir saß Vili schweigend auf seinem Maultier. Er beobachtete mich aus den Augenwinkeln.

»Hast du jemanden gesehen, Bardo?«, fragte er.

Ich lächelte. »Höre ich da Angst in deiner Stimme?«

»Immerhin sind hier in der Nähe fünf Männer mit ihren Zugtieren und Wagen verschwunden.«

»Alles ist ruhig, Vili. Außerdem sind wir bald am Ziel.«

»Und warum hast du dich umgeblickt, wenn du so sicher bist?«

»Weil ich meinen Augen und Ohren an diesem Ort mehr traue als meinem Gefühl.«

»Hm. Ja, es ist sicher besser, den Feind zu entdecken, bevor er sich hinterrücks auf uns stürzt. Und, bei euren Göttern, noch besser ist es, wenn gar kein Feind da ist.«

»Klug gesprochen, Franke.«

Vilis linke Hand fuhr durch seinen dichten roten Haarschopf. Die rechte legte sich auf den Griff des Messers, das er in einem breiten Rindsledergurt an der Seite trug. Dabei wandte er mir sein schmales, mit Sommersprossen übersätes Gesicht zu. Sunnas schwächer werdendes rötliches Licht fing sich in seinen grünen Augen und ließ sie wie die brennenden Augenlichter des Wolfes im Schein eines nächtlichen Feuers schimmern.

Er nahm die Zügel des Maultiers auf, drückte ihm die Hacken seiner Fellstiefel in die Flanken und preschte durch das flache Wasser der Furt.

»Da siehst du, was einen beherzten Franken ausmacht!«, rief er lachend, nachdem er das andere Ufer erreicht und sein Reittier vor einem dichten Dorngebüsch zum Stehen gebracht hatte.

Dieser milde Abend war trotz aller geheimnisvollen Vorgänge in der letzten Zeit so friedlich, dass Vili ein Spiel spielte, dass wir in den vergangenen Jahren auf unseren vielen Reisen durch das Frankenreich und das Sachsenland oft gespielt hatten. Es war das sorglose Spiel zweier Männer, die sich gefunden hatten und Freunde geworden waren, obwohl sie verfeindeten, sich bis auf den Tod bekämpfenden Völkern entstammten.

»Schon gut, tapferer Krieger«, antwortete ich, »du bist der Sieger. Für dieses Mal gebe ich mich …«

»Bardo! Bardo!«

Ich zügelte Falgar mitten in der Furt. Vili hatte sich aus dem Sattel gleiten lassen und beugte sich über das Dorngebüsch. Das kalte Eisen seines Messers schimmerte in der rechten Hand. Mit der linken drückte er das Gestrüpp vorsichtig zur Seite. Plötzlich strich der eisige Hauch des Todes durch den Wald. Die Vögel waren von einem Augenblick auf den anderen verstummt, und von Osten krochen die Schatten der Nacht drohend herauf.

Mit leisem Zungenschnalzen ließ ich den Wallach vorangehen und zog meinen Sax aus der geschmeidigen Lederscheide. Gleich darauf stand ich neben Vili. Er starrte mich mit weit aufgerissenen Augen an.

»Da – da liegt einer«, brachte er mit bebender Stimme hervor. »Er ist tot.«

Ich trat an das Gestrüpp heran und blickte in die gebrochenen Augen eines auf dem Bauch liegenden Mannes, dessen Gesicht mir zugewandt war. Sein Mörder hatte ihm das Genick gebrochen. Im Rücken des Toten steckten drei rot gefiederte Pfeile, die tief in das Lederwams eingedrungen waren. Sie hatten ihn mit voller Wucht getroffen.

»Er muss schon tot gewesen sein, als man ihm den Kopf nach hinten gedreht hat«, sagte ich schaudernd.

In einer ersten Regung hatte ich an den Meldereiter Grauwolfs gedacht, aber er war es nicht. Doch wer war der Tote, der in wertvolles, mit Luchsfellen verbrämtes Wisentleder gekleidet in dem Dornbusch lag? Und wer hatte ihn gemordet?

Der Mann war erst kurze Zeit tot, denn selbst im Zwielicht konnte ich erkennen, dass Hel den Glanz des Lebens in seinen einstmals hellblauen Augen noch nicht ganz genommen hatte. Ich hätte gewarnt sein müssen.

Ich wandte meinen Blick ab und ließ ihn über die dunklen Baumkronen hinweg in den jetzt blauschwarzen Himmel schweifen, wo die ersten Lichter der Götter wie blanke Edelsteine funkelten. Sunnas rot glühender Wagen versank in den Tiefen der Nacht, die vom bleichen Licht des aufgehenden, fast runden Mondes erhellt wurde. Rundherum herrschte eine beinahe greifbare Stille. Die lautlose Bewegung, den Schatten am Saum des Nusswaldes, vierzig Fuß entfernt, nahm ich jedoch erst wahr, als etwas Schwarzes aus der Dunkelheit auf mich zuschoss. Ich konnte ihm nicht mehr ausweichen, aber die Götter standen mir bei. Es verfehlte meinen Kopf um die Breite eines Haares. Ich spürte nur einen Luftzug, dann schlug es mit einem dumpfen Aufprall in den Stamm einer Weide am Ufer der Stever ein.

Erst jetzt warf ich mich zu Boden und riss den überraschten Vili mit.

»Was war das?«, fragte er.

»Ich weiß es nicht – noch nicht.«

Der Schatten am Waldrand war wieder verschwunden. Jetzt drang gedämpftes Hufgetrappel zu uns herüber, das sich rasch im Nusswald entfernte.

»Ein Reiter«, sagte Vili leise, nachdem eine Weile nichts mehr zu hören war. »Er muss uns die ganze Zeit beobachtet haben.«

»Bei Thor, ja. Und wir haben ihn nicht bemerkt.«

»Das kann nur der Mordbube gewesen sein. Bei euren Göttern, ich hoffe, er war allein. Was tun wir jetzt?«

»Ich bin überzeugt, er war allein. Ihn zu verfolgen, wäre aber zwecklos. Wir müssen uns um den Toten kümmern und suchen, was mir beinahe den Garaus gemacht hätte. Nur so erhalten wir vielleicht einen Hinweis auf den Mordbuben. Danach sollten wir die Furt so schnell wie möglich verlassen. Grauwolfs Burg ist nur noch zwei Meilen entfernt.«

Im Unterholz regte sich nichts mehr. Wir erhoben uns langsam und steckten unsere Waffen in die Gurte. Dann wandte ich mich um. Falgar stand mit Vilis Maultier an der Furt. Sie tranken vom klaren Wasser der Stever, als wäre nichts geschehen. Neben den Tieren beugte sich eine Weide über den Fluss, in deren Stamm eine langstielige Wurfaxt steckte. Im Schein des Mondes erkannte ich die Waffe.

»Eine Franziska«, brummte ich. »Er hat eine Franziska nach mir geschleudert. Sie hätte meinen Schädel so leicht gespalten wie eine reife Frucht.«

»Wenn sie dich getroffen hätte.«

»Ja. Aber er muss ein erfahrener Krieger sein, trotzdem.« Ich deutete auf den Waldrand. »Er hat mich von dort aus nur um weniges verfehlt«, sagte ich. »Ich habe seinen Schatten gesehen.«

Die Axt hatte die Rinde des Baumes weit aufgespalten. Ich hatte Mühe, sie aus dem feuchten Holz herauszuziehen.

»Das ist eine sehr gepflegte und oft benutzte Waffe, wie ich sie nur bei Scaras gesehen habe«, sagte ich, während ich sie in der einen Hand wog und mit dem Daumen der anderen vorsichtig über die messerscharfe Schneide fuhr. »Sie ist nicht besonders schwer, das zeichnet sie aus, wie du als Schmied weißt. Der Mörder hat sie erst vor kurzem geschärft und zum Schutz vor Eisenfraß gefettet. Ihr Stiel ist frei von Ästen und glatt. Bei Tageslicht hätte er mich ganz sicher nicht verfehlt.«

Vili blickte sich noch einmal zum Waldrand um. »Deinen Göttern sei Dank. Er hat dich nicht getroffen«, sagte er dann gedankenverloren. »Ich frage mich nur, warum er nicht den Bogen genommen hat, wie bei dem Toten. Der erste Pfeil hätte dich vielleicht verfehlt, aber mit dem nächsten hätte er dich sicher töten und sogar noch einen dritten abschießen können. Ein guter Schütze, ein Scara, braucht dazu nur die

Zeit eines Lidschlages. Die Axt konnte er nur einmal werfen. Und warum wollte er dich und nicht mich treffen?«

»Das wissen nur die Götter«, sagte ich, nicht ohne ein Gefühl von Schuld über meine Sorglosigkeit. »Vielleicht liegt die Antwort in Grauwolfs Burg, denn der Reiter ist in diese Richtung geritten. Vielleicht liegt sie aber auch ganz woanders. Denk nur an die fünf verschwundenen Männer. Wir haben uns zu leichtsinnig verhalten und sollten von nun an auf der Hut sein. Ich hätte die Gefahr auf jeden Fall erkennen müssen. Schon Grauwolfs Botschaft erschien mir rätselhaft.«

Ich ging zu Falgar hinüber und nahm seine Zügel. Er stupste mich sanft mit der Nase und schnaubte leise.

»Die Axt und den Toten nehmen wir mit«, fuhr ich fort, während ich dem Wallach beruhigend über den Kopf strich. »Wölfe und Bären würden nichts von ihm übrig lassen. Außerdem kennt Grauwolf die Waffe und den Getöteten womöglich.«

»Traust du dem Grafen?«, fragte Vili.

Ich nickte. »Du kennst ihn doch«, antwortete ich. »Der Graf ist ein Raubein, doch er ist ehrlich und treu. Er würde einen Freund, und erst recht einen Sachsen, niemals verraten.«

Vili überlegte, dann sagte er leise: »Und was ist mit mir? Ich bin Franke. Und überhaupt, wie komme ich nur darauf, dass *du* das Ziel der Franziska warst. *Ich* kann es doch auch gewesen sein.«

»Gütiger Thor, wir wissen es nicht, Vili. Du bist Franke und mein Freund und Gefährte, das weiß auch der Graf.«

Bei meinen letzten Worten beugte ich mich zu dem Toten hinunter. Die Dornen rissen mir blutende Wunden ins Fleisch, als ich vergeblich versuchte, die Pfeile aus seinem Rücken herauszuziehen. Schließlich blieb nur, sie an den Schäften abzubrechen. Ich steckte sie in meinen Gurt. Auch sie konnten später einen Hinweis auf den Täter geben.

So edel wie seine Kleidung wirkte auch das schmale, von einem dunklen Bart bedeckte Gesicht des Unbekannten. Die halblangen schwarzen Haare waren wie sein Bart mit wenigen grauen Fäden durchzogen, er konnte nicht älter als vierzig Sommer gewesen sein. Mir fiel auf, dass er keinerlei Waffen außer zwei merkwürdig geformten Messern bei sich trug, die in dünnen Lederscheiden links und rechts von seiner Gürtelschnalle steckten. Die Klingen und die blanken Horngriffe waren ungewöhnlich gekrümmt. Messer dieser Art hatte ich noch nie zuvor gesehen. Und auch die Trageweise vorn am Gurt war mir fremd.

Ich hätte sie gern näher betrachtet, sie aus ihren Scheiden herausgenommen, doch wir hatten keine Zeit zu verlieren. Daher ließ ich sie an ihrem Platz, griff dem Toten unter die Arme und hob ihn an. Er war fast sechs Fuß groß und sehr schwer. Vili half mir widerstrebend, und auch Falgar scheute einige Male, bis wir den Körper endlich quer vor den Sattel legen konnten. Die Axt steckte ich in eine am hinteren Sattel angebrachte, freie Lederschlaufe.

Der Mond stand jetzt hoch über den Wipfeln des Nusswaldes.

»Er sieht nicht aus wie ein Franke«, sagte Vili mit einem Seitenblick auf den Toten, als wir unsere Reittiere zu der Stelle führten, wo der Mörder sich verborgen gehalten und von wo aus er die Franziska geworfen haben musste.

»Nein«, antwortete ich. »Er war kein Franke und kein Sachse. Aber ich bin hin und wieder Langobarden begegnet. Der Mann sieht aus wie ein Langobarde.«

»Ein Langobarde hier im Nusswald?« Vili blieb am Waldrand stehen und blickte mich fragend an.

»Ja. Ich bin ziemlich sicher, denn seine Haare und Gesichtszüge erinnern sehr an einen Mann aus dem Süden«, sagte ich. »Ich frage mich allerdings, wie er hierher gekommen ist und was er hier wollte. Grauwolf wird möglicherweise eine Antwort darauf wissen. Rund um das Dorngebüsch jedenfalls waren zwar frische Hufabdrücke zu sehen, aber kein Pferd.«

»Es ist bestimmt davongelaufen, nachdem der Mörder den Fremden aus dem Sattel geschossen hatte.«

»Ein gutes Pferd entfernt sich nicht weit, wenn sein Reiter stürzt. Wir hätten es in der Nähe sehen müssen.«

»Stimmt. Aber wir *konnten* es nicht sehen.« Vilis Augen blitzten mit einem Mal im Mondlicht. Er deutete aufgeregt auf den weichen Boden.

»Hier muss der Mordbube gestanden haben«, sagte er. »Seine Stiefelspuren zeichnen sich deutlich ab. Doch einen Schritt dahinter, am Wald, ist der Boden von Hufen aufgewühlt. Und wie es aussieht, nicht nur von den Hufen *eines* Pferdes.«

Ich beugte mich hinunter. Was mein Gefährte mit seinen scharfen Augen sofort erkannt hatte, offenbarte sich jetzt auch mir. Tatsächlich waren die Abdrücke eines beschlagenen und eines unbeschlagenen Pferdes zu sehen.

»Also zwei Pferde.«

»Ja«, sagte Vili. »Wir wissen jetzt, dass der Mordbube das Pferd des Fremden gestohlen hat.«

»Aber wir wissen nicht, welches das Tier des Toten war, das beschlagene oder das ohne Hufeisen.«

»Ist das so wichtig?«

»Das werden wir noch erfahren«, sagte ich und schwang mich in den Sattel. »Wir brechen jetzt auf, Vili. Du reitest hinter mir und beobachtest den Weg in unserem Rücken. Sobald du etwas ...«

Er unterbrach mich entrüstet. »Schon gut, Schmied«, brummte er. »Ich weiß, was ich zu tun habe.«

Dann trieb er sein Maultier an, murmelte noch etwas Unverständliches vor sich hin und folgte erst zehn Fuß hinter mir. Wenn er mich »Schmied« und nicht »Bardo« nannte, fühlte er sich von mir verspottet. Doch ich sagte nichts, denn ich wusste, seine Verärgerung würde sich bald legen.

Der Handelsweg, auf dem wir jetzt ritten, war der einzige Weg, der von der Furt aus in südliche Richtung unmittelbar zur Burg führte. Das Licht des Mondes durchdrang das junge Blätterdach nur an wenigen Stellen, aber es reichte aus, den von tiefen Wagenspuren ausgefahrenen Weg bis auf fünfzig Fuß gut einsehen zu können. Schmale, für ein nicht geübtes Auge kaum erkennbare Pfade führten links und rechts vom Weg ab in das dichte Unterholz, wo sie sich nach wenigen Schritten dem Blick entzogen. Ich wusste, dass sie sich zu einzeln liegenden Höfen schlängelten, die auf mühsam gerodeten Flächen weit verstreut entlang der Stever und im Nusswald lagen. Die Höfe gehörten zu Grauwolfs Burg und versorgten den Grafen und seine Leute mit Fleisch und Getreide.

Die frischen Pferdespuren zeichneten sich auch weiterhin deutlich vor mir ab. Wie es schien, hatte der Mörder gar nicht die Absicht gehabt, sich in die Wälder zu schlagen, wie ich vermutet hatte. Auch nachdem wir die Kuppe des Hanges erreicht hatten, hinter dem die Wallburg Grauwolfs lag, blieben die verräterischen Spuren. Sie sagten mir, dass der Mordbube nicht noch ein zweites Mal hier im Wald auf uns lauern würde. Alles deutete darauf hin, dass er zur Burg geritten war, die er längst erreicht haben musste. Er fühlte sich sehr sicher, und ich fragte mich, je näher wir unserem Ziel kamen, was dort auf uns wartete.

Vili ritt noch immer stumm hinter mir, als sich der Wald zunehmend lichtete. Die dichten Haselnussbüsche wurden weniger, und die grauen Stämme der Walnussbäume, Buchen und Eichen wichen nach und nach zurück. Sie gaben den Blick auf eine mit mannshohem Gebüsch und nur vereinzelten Bäumen bewachsene Ebene frei, an deren Ende sich die dunkle Erhebung des äußeren Burgwalles im Mondlicht zeigte. Kurz vor der Burg würden wir noch auf eine breite Wegkreuzung stoßen, an der sich der Handelsweg, auf dem wir uns befanden, mit dem von Westen nach Osten verlaufenden traf. Erst eine viertel Meile dahinter lag unser Ziel.

Rötlicher Feuerschein ließ den Nachthimmel über den Wällen erglühen, als wollte man uns schon von weitem begrüßen. Es wird ein trügerisches Willkommen sein, dachte ich, ein Willkommen, bei dem uns vielleicht ein feiger Mörder ins Gesicht lacht und sein stoßbereites Messer hinterm Rücken verborgen hält.

Inzwischen hatte Vili zu mir aufgeschlossen.

»Den Feuern nach zu schließen, scheinen sie auf uns zu warten. Jetzt reite *ich* vor«, sagte er mit spitzer Zunge, ohne mich eines Blickes zu würdigen. Er flüsterte seinem Maultier ein paar Worte ins Ohr und ließ es langsam an mir vorbeigehen. Das Tier gehorchte dem Befehl nur widerstrebend, denn es bewegte sich sehr zögerlich. Auch Falgar hob kurz seinen Kopf, als nähme er Witterung auf, und seine Ohren spielten unruhig. Warnten uns die Tiere vor einer drohenden Gefahr? Ich ließ meinen Blick langsam über die Ebene wandern. Doch alles schien ruhig zu sein.

Hatte der Tote, der quer vor meinem Sattel lag, Falgar und das Maultier beunruhigt? Viele Tiere scheuten die Leichen von Menschen. Wieder überlegte ich, wer dieser Mann gewesen sein und was ihn hierher geführt haben konnte. Wusste Grauwolf von ihm?

Vili ritt drei Schritte vor mir, bis er die Hand hob und stehen blieb. Gleich darauf war ich neben ihm.

»Die Wegkreuzung«, sagte er enttäuscht. Er beugte sich hinunter. »Hier sind viele Hufspuren. Der Mörder kann von hier aus nach Westen, Osten oder zur Burg geritten sein. Wir können die Spur nicht weiter verfolgen.«

Die Abdrücke, denen wir von der Furt aus gefolgt waren, mündeten in die Kreuzung, wo sie sich mit unzähligen anderen vermischten. Der Boden war tief aufgewühlt von Pferdehufen. Sie waren nicht mehr voneinander zu unterscheiden und führten in alle Richtungen.

Die tödliche Gefahr blieb, ob der Mordbube nun in die Burg geflohen war oder irgendwo hier draußen auf uns wartete. Innerhalb der Wälle hätten wir ihn jedoch mit Hilfe Grauwolfs, der Axt und der rot gefiederten Pfeile leichter ausmachen können.

»Uns bleibt nur, die Augen offen und uns den Rücken freizuhalten«, sagte ich daher. »Ich hoffe, dass er sich in der Burg aufhält.«

Vilis rechte Hand tastete über sein graues Wollwams und verschwand schließlich darin. »Wenn ich der Reiter wäre, würde ich von jetzt an sehen, dass ich mich von uns fernhalte«, sagte er grimmig, als seine Hand mit einer ledernen Steinschleuder wieder hervorkam.

Neben einem Hanfband und kleinen Eisenhaken zum Angeln trug er diese Waffe bei sich, solange ich ihn kannte. Er verstand es meisterhaft, mit der Schleuder umzugehen, das hatte er in vielen gefahrvollen Abenteuern bewiesen.

»Ich hätte dem hinterlistigen Lumpen schon an der Furt einen Stein schicken sollen«, sagte er ärgerlich, »aber es ging alles zu schnell.«

»Und es herrschte bereits Dämmerung«, tröstete ich ihn. »Kein gutes Licht für einen treffsicheren Wurf. Auch der Mörder hat sein Ziel verfehlt.«

Vilis Gesicht hellte sich auf. Dann sagte er: »Hast du eigentlich überlegt, *warum* der Mordbube die Franzika nach dir geschleudert hat? Wir hatten ihn ja gar nicht bemerkt. Er hätte sich einfach davonmachen können.«

»Er konnte nicht wissen, dass wir ihn nicht gesehen hatten, Vili. Und er musste die Pferde mitnehmen. Das Trommeln der Hufe hätte uns in jedem Fall auf ihn aufmerksam gemacht.«

»Kann es nicht sein, dass er von unserem Kommen wusste, dich erkannt hat und aus diesem Grund töten wollte? Wir standen lange genug an der Furt. Und vielleicht kennst du ihn auch. Vielleicht sogar sehr gut.«

Sollte die Vermutung meines Gefährten zutreffen, mussten wir noch mehr auf der Hut sein. Gleich nach unserer Ankunft würde ich ohne Zögern mit Grauwolf darüber sprechen, dem ich wie einem Blutsbruder vertraute. Der Verdacht meines Gefährten war nicht unbegründet. Auf vielen Reisen war ich Menschen begegnet, die mir nicht wohl gesinnt waren. Aus Vilis letzten Worten hatte ich allerdings vor allem Misstrauen dem Grafen gegenüber herausgehört.

»Grauwolf ist ein Freund«, sagte ich daher noch einmal.

Wir waren der Burg sehr nahe gekommen. Unser Weg gabelte sich an dieser Stelle. Er verlief jetzt in zwanzig Schritt Abstand an einem zehn Fuß tiefen Graben entlang, der vor dem ersten von drei hintereinander liegenden ringförmigen und zwanzig Fuß hohen Erdwällen lag, die jeweils durch ein Tor aus roh behauenen Eichenbohlen von zehn Fuß Höhe unterbrochen wurden. Das fünfzehn Fuß breite Eingangstor im ersten Wall war zusätzlich auf beiden Seiten durch zwei trutzige Holztürme gesichert und lag im Osten, auf der dem Wetter abgewandten Seite. Wir mussten uns links halten, um auf dem kürzesten Weg dorthin zu kommen.

Ich wandte mich noch einmal um, während wir bereits über einen schmalen Erddamm, der den Graben unterbrach, auf das Tor zuritten. Die Ebene lag still und verwaist im Mondlicht. Nur die einzeln stehenden Bäume schienen wie die Hüter eines grausigen Geheimnisses wissend und stumm in der Nacht zu verharren.

»Hinter diesen Wällen lauert der Tod, ich spüre ihn«, murmelte Vili, als wir nur wenige Schritte vom Eingangstor entfernt anhielten. Die dunklen Flügel der dahinter liegenden Tore standen mehrere Fuß weit geöffnet. Erst jetzt drangen Stimmen, Gelächter und Gesang zu uns, und rötlicher Feuerschein warf lange Schatten auf den von Pferde- und Wagenspuren aufgewühlten Weg, der ins Innere der Burg führte.

Zu meinem Erstaunen riefen uns keine Wachen an. Doch nachdem wir den Tieren die Hacken gegeben hatten und kurz darauf zwischen den Flügeln des ersten Tores standen, fuhr ein Ger mit ungeheurer Wucht vor meinem Wallach in den Boden. Falgar scheute, dann stieg er mit den Vorderbeinen in die Höhe. Ich konnte mich gerade noch im Sattel halten, aber der Körper des Toten rutschte vom Rücken des Pferdes und schlug mit dumpfem Aufprall auf den Weg. Vilis Maultier hatte ebenfalls versucht auszubrechen, doch er brachte es mit einem kräftigen Ruck seiner Zügel zum Stehen.

»Wer seid ihr, dass ihr es wagt, Grauwolfs Burg ohne Erlaubnis zu betreten?«, dröhnte eine Stimme vom rechten Turm herunter.

Ich bedeutete meinem Gefährten eilig, die Waffe stecken zu lassen, sich ruhig zu verhalten und mir in den Schatten des Torflügels zu folgen, wo der Wächter uns nicht mit einem zweiten Speerwurf erreichen konnte.

»Wer sagt dir, Unhold, dass wir ohne Erlaubnis kommen?«, rief ich von dort aus. »Wir sind Männer aus Mimigernaford und reisen auf Grauwolfs Geheiß!«

»Sagt eure Namen und wer der Tote ist!«

Ich zögerte. Konnte es sein, dass der, den wir für den Wächter hielten, in Wirklichkeit der Mörder des Fremden war? Aus dem sicheren Turm heraus wäre es ein Leichtes für ihn, uns mit einem Speer oder Pfeil zu töten. Aber er hätte mich längst mit dem Ger durchbohren können, wenn er es gewollt hätte.

»Ich bin Bardo der Westfale, der Schmied«, erwiderte ich darum laut. »Grauwolf ließ mich und Vili, meinen Gehilfen, durch einen Boten rufen.«

Der Wächter antwortete nicht. Doch vom Turm waren jetzt Schritte zu hören. Gleich darauf kam ein hoch gewachsener, in einen grauen Mantel gehüllter Krieger auf mich zu. Hinter ihm trat ein zweiter aus dem Schatten des Turmes. Sie beobachteten uns wachsam. Beide hatten ihren Langsax gezogen und blieben neben dem Toten stehen.

»Es ist Desmond«, sagte der Hochgewachsene nach einem kurzen Blick auf den Leichnam. Dann wandte er sich uns zu.

»Und auch dich kenne ich. Du bist Bardo, der Schmied. Grauwolf hat dich beschrieben. Doch selbst eine mondhelle Nacht wie diese macht es geübten Augen manchmal schwer, Freund und Feind sofort zu unterscheiden.«

Diese Worte nahmen die Anspannung von mir. Ich gab Vili ein Zeichen. Wir ließen uns aus den Sätteln gleiten. Der für Sachsen und Franken ungewöhnliche Name Desmond verriet, dass der Tote, wie ich vermutet hatte, ein Langobarde war.

»Wir fanden ihn am Abend an der Furt«, sagte ich.

Der zweite Wächter hatte bisher geschwiegen. »Desmond verließ die Burg um die Mittagszeit des vergangenen Tages«, sagte er jetzt. »Er war beritten – wo ist sein Pferd ...«

»Genug der Worte«, knurrte der Erste dazwischen. »Wir bringen euch und den Leichnam zu Grauwolf. Er wird einige Fragen an euch haben.«

Und wir an ihn, dachte ich. Die Wächter tauschten einen schnellen Blick, dann legten sie den Toten wortlos über meinen Sattel. Nachdem wir das Tor durchschritten hatten, verschlossen sie es von innen mit einem schweren Balken, den sie quer vor die Torflügel schoben.

»Wir erwarten niemanden mehr«, erklärte der Hochgewachsene, als wir zwischen den Wällen auf das zweite Tor zugingen. »Ihr seid die Letzten, die in dieser Nacht die Burg betreten werden.«

Vili ging neben mir. Er strich seinem Maultier über die kurze Mähne.

»Wer ist denn heute noch gekommen?«, fragte er.

»Was geht's euch an?«, erwiderte der zweite Wächter.

»Desmonds Mörder muss darunter gewesen sein!«, antwortete ich. »Wir konnten seine Spuren von der Furt bis zur Wegkreuzung verfolgen, wo sie sich mit anderen vermischten. Ich glaube aber, er ist in die Burg geflohen.«

»Seit der Dämmerung haben der Bote, den Grauwolf dir geschickt hatte, und zwei fremde Händler mit ihrem Ochsenwagen das Tor durchschritten. Bald darauf folgte ein Reiter aus Sitnia in den Eisenfelshügeln, der ein zweites, lahmendes Pferd mit sich führte. Später kamen noch fünf berittene Scaras, die schon seit drei Tagen in der Burg lagern, von einem Erkundungsritt zurück, und als letzter durchschritt Hagrim, der Köhler, mit seinem Gehilfen das Tor. Außer den Händlern und dem Reiter aus Sitnia kenne ich alle Männer. Sie sind bestimmt keine Mordbuben.«

Ich horchte auf. Grauwolfs Bote war erst an diesem Abend in die Burg zurückgekehrt? Was hatte ihn aufgehalten? Zudem lagerte eine Schar Scaras hinter den Wällen. Sogleich dachte ich an die Franziska, die man auf mich geschleudert hatte und die ganz sicher die Waffe eines Scarareiters war. Von diesen eisernen Reitern gab es nicht viele. Sie waren die besten und härtesten Kämpfer des Frankenkönigs. Wo sie auftauchten, herrschte Gefahr für sein Reich. Hatte einer der fränkischen Krieger die Axt nach mir geworfen? Gab es sogar einen Zusammenhang mit dem geheimnisvollen Verschwinden der fünf Männer Grauwolfs in den Wäldern der Baumberge? Und wer war der einzelne Reiter aus Sitnia, der zudem noch ein krankes Pferd mit sich führte? Ich kannte Guntwin sehr gut, den Schmied von Sitnia, das immerhin über zwanzig Meilen von hier entfernt lag. Wie viele andere Schmiede zog er vom frühen Jahr an von Hof zu Hof. Hatte er wegen des lahmenden

Tieres die Burg aufgesucht? Die Götter schickten mir keine Antwort. Hätten sie es getan, wäre ich dem Ruf Grauwolfs nicht gefolgt und hätte seine Burg unverzüglich verlassen.

Die Wächter gingen schweigend vor uns her. Sie hatten zwar das Burgtor verschlossen, es aber ohne Bewachung gelassen. Offenbar fühlten sie sich sehr sicher und schienen sich nicht an meinem Verdacht zu stören.

Wir standen jetzt auf dem baumlosen Vorhof, hinter dem der dritte Wall lag. Vor den Stallgebäuden, Rutenbergen und Grubenhäusern hockten Frauen, Männer und Kinder an mehreren Feuerstellen auf dem mit Sand und Laub bestreuten Boden zusammen. An ihrer Kleidung erkannte ich, dass es Händler mit ihren Familien waren.

Mit langen grauen Wollhemden bekleidete barfüßige Mädchen und Jungen sprangen in einigem Abstand um die Feuer. Sie versuchten übermütig, die tanzenden Schatten einzufangen, die rundum von den lodernden Flammen in die Nacht geworfen wurden. Ein friedliches Bild, wie am Abend an der Furt. Auch die Frauen und Männer lachten und sprachen laut miteinander. Ihre neugierigen Blicke folgten uns, als wir zwischen den mit Lederplanen bespannten Ochsenwagen und den hochwandigen Karren hindurch auf das dritte Tor zugingen, dessen weit geöffnete Flügel den Blick auf einen großzügig angelegten, von einzelnen Bäumen und Baumgruppen bestandenen Innenhof freigaben.

Grauwolf

Die schweigsamen Wächter führten uns geradewegs auf das lang gestreckte, mit einem tief gezogenen Schilfdach versehene Haupthaus zu, vor dem zwei hoch aufgeschichtete Feuer brannten. Das große Gebäude bildete den Mittelpunkt des Hofes. Es stand unter dickstämmigen Eichen, deren weit ausladende und verzweigte Äste sich wie ein zweites Dach darüber streckten. Mehrere Hunde streunten über den großen Platz vor dem Haus, andere schliefen unter den Bäumen. Die ebenfalls mit Schilf gedeckten Wirtschaftsgebäude, Stallungen und Vorratsspeicher duckten sich im Hintergrund in den Schutz des Innenwalles. Irgendetwas musste vorgefallen sein, denn über dem Hof lag eine spürbare Schwere.

Um beide Feuerstellen standen Gruppen von Männern versammelt. Nur die Bewegungen ihrer Hände verrieten, dass sie miteinander sprachen. Anders als im Vorhof waren keine Frauen und Kinder dabei. Kein Laut drang zu uns herüber. Die Hunde kläfften nur müde, als die Wächter wenige Schritte vor einer der Feuerstellen stehen blieben. Meine Sinne und mein Körper waren wie die Sehnen eines Bogens bis zum Zerreißen angespannt, und neben mir atmete Vili tief durch.

Ich erkannte Grauwolfs massige Gestalt sofort. Der Graf stand mit fünf eisernen Reitern zusammen. Es mussten die Scaras sein. Er hatte uns kommen sehen, denn er rief mit belegter Stimme: »Ha! Der Schmied aus Mimigernaford!«

Die Reiter blickten uns misstrauisch an. Sie hatten Beinschienen, Brünnen und Spangenhelme abgelegt und waren nur in ihre grauen Leinenhemden und Lederschuhe gekleidet. Um die Hüften trugen sie breite Waffengurte, an denen die Griffe der langen Spathas aus ihren Lederscheiden ragten. Drei Scaras hatten zusätzliche Schlaufen an ihren Gurten. In zwei Schlaufen steckten Wurfäxte. Die dritte war leer.

Vili, der bis jetzt geschwiegen hatte, stand einen halben Schritt hinter mir. Ich merkte, wie er zusammenzuckte. Er hatte auch die leere Schlaufe bemerkt.

»Das ist er, das ist der Mordbube«, flüsterte er.

Ich konnte ihm nicht antworten, denn im gleichen Augenblick stand Grauwolf vor uns und sagte mit rauer Stimme: »Es ist gut, dass du kommst, Schmied.«

Er fuhr sich mit einer Hand durch das dichte, schon ergraute Haar, das er im Nacken zu einem Zopf geflochten hatte. Der mit weißen Fäden durchzogene rote Bart konnte die harten Züge um seinen Mund nicht verdecken. Sein Gesicht war bleich und eingefallen, und die immer etwas wässrigen eisgrauen Augen lagen tief in den dunklen Augenhöhlen. Und doch war da etwas Waches, Lauerndes in seinem Blick.

»Ich bin deinem Ruf gefolgt, ja!«, sagte ich, während ich Vili hinter dem Rücken ein Handzeichen gab. Ich wollte, dass er sich vorerst still verhielt.

Grauwolf sprach mit den Wächtern und schickte sie fort.

»Desmond ist also einem heimtückischen Mordbuben zum Opfer gefallen, und ihr habt ihn an der Stever gefunden«, stellte er ohne besondere Regung in der Stimme fest.

»Bei Thor, so ist es«, antwortete ich. »Und nicht nur das, auch mein Gefährte und ich waren in Todesgefahr.« Ich erzählte dem Grafen mit wenigen Worten, was an der Furt geschehen war. Nur von meinem Verdacht gegen einen der Scaras schwieg ich.

Grauwolf betrachtete die Franziska an meinem Sattel.

»Diese Waffe kenne ich«, sagte er. »Es ist Berowulfs Wurfaxt«, er deutete auf den Frankenkrieger, dessen Axtschlaufe leer war. »Man hat sie ihm vor drei Tagen gestohlen, als er mit den anderen Reitern in den Baumbergen lagerte. Das behauptet Berowulf jedenfalls.« Der Graf senkte seine Stimme, und der Ausdruck seiner Augen veränderte sich. Er wirkte noch angespannt, aber das Lauernde in seinem Blick war verschwunden. »Bei allen Göttern«, sagte er dann. »Ihr kommt zur rechten Zeit. Nehmt eure Reittiere und folgt mir.«

Grauwolf hatte einem der Franken, wahrscheinlich ihrem Anführer, rasch einen stummen Wink gegeben. Der Mann nickte mit säuerlichem Lächeln und forderte danach die anderen auf, sich um das Feuer zu setzen. Dann führte der Graf uns zum Haupthaus.

Gemeinsam hoben wir Desmonds Leichnam vom Pferd und trugen

ihn unter eine Eiche an der Vorderseite des Hauses. Danach nahmen wir Falgar und dem Maultier die Sättel ab und banden die Tiere mit geflochtenen Hanfseilen an einem zweiten Baum fest. Ein Stalljunge, den Grauwolf von einem der Feuer herbeigewinkt hatte, würde sie später aus großen Holzeimern mit Hafer und Wasser versorgen. Aber zuvor brachte er uns aus dem Inneren des Hauses Schalen aus gebrannter Erde, in denen Ackerbohnen, Hirse und Schweinefleisch dampften.

»Wenn euch die Reise nicht zu sehr ermüdet hat, können wir jetzt ungestört reden«, sagte der Graf, als wir auf einer klobigen Bank aus Eibenholz neben dem Haupteingang saßen. Von hier aus konnten wir im Schutz des weit überstehenden Daches den Platz vor dem Haus und die Feuerstellen gut sehen.

Mein Vertrauen in Grauwolf war nicht erschüttert. Ich spürte seine Erleichterung über unser Erscheinen, auch wenn er uns nicht besonders freudig begrüßt hatte.

»Was ist geschehen?«, fragte ich.

Er antwortete nicht sofort, sondern blickte zum Mond hinauf, der weit im Süden stand. Es war Mitternacht.

»So viel ist geschehen«, begann er, »dass ich nicht weiß, wo ich beginnen soll. Aber mit Hilfe der Götter wird es uns gelingen, die Rätsel zu lösen. Du, Schmied, als erfahrener Mann wirst bemerkt haben, dass etwas auf dem Hof nicht stimmt«, er unterbrach sich und deutete auf meinen Gurt. »Doch vorher sag mir, woher du die gebrochenen Pfeile hast, die du bei dir trägst.«

»Es sind die Pfeile, mit denen Desmond getötet wurde«, antwortete ich.

»Berowulfs Pfeile«, sagte der Graf bedächtig. »Sie sind rot gefiedert. Er behauptet, man habe ihm nicht nur die Franziska, sondern auch alle Pfeile aus dem Köcher gestohlen.«

»Und seinen Bogen vielleicht auch?«, fragte Vili dazwischen.

Grauwolf schüttelte den Kopf. »Nein«, sagte er. »Berowulf hatte die Axt und den Köcher zur Seite gelegt, als die Scaras vor drei Tagen in den Baumbergen lagerten. Er wollte im Unterholz sein Wasser abschlagen. Den Bogen trug er über dem Rücken.«

»Ich glaube, er lügt«, sagte Vili kühn und stellte seine leere Schale neben sich auf die Bank.

Grauwolf strich sich nachdenklich über den Bart. »Ist euch an Desmond etwas aufgefallen, als ihr ihn fandet?«, fragte er dann, ohne auf meinen Gefährten einzugehen.

»Wie meinst du das?«, gab ich zurück.

»Kurz bevor ihr mit den Wächtern auf den Innenhof kamt, hat Hagrim, der Köhler, meinen Meldereiter vor dem großen Stallgebäude unterhalb des Walles tot aufgefunden. Man hat ihm ein Messer in den Rücken gestoßen und das Genick gebrochen. Es war der Bote, den ich zu dir nach Mimigernaford geschickt hatte. Er war erst am Abend zurückgekehrt und hatte mir eure Ankunft in dieser Nacht gemeldet. Ich konnte ihn nicht mehr fragen, was ihn aufgehalten hatte. Wir haben die Mordwaffe noch nicht gefunden. Der Tote wandte uns sein Gesicht zu, obwohl er auf dem Bauch lag.«

»Wie Desmond«, murmelte Vili betroffen.

Der Graf schaute mich an.

»Das habe ich befürchtet: Desmond und mein Meldereiter sind vom selben Mordbuben getötet worden, der seinen Opfern, wie wir jetzt wissen, das Genick bricht, nachdem er sie getötet hat. Und bei Odin, Berowulf kann es nicht gewesen sein, denn er stand die ganze Zeit mit mir und den anderen Franken am Feuer und war nur einmal bei seinem Pferd. Er hatte nicht die Gelegenheit zu einem Mord.«

»Der Mörder muss sich noch in der Burg aufhalten. Durch die Tore hat er sie nicht verlassen. Er wäre uns begegnet«, sagte ich.

Wieder schüttelte Grauwolf den Kopf. »Es gibt andere Wege«, sagte er. »Er kann sich über die Wälle davongemacht haben. Sie werden zwar auch bewacht, aber nicht durchgehend, denn zur Zeit schweigen die Waffen zwischen uns Westfalen und dem Frankenkönig. Wir müssen keine Überfälle der Franken befürchten. Hinzu kommt, dass Scaras in der Burg lagern.«

»Der Mordbube kann aber nur einer der Reiter gewesen sein, die nach der Dämmerung in die Burg geritten sind«, beharrte ich. »Eins der Pferde, mit denen er geflohen ist, war beschlagen, das andere nicht. Bestimmt verrät er sich dadurch.«

»Ja, so scheint es auf den ersten Blick. Aber ihr habt die Pferde in der Dämmerung nicht genau erkennen können. Die Hälfte meiner Pferde trägt keine Eisen. Der Mörder wird klug genug sein, nicht mit dem edlen Tier des Desmond, das beschlagen war, in die Burg zu reiten. Es steht auch nicht auf dem Hof.«

»Wer ist der Mann aus Sitnia?«, fragte ich. »Er führte zwei Pferde mit sich wie der Reiter, den wir von der Furt aus verfolgt haben.«

»Er kommt von den Eisenfelshügeln. Es ist Mori, der Sohn Guntwins, den du kennst. Bei allen Göttern, er würde keinen Menschen töten.«

»Und Hagrim, der den Toten hier in der Burg fand? Er kann uns getäuscht und die Pferde draußen auf der Ebene versteckt haben, um danach mit seinen Kohlenkarren in die Burg zu ziehen.«

»Hagrim und sein Gehilfe? Nein, Bardo! Beide sind Sonderlinge, ja, zwei Einsiedler, aber keine Mörder. Sie sind nicht arglistig. Hagrim ist, soweit ich weiß, Sachse und den Göttern dankbar, dass er seine Meiler ungestört betreiben kann.«

Vili hatte gedankenverloren zugehört.

»Wer sich über die Wälle davonmacht, der kommt auch über die Wälle herein«, sagte er jetzt leise, als spräche er mit sich selbst. »Wer war Desmond überhaupt? Woher kam er?«

Der Graf schwieg eine Weile.

»Der Mörder kann wahrhaftig bei Dunkelheit ungesehen in die Burg eingedrungen sein und sie ebenso wieder verlassen haben«, antwortete er. »Bei Thor, er hatte zwei Pferde zur Verfügung. Ich bin jetzt sicher, dass er längst in den Wäldern verschwunden ist. Doch nun zu deiner Frage, junger Franke. Desmond war Langobarde, ein Etheling aus Rom, der im bairischen Regensburg lebte. In Rom wurde am fünfundzwanzigsten Tag des Ostarmanoth ein Anschlag auf Papst Leo III. verübt. Desmond brachte als Letzter einer Meldereiterstafette die Kunde davon von Regensburg aus zum König nach Aachen. Karl schickte ihn mit einer geheimen Botschaft weiter zu mir.«

»Hat dein Bote mich wegen Desmond und dessen Mission in Mimigernaford aufgesucht?«, fragte ich ahnungsvoll.

»Der König erwähnt in seiner Botschaft eine Tat im Maurenland, an der du beteiligt warst, Bardo. Und er spricht von unserem gemeinsamen Abenteuer mit dem Ring des Thor. Er vertraut mir und dir und ruft uns deshalb nach Padrabrun, wo er sich mit seinem Hofstaat im Brachmanoth von Aachen aus einfinden und mit dem Papst treffen wird. Desmond plante, dich in Liudgers Kloster aufzusuchen. Doch ich überredete ihn, sich für ein paar Tage in der Burg zu schonen. Daher sandte ich dir einen meiner Männer, der den kürzeren, aber gefährlicheren Weg über den Bohlenpfad durch das Moor kannte.«

Ich versuchte, die fein gesponnenen Fäden zu verstehen, mit denen die Nornen mein Schicksal und das Geschehen der letzten Tage miteinander verknüpften. Es gelang mir nicht. Auch für die späte Rückkehr und den Tod des Boten fand ich keine Erklärung. Ich ahnte, dass wir bereits mitten in einem Abenteuer steckten, das weit südlich der Alpes seinen Anfang genommen hatte.

Grauwolfs Worte hatten mich zudem an eine blutige Nacht vor langer Zeit erinnert. Im Jahre 782 hatte ich dem Frankenkönig in einem Feldlager im Maurenland das Leben gerettet. Bei der Strafe am Haupte hatte Karl in dieser Nacht befohlen, dass nie jemand etwas darüber erfahren dürfe. Nur meine Schwester Varga die Seherin war Zeugin der Tat gewesen.

»Was den Mordbuben angeht, teile ich deinen Verdacht, Grauwolf«, sagte ich. »Sind die Scaras wegen Karls Botschaft hier?«

»Ja, sie kamen einen Tag nach Desmond. Sie werden uns auf Karls Befehl und unter meiner Führung nach Padrabrun geleiten.«

»Warum hielt sich der Langobarde an der Furt auf?«

»Es war ein schöner Frühlingstag. Desmond wollte sein Pferd bewegen. Ich versuchte, es ihm ausreden, und erzählte ihm von den bis heute verschwundenen Männern in den Baumbergen. Aber er bestand darauf. Er zeigte mir lächelnd seine Wurfmesser, mit denen er noch nie ein Ziel verfehlt hatte.«

»Die Waffen, die er vorn im Gurt trug?«

»Hast du die ungewöhnlich gebogene Form ihrer Klingen und Horngriffe bemerkt?«

Ich nickte stumm. Die Nacht war weit fortgeschritten. Noch immer wehte ein leichter, warmer Sundroni über die Wälle. Neben mir saß Vili, dem schon einige Male das Kinn auf die Brust gesunken war. Er war müde, und auch meine Lider wurden schwer.

Grauwolf erhob sich schwerfällig von der Bank. »Desmonds Leichnam ist auf meinen Befehl in eins der Grubenhäuser unter dem Innenwall geschafft worden. Dort liegt auch der erstochene Bote. Beide werden mit den ersten Strahlen Sunnas auf dem Totenacker in der heiligen Erde Westfalens ihre Ruhe finden. Wir sollten jetzt unsere Lager aufsuchen. In dieser Nacht wird nichts mehr geschehen.«

Der Platz vor dem Haupthaus lag still im Mondlicht. Die Scaras schliefen auf dünnem Stroh und mit Auerochsfellen bedeckt an der Feuerstelle, an der Grauwolf uns empfangen hatte. Alle übrigen Männer, unter ihnen auch Hagrim, sein Gehilfe und der junge Mori, hatten sich an den beiden Längsseiten des Haupthauses auf Wisenthäuten unter den Bäumen niedergelassen. Leise Stimmen verrieten, dass ein paar von ihnen bisher keinen Schlaf gefunden hatten.

Ich gab dem Grafen einen Wink und ging mit Vili noch einmal zu unseren Reittieren. Sie hatten ihren Hafer bekommen. Die leeren Holzeimer standen neben ihnen, und die Sättel lagen an ihrem Platz. Wir hatten uns schon halb wieder abgewandt, um Grauwolf ins Haupthaus zu folgen, als ich es sah. Auch Vili war mit einem Mal hellwach.

»Dein Sattel, die Franziska – jemand muss sie gestohlen haben. Sie steckt nicht mehr in der Schlaufe.«

»Berowulf?«, sagte eine ärgerliche Stimme hinter uns. »Bei Thor, er wird sie sich genommen haben. Die Wurfaxt ist immerhin seine Waffe.«

Der Graf war uns lautlos gefolgt. Ich schaute ihn überrascht an. Die Götter hatten alle Müdigkeit von mir genommen.

»Warum hast du sie ihm nicht gleich übergeben?«, fragte ich.

Grauwolf zog die buschigen Augenbrauen zusammen. Auf seiner Stirn bildete sich von der Nasenwurzel bis zum Haaransatz eine steile Falte, und sein Blick verriet angespannte Wachsamkeit.

»Ich wollte die Axt als Lockmittel benutzen«, antwortete er, dieses Mal eher entschuldigend als verärgert. »Ich hoffte, der Mörder würde aus irgendeinem Grund, den nur die Götter kennen, versuchen, sie wieder an sich zu nehmen, sollte er sich wirklich in der Burg aufhalten. Ich habe den Sattel beobachtet. Als wir zu der Ansicht gelangt waren, dass der Mordbube über die Wälle entkommen sein musste, aber nicht mehr.«

»Du hättest uns von deinem Plan erzählen müssen. Sechs Augen sehen mehr als zwei, und sechs Ohren hören mehr als zwei. Wir hätten den Sattel niemals aus den Augen lassen dürfen.«

»Du sagst es, Bardo«, mischte Vili sich leise ein. Seine wachen Augen suchten die Scaras. »Aber es ist doch ein Leichtes herauszufinden, ob die Axt tatsächlich in Berowulfs Gürtelschlaufe steckt.«

Der Franke schlief inmitten seiner vier Waffenbrüder tief und fest unter dem Auerochsfell. Vili hob es mit spitzen Fingern an. Die Schlaufe an Berowulfs Gurt war so leer wie bei unserer Ankunft.

Der Mörder hielt sich also doch noch in der Burg auf! Er musste sich gut auskennen und sicher sein, dass er selbst und die auffällige Wurfaxt nicht von uns entdeckt werden konnten. Oder hatte er sich nach dem Diebstahl der Franziska endgültig davongemacht? Wir hatten nichts bemerkt, und auch den Männern Grauwolfs, die an den Längsseiten des Haupthauses lagerten und noch nicht schliefen, war nichts Verdächtiges aufgefallen.

Ich wollte sofort nach der Wurfaxt suchen lassen, doch Grauwolf glaubte an die Flucht des Mörders. Der Graf duldete keinen Widerspruch, befahl zwei seiner Männer, die letzten Stunden der Nacht auf dem Innenhof zu wachen, und entschied, erst bei Anbrechen der Morgendämmerung die Wälle nach Spuren absuchen zu lassen, die uns vielleicht etwas über den Unhold verraten konnten.

Ich fand keine Ruhe und lag noch lange mit wachen Sinnen auf einem der Weidengestelle im Haupthaus, die Grauwolf uns als Schlafplätze zugewiesen hatte. Neben mir hatte sich mein Gefährte in eine Wisenthaut eingewickelt und war bald darauf eingeschlafen. Schließlich übermannte auch mich die Müdigkeit.

Ein leises Geräusch weckte mich. Vom Haupteingang fiel erstes schwaches Tageslicht in das große Haus. Wie lange hatte ich geschlafen? Als ich mich aufrichten wollte, bemerkte ich Fesseln an meinen Hand- und Fußgelenken. Ich erschrak heftig. Sofort war ich hellwach. Dann fiel mein Blick auf eine schattenhafte Gestalt, die sich über den neben mir liegenden Vili beugte, der mich aus weit aufgerissenen, toten Augen anstarrte. Meinem Gefährten steckte die Franziska im Hals. Dunkelrotes Blut ergoss sich über die Hände des Mörders und rann auf den Lehmboden. Ich wollte nicht glauben, was ich sah, schloss die Augen, öffnete sie wieder. Aber das Bild blieb. Ich konnte nicht schreien, nicht atmen, mir war, als hätte sich eine eisenschwere Last auf meine Brust gelegt. Ich versuchte mit aller Kraft, die Fesseln zu lösen. Doch die Hanfseile schnitten schmerzhaft in mein Fleisch, es gelang mir nicht. Jetzt wandte sich der Mordbube mir zu. Er war mir fremd. Ich hatte sein verzerrtes, finsteres Gesicht nie zuvor gesehen. Seine Augen glühten vor Hass. Sein brennender Blick verriet, was als Nächstes geschehen würde. Er hatte getötet, nicht zum ersten Mal in dieser Nacht. Der Mörder fühlte sich mir weit überlegen, sein Grinsen zeigte es mir. Er zog die Axt aus der klaffenden Wunde im Hals meines Gefährten. Wo steckte Grauwolf, wo waren die Männer, die den Hof bewachen sollten? Wo die Frauen und Kinder? Hatte der Schlächter sie nacheinander im Schlaf getötet?

Der erste goldene Strahl Sunnas drang tief ins Haus, traf auf die von Blut besudelte Schneide der Axt, tauchte das kalte Eisen in noch tieferes Rot, als der Mörder die Franziska zum Schlag gegen mich erhob. Ich wand mich verzweifelt auf dem Lager, warf meinen Kopf zur Seite, schloss die Augen, geblendet vom todbringenden Licht. Meiner Brust entrang sich ein gequälter Schrei, und aus dem entstellten Maul des Unholds drang hohl und wie aus den tiefsten Abgründen Hels kommend mein Name, wurde lauter, lauter …

»Schmied! Bardo!«

Ich riss die Augen auf. Das Gesicht des Mannes, der sich über mich beugte und an den Schultern gefasst hielt, war nicht entstellt. Ich kannte es. Auch meine Hände und Füße waren nicht gefesselt. Ich konnte sie frei bewegen.

»Du hast geträumt, mein Freund«, sagte Grauwolf. Er versuchte zu lächeln, aber es gelang ihm nur schwer.

Ich richtete mich langsam auf, rieb mir die Augen und antwortete mit belegter Stimme: »Bei Odin, ja, ich habe geträumt. Ein furchtbarer Traum.« Mein Blick fiel auf Vilis Lager, es war leer. Sofort beschlich mich die Angst. »Wo steckt Vili?«, fragte ich und stand auch schon neben dem Weidengestell.

»Er hat dich auf meinen Befehl hin schlafen lassen. Er ist schon eine Weile auf dem Hof bei euren Tieren. Mori, der junge Schmied aus den Eisenfelshügeln, ist bei ihm.«

Der Graf wandte sich dem Eingang zu. Ich folgte ihm nachdenklich.

»Ist in der Nacht noch etwas geschehen?«, fragte ich verunsichert. »Ich muss tief geschlafen haben – und dann dieser grauenvolle Traum.«

»Nein«, antwortete Grauwolf. »Alles war ruhig. Der Mörder hat die Burg nach dem Diebstahl verlassen, davon bin ich noch immer überzeugt. Draußen auf der Bank stehen ein Krug Bier und eine Schale mit Hirsebrei für dich bereit. Während du isst, kannst du mir von deinem Traum erzählen. Danach tragen wir Desmond und den Boten auf den Totenacker. Zwei meiner Männer werden die Leichen im Grubenhaus in die Eichenbaumsärge legen und die Sargdeckel aufnageln. Zwei andere heben schon die Gräber aus. Auf den Wällen und im Burggraben wird seit dem Morgengrauen nach den Spuren des Mörders gesucht.«

Der große Innenhof lag im hellen Schein Sunnas, die mit ihrem Sonnenwagen bereits eine Handbreit über den Wipfeln der Bäume stand. Ihr goldenes Licht flutete über die Dächer und die im satten Grün liegenden Wälle. Wieder begann ein trügerisch friedlicher Tag. Der laue Wind hatte sich gedreht. Ein leiser Ostsundroni spielte mit den jungen Blättern der Eichen und Buchen und trug die Stimmen der Frauen und Kinder zu uns herüber, die in den Kräuter- und Gemüsegärten abseits des Haupthauses auf einer baumlosen Fläche unterhalb des Walles arbeiteten. Sie bestellten die neu angelegten Beete, in denen jetzt im Winnemanoth neben Färberwaid, Saflor, Krapp und Färberwau zum Einfärben der Wolle und Leintücher auch viele Gewürz- und Heilpflanzen wie Salbei, Kamille oder schwarzes Bilsenkraut gesät werden mussten.

Vili stand mit dem vielleicht dreizehn Sommer alten Mori bei Falgar und dem Maultier. Sie hatten den Tieren Heu vorgeworfen und schienen in ein angeregtes Gespräch vertieft.

Als Grauwolf und ich uns auf die Bank setzten, schaute Mori in unsere Richtung. In seinem offenen, freundlichen Gesicht funkelten wache Augen unter hellen Brauen. Er sprach angeregt mit Vili. Dann winkte er uns zu.

»Guntwins Sohn kam wegen seines lahmenden Pferdes in die Burg. Er brauchte Ersatz«, sagte Grauwolf. »Der Junge arbeitet seit fünf Tagen als Schmied bei der Friesin Heriburg, der Schwester Liudgers, in der neuen Klosteranlage unterhalb der Burg.«

Ich hatte in Mimigernaford vom Klosterbau im Nusswald gehört. Und der Name von Liudgers Schwester war in Aachen oft gefallen. Sie ähnelte offenbar in vielem ihrem Bruder, mit dem ich manchen Disput über unsere Götter und seinen Gott hatte. Die Schwester des Friesen war jedenfalls nach allem, was von ihr erzählt wurde, eine mutige Frau.

»Heriburg ist hier im Nusswald?«, fragte ich.

»Ja, sie soll die erste Äbtissin des kleinen Klosters sein. Karl hat sie dazu bestimmt. Sie steht unter meinem besonderen Schutz. Und sie wird mit uns nach Padrabrun reisen.«

Grauwolf ließ seinen Blick langsam über den Hof wandern.

»Es ist noch nicht lange her, da hätten wir den Franken die Köpfe blutig geschlagen, wenn wir sie in unseren Wäldern entdeckt hätten oder wenn sie versucht hätten, ein Haus für ihren Gott auf unserem Boden zu errichten«, sagte er leise wie zu sich selbst. »Aber nun bin ich Gaugraf Karls und stehe in seinem Schatten, der auf uns Westfalen fällt. Ich wache über die Einhaltung seiner Gesetze und bin ihm und seinen missis dominici gegenüber für das Leben von Sachsen *und* Franken verantwortlich.«

Er unterbrach sich und deutete mit einem Mal zum Tor.

»Der Köhler und sein Gehilfe«, sagte er. »Manchmal schicke ich meine Männer zu ihm, wie die fünf, die verschwunden sind. Hagrim selbst kommt her, wenn er Fleisch und Getreide braucht. Er kann nur die hellen Tagesstunden für seine Arbeit an den Meilern nutzen. Du weißt, auch am Tag ist es in den Wäldern oft so finster, dass man kaum zehn Schritte weit sehen kann. Daher kommt er in der Abenddämmerung und verlässt die Burg im Morgengrauen. Die beiden gehen jetzt zurück in die Baumberge. Hagrim erzählte, dass er erst gestern neue Meiler aufgeschichtet hat. Er lässt sie nie lange ohne Aufsicht, und die Kohle, die er brennt, ist die beste Westfalens.«

Die Männer, die jetzt die Burg verließen, gingen neben zwei hochwandigen Kohlenkarren, die von starken Zugochsen gezogen wurden. Sie waren beinahe gleich groß und trugen lange graue Mäntel. Unter ihren spitzen Hüten quollen schwarze Haare hervor, die ihnen bis auf die Schultern fielen. Beide hielten in diesem Augenblick inne und schauten sich um. Sie grüßten knapp und verschwanden durch das Tor im Innenwall.

Grauwolf erhob sich.

»Auch die Händler haben die Burg verlassen«, sagte er. »Allerdings sehr eilig und schon vor Sunnas Aufgang. Von Wulfila und Arnulf, zwei wegekundigen Männern aus Dorestad, die von den anderen in der Nacht zu ihren Anführern gemacht wurden, weiß ich, dass sie gemeinsam nach Sitnia und von dort auf dem Hellweg entlang der Lippe bis Padrabrun weiterziehen wollen. Ich hatte ihnen angeboten, mit uns zu reisen. Aber sie brauchen mit ihren vielen Wagen und den Kindern länger als wir, daher der frühe Aufbruch. Der Besuch Karls und seines Hofstaates an den Paderquellen verspricht einen guten Handel.«

Er hielt inne und wandte sich den Grubenhäusern zu, die im hellen Licht Sunnas lagen. »Aber genug davon«, sagte er dann. »Es ist Zeit, Desmond und meinen Boten der Erde zu übergeben.«

Wir waren vom Grubenhaus, in dem die Leichen der beiden lagen, noch über dreißig Schritte entfernt, als von dort ein alter Mann auf uns zukam. Im gleichen Augenblick fiel der Schatten einer Wolke auf uns. Ein eisiger Schauer ließ mich trotz der warmen Frühlingsluft frieren und Furchtbares ahnen.

»Desmond! Der Bote! Bei Thor!«, rief der Alte von weitem. In seinem hageren Gesicht zeigte sich blankes Entsetzen.

Die Götter nahmen Grauwolf alle Farbe aus dem Gesicht. »Was ist geschehen, Arno?«, fragte er.

»Ich, ich – kommt und seht selbst. Das kann nur ein Dämon gewesen sein.«

Der Mann rang nach Luft, griff sich an die Brust und sank stöhnend vornüber.

Ich konnte ihn gerade noch auffangen. In seinen Augen stand das kalte Grauen.

»Bei unseren Göttern«, stieß ich hervor. »Was ist mit Desmond und dem Boten? Sind sie verschwunden?«

Entschlossen ging Grauwolf auf das Grubenhaus zu. Ich folgte ihm, den wimmernden Alten stützend. Vor dem Eingang blieb der Graf jäh stehen. Aus dem halbdunklen Inneren drangen leise Stimmen.

»Wer ist noch da drin?«, fragte Grauwolf.

»Berno«, antwortete Arno verzagt. »Du hast uns doch selbst hineingeschickt.«

»Ich weiß. Aber er spricht mit jemandem. Wer ist das?«

»Vielleicht hat Berno Hilfe geholt, als ich euch rief.«

»Wir werden sehen.«

Der Graf trat auf die erste Sprosse der kurzen Leiter, die zum Boden des Grubenhauses hinunterführte, und verschwand im Zwielicht unter dem Dach. Ich wollte ihm nachsteigen, doch Arno hielt mich zurück.

»Bleib«, sagte er flehend.

Ich zögerte. Plötzlich erschütterte ein wutentbrannter Schrei die

Stille auf dem Innenhof. Es war Grauwolfs donnernde Stimme. Gleich darauf herrschte Totenstille. Ich stürmte in das Grubenhaus.

»Ein Dämon war's, ein Dämon ...«, stöhnte Arno hinter mir.

Meine Augen durchdrangen das Dämmerlicht in der vier Fuß tiefen Grube sofort. Der Graf stand mit zwei Männern an den noch offenen Eichenbaumsärgen. Doch ich konnte nicht sehen, was den Alten so sehr in Schrecken versetzt und Grauwolf den Schrei entlockt hatte. Dann trat der Graf zur Seite.

Man hatte den Toten die Köpfe abgeschlagen.

»Arno hat nicht übertrieben«, sagte der Graf rau. »Hier war ein Dämon am Werk, bei allen Göttern. Man hat ihnen nicht nur die Köpfe abgetrennt. Die Köpfe sind weg, Bardo. Wer das getan hat, kann nur eine Ausgeburt Thryms sein.«

Voller Abscheu wandte ich mich vom Anblick der Leichen ab. Mein Blick fiel in eine dunkle Ecke der Grube. Etwas schimmerte im fahlen Licht. Mit zwei Schritten war ich dort, beugte mich hinab und hielt eine fränkische Wurfaxt in den Händen.

»Eine Franziska«, sagte einer der Männer.

Grauwolf starrte zuerst die Waffe an und dann mich.

»Ist es die von Berowulf?«, fragte er bestürzt.

»Ja«, antwortete ich mit schwerer Stimme. »Nun wissen wir, wozu der Unhold sie ein zweites Mal gestohlen hat. Und wir wissen, dass er doch noch in der Burg war – oder ist.«

»Er ist jedenfalls kein Mensch«, murmelte der Graf betroffen.

»Oh doch, er ist ein Mensch.«

Wieder lenkten die Götter meine Augen auf etwas, was Grauwolf übersehen haben musste. Der Leichnam zu meinen Füßen war der des Desmond. Ich erkannte ihn an seiner Kleidung. Vorn am Gurt hatten die Wurfmesser gesteckt, die mir schon an der Furt aufgefallen waren. Sie waren verschwunden.

»Dieses Scheusal hat die Messer des Langobarden gestohlen«, sagte ich.

In der Grube war es bedrückend still. Grauwolf antwortete nicht. Er nahm die Axt und gab den beiden Männern ein Zeichen, die Sargdeckel aufzunageln. Anschließend stieg er ohne ein Wort die wenigen Sprossen hinauf ans Tageslicht. Ich folgte ihm.

Auf dem Hof hatten sich in der Zwischenzeit Vili, Mori und die

Frankenreiter nur wenige Schritte vom Grubenhaus entfernt um Arno versammelt. Auch die Frauen, Kinder und Alten waren herbeigeeilt. Sie mussten Grauwolfs Schrei gehört haben. In ihren Augen standen Unsicherheit und Angst. Alle spürten den unsichtbaren Schatten, der sich über die Burg Grauwolfs gelegt hatte.

Der Graf indes hatte sich gefasst.

»Bei Hel«, sagte er. »Wer immer es war: Das, was dort im Grubenhaus geschehen ist, ist das Kaltblütigste und Böseste, was ich je in meinem Leben gesehen habe. Und ich habe viel gesehen. Nur ein Dämon kann so etwas tun.«

»Ein Dämon in Menschengestalt«, antwortete ich, so ruhig ich konnte. »Ich habe es ja schon gesagt. Du weißt, zu welchen Taten Menschen fähig sind.«

»Glaubst du, er ist noch immer in der Burg?«

Ich schaute mich um, als könnte ich auf diese Weise die Maske des Unholds mit meinen Augen durchdringen. Doch wer von Grauwolfs Leuten oder den Scaras hätte zwei Morde begehen und so barbarisch handeln können, wie es der Schlächter getan hatte?

»Ich weiß es nicht«, antwortete ich und fragte: »Wann haben deine Männer die verstümmelten Leichen gefunden?«

»Erst nachdem Sunna schon am Himmel stand, kurz bevor Arno zu uns kam.«

»Dann ist der Mörder längst geflohen. Er mag verschlagen sein, doch er wird es nicht darauf ankommen lassen, bei Tageslicht durch einen Zufall erkannt zu werden. Er trägt die Wurfmesser bei sich und muss damit rechnen, dass sie bei ihm entdeckt werden könnten. Was mit den Köpfen seiner Opfer geschehen ist, wissen wir nicht. Doch auch sie wird er, aus einem finsteren Grund, den nur Surt kennt, mit sich führen. Aber bei Loki dem Falschen, wo steckten die Wachen, die du in der Nacht eingeteilt hattest?«

»Es sind gute Männer. Ich vertraue ihnen. Sie haben nichts gesehen und gehört.«

Mir lief ein frostiger Schauer über den Körper. Wie konnte es sein, dass sich der Mörder während des ganzen Abends und der Nacht in der Burg aufgehalten hatte, ohne von irgendjemandem bemerkt zu werden? Er musste in unmittelbarer Nähe gewesen sein, vielleicht sogar unser Gespräch belauscht haben.

»Der Tod des Desmond hat bestimmt etwas mit seiner Botschaft zu tun«, meinte Grauwolf. »Und dein Traum war vielleicht ein Hinweis der Schicksalsgöttinnen auf die Nähe des Mörders, denn du hast ihn ja mitten unter uns gesehen. Aber was diesen Unhold wirklich treibt, was ihn so furchtbar morden und schänden lässt, das wissen nur die Nornen.«

Berowulf nahm seine Franziska nicht zurück. Die Axt war eine sehr wertvolle Waffe, doch er schüttelte den Kopf, als Grauwolf sie ihm brachte.

»Sie ist für den ehrlichen Kampf bestimmt«, sagte er. »Nicht, um Tote zu entehren. Der Mörder hat sie entweiht. Ich will sie nicht mehr.«

Der Graf befahl den Franken, jeden Mann ohne Ausnahme auf dem Hof zu durchsuchen. Auch sie selbst mussten ihre Brünnen, Spangenhelme, Beinschienen und Leinenhemden vor Grauwolf ausbreiten. Ein hilfloser Versuch. An den Händen, Armen und der Kleidung der Männer zeigte sich kein verräterisches Blut. Die Wurfmesser des Desmond wurden nicht gefunden.

Die Wälle wiesen Stiefelabdrücke in Fülle auf, von denen sich zwei deutliche, frische Spuren im Südwesten durch den Graben hindurch verfolgen ließen. Sie führten hinein und hinaus und verloren sich auf dem von Pferdehufen aufgewühlten Weg, der um die Burg herumführte. Grauwolfs Leute behaupteten, niemand von ihnen habe die Burg auf diesem Wege betreten oder verlassen. Der Graf zweifelte nicht daran, denn wer würde sich heimlich davonstehlen, wenn er nichts zu verbergen hätte? Stammten die Spuren vom Mörder? Es blieb ein Rätsel: Wir hatten *zwei* Paar Stiefelspuren gefunden. Hatte der Unhold einen Genossen, der mit ihm in der Burg gewesen war?

Bald nach dem grausigen Fund begruben wir die geschändeten Leichname auf dem Totenacker. Sunna hatte indessen den höchsten Punkt des Tages erreicht und die von Osten vereinzelt heraufziehenden Wolken vertrieben. Über die Burg spannte sich ein tiefblauer Himmel, und die Luft hatte sich noch stärker erwärmt als am Tag zuvor.

Schon vor der Bestattung hatte Grauwolf die fünf Scaras und vier seiner Männer ausgeschickt, von denen eine Gruppe den Nusswald, alle umliegenden Höfe und die Baumberge nach Verdächtigen durchstreifen sollte. Die anderen waren auf dem Handelsweg in Richtung Süden geritten.

»In zwei Tagen brechen wir nach Padrabrun auf«, sagte er, nachdem wir gemeinsam mit Vili und Mori vom Feld der Toten zurückgekehrt waren. In seinem Gesicht zeigten sich deutlich die Schrecken der vergangenen Stunden. »Bis zu unserer Abreise muss es mit Hilfe der Götter gelingen, den oder die Mordbuben in Fesseln zu legen. Sie können nicht weit gekommen sein.« Er schaute mich an. »Ich reite jetzt zu Heriburg. Sie erwartet mich. Du wirst mich mit Vili und Mori begleiten.«

Wir standen auf dem Platz vor dem Haupthaus. Aus der Gruppe der Frauen, die wieder in den Kräutergärten arbeiteten, löste sich eine junge Frau und kam auf uns zu. Sie war mir schon vorher aufgefallen, denn sie trug ein fein gesponnenes, im Sud von Birkenblättern leuchtend gelb gefärbtes Wollhemd, das ihr bis über die Knie reichte und an der Hüfte von einer einfachen Hanfschnur zusammengehalten wurde. Ihre Füße steckten in groben Lederschuhen.

»Hildegund!«, rief der Graf erfreut. Er entspannte sich. »Du kennst meine Tochter, Bardo.«

Ich konnte mich gut an das hellhaarige, schlanke Mädchen erinnern, dessentwegen Grauwolf vor vielen Jahren in den Verdacht geraten war, dem Ring des Thor, einem dunklen Geheimbund, anzugehören, der dem Frankenkönig nach dem Leben getrachtet hatte.

»Ich sehe, sie ist eine schöne Frau geworden«, sagte ich beeindruckt. »Wird sie mit uns nach Padrabrun reisen?«

»Ja, Heriburg möchte, dass Hildegund sie begleitet. Ich habe keine Einwände, auch wenn ich die Frauen in dieser Zeit lieber hier auf der Burg sehen würde.«

»Nach allem, was geschehen ist, ist sie bei uns sicherer. Wir wissen nicht, ob deine Männer den Schlächter finden.«

»Du sagst es, Schmied. Möge Thor der Gewaltige dem Dämon den Schädel spalten.«

Hildegund stand jetzt vor uns. Sie nickte mir zu und sagte zu Vili: »Bist du nicht der Stalljunge, der mit seiner Schleuder dem schwarzen Priester in Attigny das grausame Handwerk gelegt hat?«

»Ja, der bin ich«, antwortete Vili verblüfft.

Die blauen Augen Hildegunds strahlten. »Mein Vater hat oft vom Ring des Thor erzählt«, sagte sie. »Und davon, wie mutig du warst.«

Das Gesicht meines Gefährten überzog sich mit dem Tiefrot einer überreifen Ebereschenbeere. Grauwolfs Tochter war vielleicht fünfundzwanzig Sommer alt. Sie schien im Umgang mit Männern unbekümmert, denn sie hatte auf der Burg ihres Vaters ohne ihre Mutter aufwachsen müssen, die wegen der kalten Winter und feuchten Nebelmonate Westfalens schon früh an der Schwindsucht gestorben war. Mein Gefährte aber war den Frauen bisher ausgewichen oder mit großer Zurückhaltung begegnet. Er schaute mich hilflos an. Antworte du für mich, las ich aus seinem verlegenen Blick. Ich tat es.

»Er ist kein Stalljunge mehr«, stellte ich mit ernster Miene fest. »Vili ist Schmied wie ich. Und ein guter obendrein. Er war mutig, ja, und er ist es noch immer.«

Hildegund lachte. »Nein, Stalljunge ist er nicht mehr, er ist Schmied. Ob er aber seinen Mut bewahrt hat …«

Ihr helles Lachen verjagte die Schatten, die noch auf unseren Sinnen lagen. Grauwolf nahm sie lächelnd am Arm.

»Heriburg wird ungeduldig sein«, sagte er zu ihr. »Wir reiten jetzt zum Kloster. Du solltest uns begleiten. Die Zeit drängt, und Heriburg wird noch vieles mit dir zu besprechen haben.«

Grauwolfs Tochter schaute zuerst Vili tief in die Augen und fragte dann ihren Vater: »Reitet Vili mit uns?«

»Ja. Wir brauchen einen mutigen Recken wie ihn in unseren Reihen.«

Der Graf legte meinem Gefährten eine Hand auf die Schulter. »Du wirst auf Hildegund Acht geben, Vili«, sagte er und fügte hinzu: »Ich vertraue sie deinem Schutz an. Und bei Tyr, ich weiß, du nimmst diese Aufgabe schon jetzt sehr ernst. Das sehen wir alle.«

Zum nahe gelegenen Kloster konnten wir nicht ohne Waffen reiten. Ich ließ mir von Grauwolf zusätzlich zu dem langen Messer, das ich ständig bei mir trug, Bogen und Pfeile geben, während Vili auf sein Wams deutete, unter dem er die Schleuder verborgen hielt. Der Graf nahm sich einen Langsax, und Mori zeigte lächelnd auf den kurzen, mit einer schlanken Eisenspitze versehenen Ger, der in einer Halterung am Sattel seines Pferdes steckte.

Als wir eine Weile später über einen sanften Hang in das dicht bewaldete, weite Tal unterhalb der Burg ritten, in dem Heriburgs Kloster lag, glänzten Vilis grüne Augen. Verstohlene Blicke suchten die junge Frau, die neben ihrem Vater ritt, und die Farbe der reifen Ebereschenbeere beherrschte noch immer sein schmales Gesicht. Freyja hatte trotz des dunklen Geschehens ihr Falkengewand angelegt, war von Asgard herabgestiegen und hatte meinen fränkischen Gefährten in ihren Bann gezogen.

Heriburg

Mori, Guntwins Sohn aus den Eisenfelshügeln von Sitnia, war ungefähr so groß wie mein Gefährte. Er maß nicht ganz sechs Fuß, war aber von kräftigerem Wuchs. Seine hellblonden Haare waren mit dünnen, rot gefärbten Lederschnüren zu einem Zopf verflochten. Das weißgraue, aus Wolfsfell gearbeitete Wams ließ die kräftigen Arme frei. An den Handgelenken schimmerten schmale Ringe aus fein geschmiedeter Bronze. Ein Werk und Geschenk seines Vaters. Als stolzes Zeichen seiner Stammesgruppe, die sich »Wolfskinder« nannte, trug der junge Mann ein schmales Lederband mit daumennagelgroßen, durchbohrten rötlichen Steinen und den Fangzähnen eines Wolfes um den Hals. Die Beine steckten in halbhohen Fellstiefeln.

Mori hatte für das lahmende Tier ein anderes Pferd erhalten, auf dem er uns mit Grauwolf vorausritt. Hildegund hatte sich etwas zurückfallen lassen und ihren Platz neben Vili gesucht. Sie sprach leise mit ihm. Ich folgte in einigem Abstand als Letzter der Gruppe und beobachtete den Wald zu beiden Seiten. Manchmal raschelte es im dichten Unterholz, dann wieder glaubte ich, entfernt Hufschlag zu hören, ohne dass ich ausmachen konnte, woher die Geräusche kamen, und aus der Tiefe des Waldes riefen Wisent, Elch und Ur. Sie durchstreiften jetzt im frühen Jahr Moore und Wälder auf der Suche nach frischem Grün.

Meine Augen folgten einem Habicht, der mit rauschendem Flügelschlag und hellen Schreien aus dem Geäst einer Buche in den klaren Himmel aufstieg, als von vorn ein lauter Ruf kam. Es war Mori, der uns aufgeregt Handzeichen gab. Im gleichen Augenblick ließ Grauwolf sich aus dem Sattel gleiten. Er machte einen Schritt ins Unterholz, beugte sich tief hinab und nahm etwas auf.

»Ein Lederbeutel!«, rief er.

»Es ist ein Schulterbeutel«, sagte Mori. »Der Riemen ist gerissen. Jemand muss ihn verloren haben.«

Der Graf ließ den zwei Fuß langen, einen Fuß breiten Beutel durch die Hände gleiten. In die glatte Oberfläche des abgetragenen, weichen Leders waren auf einer Seite Zeichen geritzt, die zum Teil von einem Überwurf verdeckt wurden, der den Beutel verschloss.

Grauwolf wog das Fundstück in beiden Händen. »Er ist sehr schwer«, sagte er.

Mori griff beherzt nach dem Überwurf und schlug ihn zurück. Seine linke Hand verschwand in der Tasche.

»Denare«, sagte er überrascht. »Er ist voller Denare.«

Mori zog die Hand heraus. Eine Anzahl blanker Silberstücke blinkte im Schein Sunnas.

Es trat Stille ein, und aller Augen waren auf das Silber gerichtet. Doch plötzlich begann Moris Hand zu zittern. Er ließ die Denare mit einer hastigen Bewegung zurück in den Beutel gleiten.

»Irgendetwas sagt mir, dass Blut an ihnen klebt«, murmelte er ängstlich. »Menschenblut.« Seine tiefblauen Augen verdunkelten sich.

»Niemand von uns weiß, wem der Beutel gehört, Mori«, sagte Grauwolf beruhigend. »Er kann Eigentum Heriburgs sein, denn mir scheint, die Zeichen im Leder sind Buchstaben, wie die Mönche sie schreiben.«

Der Graf konnte weder schreiben noch lesen. Ich schaute mir die Schriftzeichen genauer an. »Nein«, gab ich zurück. »Das sind keine lateinischen Buchstaben. Ihr wisst, ich bin des Schreibens und Lesens kundig. Aber Zeichen dieser Art habe ich noch nie gesehen.«

»Vielleicht gehört die Tasche ja den zwei Reitern, die gestern, bevor ich wegen meines kranken Pferdes zur Burg musste, ins Kloster kamen«, sagte Mori.

Grauwolf schaute ihn erstaunt an.

»Zwei Reiter?«, fragte er. »Davon hast du gar nichts erzählt.«

»Ich konnte ja nicht wissen, dass das wichtig ist. Sie kamen nach Sonnenaufgang. Heriburg kannte sie jedenfalls gut, denn sie empfing sie wie Freunde. Sie müssen von weit her gekommen sein. Ihre Haartracht wirkte sehr fremd auf mich.«

»Wenn der Lederbeutel den Reitern gehört, warum sollte Blut an den Denaren kleben?«, fragte ich.

»Ich weiß es nicht«, antwortete Mori leise. »War nur so ein Gefühl.« Sein freundliches Gesicht verzog sich zu einem verlegenen Grinsen. Er verschwieg etwas, das spürte ich deutlich.

Grauwolf legte den Beutel über seinen Sattel.

»Lass es gut sein«, sagte er. »Wir haben Heriburgs Kloster bald erreicht. Sie wird uns sagen können, wer die fremden Reiter sind und wem die Tasche gehört.«

Wir schwangen uns auf unsere Tiere und setzten den Weg fort. Mir gingen Moris Worte nicht aus dem Sinn. Hatten die Götter dem Sohn Guntwins die Fähigkeit des Sehens verliehen, die auch Varga, meine ermordete Schwester, besessen hatte? Ich nahm mir vor, später mit ihm darüber zu sprechen. Für den Rest des Weges galt es jedoch, den umliegenden Wald aufmerksam zu beobachten, denn wir mussten auch weiterhin auf der Hut sein. Einige Male dachte ich, unsichtbare Augen würden uns beobachten. Und im Unterholz glaubte ich, leise Schritte zu hören, die uns folgten. Doch Grauwolf, Mori und die anderen ritten stumm und ohne Regung vor mir her, und ich behielt meine Eindrücke für mich.

Nach einer halben Meile mündete der Weg in eine weite Rodung. In der Mitte, zweihundert Fuß entfernt, unter hohen Ulmen, standen fünf aus Bruchsteinen gemauerte, einstöckige und mit Schilfrohr gedeckte Häuser, die sich um ein Steingebäude mit einem vielleicht fünfzehn Fuß hohen Turm scharten. Etwas abseits lagen Stallungen und halbhohe Verschläge aus geflochtenen Weidenruten, in denen Wollschweine und Hühner nach Futter suchten. Häuser und Ställe waren weiträumig von einem Erdwall umschlossen. Ein schmaler Damm führte durch den vor dem Wall liegenden Graben, der sich um die gesamte Anlage zog, zum Einlass im Norden.

Auf dem Damm standen sechs Frauen und zwei Männer mit breiten Schwertgurten. Sie redeten aufgeregt aufeinander ein. Ihre Stimmen drangen bis zu uns herüber.

»Da stimmt etwas nicht«, stellte Grauwolf leise fest, als ich Falgar zügelte. Hildegund und Vili hielten sich hinter uns.

»Die dunkelhaarige Frau in dem langen weißen Gewand ist Heriburg«, erklärte der Graf. Er schaute mich an. Seine Augen und seine Stimme verrieten die große Anspannung, unter der er stand.

Nur eine der Frauen war in Weiß gekleidet. Sie blickte jetzt in unsere Richtung. Offensichtlich erkannte sie Grauwolf und Mori, denn sie winkte uns zaghaft zu. Doch einer der Männer hatte uns ebenfalls gesehen. Wie von Zauberhand lag plötzlich ein fränkisches Langschwert in seinen Händen. Er stieß die Waffe drohend in die Höhe und brüllte etwas, was ich nicht verstehen konnte. Auch der andere griff blitzschnell an seinen Gurt.

»Ich hab es geahnt, die fremden Reiter«, stöhnte Mori. »Ich hab ihnen sofort nicht getraut.« Seine linke Hand tastete nach dem Ger, während Grauwolf wortlos den Sax zog.

Hinter mir sagte Vili: »Lasst uns ihnen den Garaus machen.«

Er lenkte sein Maultier nach vorn. In einer Hand lag seine Schleuder.

Heriburg trat mit schnellen Schritten vor die Schwertträger und breitete ihre Arme aus.

»Halt!«, rief sie. »Ihr täuscht euch! Sie sind Freunde wie ihr!«

»Halt«, sagte jetzt auch Grauwolf. Sein Schwert glitt zurück in die Scheide. »Wir dürfen nicht unbedacht handeln. Mir scheint, Heriburg vertraut den Fremden. Beobachtet sie, aber lasst eure Waffen stecken.«

Auch die Männer in Heriburgs Nähe hatten ihre Schwerter wieder in die Scheiden gleiten lassen. Sie folgten unseren Bewegungen mit zusammengekniffenen Augen. Ich spürte die Feindseligkeit, mit der die Fremden jeden Einzelnen von uns betrachteten.

»Seid willkommen«, sagte Liudgers Schwester, als wir unsere Tiere vor ihr zum Stehen brachten.

Heriburg war etwas mehr als fünf Fuß groß und hatte ein rundes Gesicht von einer Offenheit und Freundlichkeit, wie ich sie nur selten gesehen hatte. Ihre Wangen waren leicht gerötet, und in ihren großen dunklen Augen schienen tausend Geheimnisse zu schlummern. Sie machte einen Schritt auf Grauwolf zu.

»Dem Herrn sei Dank, Graf«, sagte sie mit klarer Stimme. »Dem Herrn sei Dank, dass er dich, Mori und deine Leute geschickt hat.«

Liudgers Schwester schaute uns nacheinander an. »Doch kommt, wir reden unter den Erlen weiter. Wir haben in den Morgenstunden einen grauenhaften Fund gemacht.«

Sie gab den anderen Frauen einen Wink. Danach warf sie den Schwertträgern einen kurzen Blick zu, bevor sie sich umdrehte und durch das Klostertor ins Innere ging. Alle folgten ihr schweigend. Wenig später legten wir die Sättel an einem der Bäume ab und ließen unsere Reittiere frei laufen.

»Als ihr kamt, haben wir nach Spuren gesucht«, sagte Heriburg, nachdem wir uns neben sie und die Männer in das trockene Gras gesetzt hatten.

Ich schaute Grauwolf an. Er nickte.

»Spuren?«, fragte ich.

»Du bist Bardo der Westfale«, stellte sie fest. In ihrem hellen Gesicht zeigten sich mit einem Mal Trauer und Erschöpfung. »Liudger hat von dir erzählt und dich beschrieben. Du hast große Taten im Namen unseres Herrn vollbracht. Vielleicht kannst du uns auch jetzt helfen.«

»Nicht im Namen des Christengottes habe ich manches gefährliche Abenteuer bestanden, Heriburg«, sagte ich vorsichtig. »Auch das wird Liudger, den ich sehr schätze, dir berichtet haben.«

Sie lächelte.

»Mein Bruder hat mich vor deiner scharfen Zunge gewarnt, Bardo«, gab sie zurück. »Aber ich weiß, dein Geist ist aufrichtig, auch wenn eure alten sächsischen Götter noch immer in deinem Herzen sind.«

»Ist es nicht besser, ein ehrlicher Westfale zu sein, der trotz der Taufe noch immer an seine Götter glaubt, als ein Christ, der mit gespaltener Zunge spricht?«

Ich hatte die Worte kaum ausgesprochen, als einer der fremden Reiter aufsprang und nach seinem Schwert griff. Seine schwarzen Haare glänzten und lagen wie eine Haube um Kopf und Nacken. Mori war diese seltsame Haartracht aufgefallen. Für mich war sie jedoch nicht fremd, denn ich kannte sie von den Friesen, die ihre Haare mit dem Tran der Fische einfetteten, die sie an den Küsten des Stürmischen Meeres fingen.

In den Augen des Mannes loderte das Feuer der Wut.

»Du wagst es, *so* mit Heriburg zu sprechen?«, rief er.

Liudgers Schwester bedeutete ihm stumm, sich wieder zu setzen.

»Es ist gut, Jaran«, sagte sie beschwichtigend. »Bardo ist ein Freund, wenn auch ein störrischer.« Sie schaute mich an. »Du hast nach den Spuren gefragt«, fuhr sie fort und zeigte dabei auf den zweiten Fremden. »Brelor dort«, sagte sie, »hat mit Jaran erst vor wenigen Stunden einen schaurigen Fund gemacht.«

Grauwolf mischte sich ein. »Was für einen Fund?«, fragte er.

»Sie fanden zwei abgeschlagene Häupter. Man hatte sie auf Stangen gespießt und zwischen Graben und Wall außen am Eingang aufgestellt.«

Wieder trat Stille ein. Vili und Mori schauten mich aus schreckgeweiteten Augen an, und Hildegund verbarg ihr Gesicht in beiden Handflächen. Auch mich durchfuhr ein frostiger Schauer. Es war nicht schwer zu erraten, wessen Köpfe die beiden gefunden hatten.

»Desmond und mein Bote«, sagte Grauwolf mit rauer Stimme. »Es können nur ihre Häupter sein.« Er erhob sich und ging einige Schritte auf und ab. Nur die Friesen wirkten nicht besonders betroffen. Sie schauten wie gebannt auf die Tasche, die zu Grauwolfs Füßen im Gras lag. Traf Moris Vermutung zu? Kannten sie den rätselhaften Beutel? Ein Verdacht keimte in mir. Täuschten sie uns womöglich mit ihrer Sorge um Liudgers Schwester? Ich nahm mir vor, die friesischen Schwertträger wachsam zu beobachten, auch wenn Heriburg ihnen vertraute.

Liudgers Schwester stand jetzt ebenfalls auf. »Ja«, sagte sie. »Es sind Desmond und einer deiner Männer. Ich kannte beide. Desmond war ein treuer Diener Papst Leos III. Er kam im Jahr 797 aus Rom nach Regensburg und Salzburg, wo er in Leos Auftrag am Hof des Bischofs Arno lebte. Doch beim Leben des Herrn, woher weißt du von Desmond, und warum kam er nach Westfalen?«

Der Graf erzählte von der Botschaft des Langobarden und davon, was an der Furt und in der Nacht auf der Burg geschehen war.

»Ein Anschlag auf Papst Leo in Rom?«, fragte Heriburg betroffen. Ihr rundes Gesicht überzog sich mit einem grauen Schleier. »Nun verstehe ich, denn Jaran und Brelor fanden nicht allein die Köpfe. An einer der Stangen war mit einem Eisennagel ein brüchiges, schon oft beschriebenes Pergament befestigt.«

»Ein Pergament?«, entfuhr es mir.

»Ja«, Heriburg griff in ihr Gewand. »Ich habe es bereits gelesen, doch ich weiß, Bardo, Alkuin von Britannien lehrte auch dich diese Kunst«, sagte sie und hielt mir ein Stück dünnes Pergament hin.

Die lateinischen Buchstaben auf dem durchscheinenden Leder waren mit geübter Hand, aber beinahe farbloser, alter Schreibflüssigkeit aufgetragen worden. Zunächst fiel es mir schwer, die Schriftzeichen zu entziffern, doch dann las ich, wie Alkuin es mich gelehrt hatte, laut vor:

»Nur euer Tod kann den Hass aus meiner Brust reißen, den Verrat hineingepflanzt hat. Endlich hat man den heuchlerischen Leo III., den

Genossen eures Königs, in den Staub Roms geworfen. Das war das Zeichen! Die Zeit des Blutes ist angebrochen. Desmond und Grauwolfs Bote starben nicht als Erste, und ihr alle, die ihr in des todeswürdigen Papstes Nähe seid, müsst ebenso sterben – ich bin immer in eurer Nähe. Bei den Dämonen der Rache, das sollt ihr wissen: Ihr kennt mich, aber ihr werdet mich erst im Augenblick eures Todes erkennen.«

Bestürzt ließ ich das Pergament sinken. Es dauerte lange, bis Mori als Erster sprach. »Alle Morde haben also mit diesem Christenpapst in Rom zu tun«, sagte er. »Warum tötet der Unbekannte hier in Westfalen? Was geht uns Sachsen Leo III. an?«

»Mori«, sagte Heriburg milde. »Der Heilige Vater ist der Stellvertreter Petrus' auf Erden! Wenn sein Leben in Gefahr ist, ist die Christenheit in Gefahr!«

Der Junge von den Eisenfelshügeln schaute sie geradeheraus an. »Nein«, gab er eigensinnig zurück, »durch ihn ist unser Leben bedroht.«

»Der Mordbube hat uns allen offen den Tod verheißen«, sagte ich. »Wir wissen jetzt, dass Desmond und der Bote nicht die Ersten waren, die er getötet hat. Ich vermute, er hat auch die in den Baumbergen verschwundenen Männer umgebracht. Und er muss es gewesen sein, der dem Scarareiter Berowulf die Franziska und die Pfeile stahl, um den Verdacht auf die Franken zu lenken. Dem Unhold ist es gleich, ob er einen Sachsen oder Franken tötet.«

Grauwolf hatte schweigend auf das Pergament in meiner Hand geschaut. »Was aber meint er mit: ›Ihr kennt mich, aber ihr werdet mich erst im Augenblick eures Todes erkennen‹?«, fragte er jetzt laut.

»Er kann einer von uns sein, die wir hier sitzen«, sagte Vili mit einem raschen Blick auf Hildegund.

Mori erhob sich. »Oder er hält sich ganz in der Nähe auf«, murmelte er und schaute über die niedrigen Wälle hinweg zum Waldrand.

Niemand sagte etwas darauf. Eine merkliche Spannung war zwischen uns entstanden. Stumme, verstohlene Blicke trafen sich, schweiften ab, suchten die stillen Wipfel der Bäume, und Hände tasteten nach den Waffen. Nur Jaran starrte unentwegt auf den Lederbeutel.

Heriburg brach schließlich das Schweigen.

»Der Mörder ist nicht unter uns«, sagte sie mit fester Stimme. »Er hat mit seinen Worten Zwietracht gesät, und die Ernte geht schon auf. Besinnt euch, Männer, und steht zusammen!«

Mir war, als sie sprach, ein Gedanke gekommen. »Habt ihr, als ihr die Häupter und das Pergament fandet, noch etwas bemerkt?«, fragte ich Jaran.

Der Friese schaute mir herausfordernd in die Augen. »Nein«, sagte er, ohne zu überlegen.

»Doch! Erinnere dich!« Brelor stieß Jaran in die Seite. »Als wir die Köpfe fanden, war vom Wald aus Hufschlag zu hören. Ich weiß es genau. Wir waren abgelenkt, doch als ich aufschaute, habe ich ihn gesehen ...«

»Wen?«, unterbrach Grauwolf ihn schroff.

»Einen Reiter in weitem blauem Umhang. Auf einem Rappen. Er ritt in gestrecktem Galopp ein Stück am Waldrand entlang und verschwand im Schatten der Bäume ...«

»Konntest du sein Gesicht erkennen?«

»Ja. Aber nur für die Zeit eines Lidschlages. Ich hatte ihn nie zuvor gesehen. Es war ein altes, ein uraltes Gesicht. Und seine weißen Haare flogen im Wind. Er wird darauf gewartet haben, dass die Köpfe und das Pergament gefunden werden. Danach hat er sich davongemacht.«

»Mag sein, dass ich Hufschlag gehört habe. Den Reiter habe ich nicht gesehen«, sagte Jaran missmutig.

Ich glaubte Brelor. Er hatte meinen Verdacht bestätigt.

»Auf dem Weg hierher hatte ich schon das Gefühl, dass uns jemand beobachtet«, sagte ich. »Und deine Worte, Brelor, sind der Beweis dafür, dass der Unhold sich in der Nähe aufhält, wie er es angekündigt hat. Allerdings«, ich schaute den Friesen fragend an, »du sprachst von einem alten Mann, einem uralten Mann ...?«

Brelor nickte. »Es ging sehr schnell«, antwortete er. »Aber dieses Gesicht werde ich nicht vergessen.«

»Vielleicht hat *er* den Lederbeutel verloren«, sagte Vili plötzlich. Wie so oft schien er meine Gedanken erraten zu haben.

Ich lächelte und griff nach dem Beutel. Im gleichen Augenblick langte auch Jaran danach. Doch meine Hand war schneller. Ich hielt ihm den Beutel vor. »Was ist an ihm, dass du ihn fortwährend anstarrst?«, fragte ich.

Jarans Blick war voller Grimm, doch er schluckte und wandte sich ab. »Ich weiß nicht, wovon du sprichst«, gab er unmutig zurück.

»Nun gut«, sagte ich in die Runde. »Jaran weiß es nicht, aber er hat den Lederbeutel unablässig angestiert. Und ich frage mich, warum.«

Erst dann erzählte ich vom Inhalt des rätselhaften Fundes und reichte Heriburg den Beutel. Sie ließ die Silberstücke außer Acht und betrachtete die geheimnisvollen Schriftzeichen eine Weile.

»Bardo, konntest du sie nicht entziffern?«, fragte sie.

»Nein. Ich hoffte, du könntest es.«

»Es sind alte Zeichen, wie sie vor undenklicher Zeit auf Britannien von den heidnischen Druiden geschrieben wurden. Aber lesen kann selbst ich sie nicht.«

Jaran war aufgestanden. Er ging zu den Stallgebäuden hinüber und wandte uns den Rücken zu. Es schien, als sei es ihm gleichgültig, was Liudgers Schwester erzählte. Doch seine Schritte wirkten verhalten. Ich war sicher, dass er ihren Worten aufmerksam lauschte.

Heriburgs Blick folgte ihm. »Jaran!«, rief sie. Ihre Stimme hatte einen harten Klang angenommen. »Jaran! Ich weiß, du bist lange durch Britannien gewandert, aber du hast nie davon erzählt. Du kannst die Schrift wohl entziffern und willst ihr Geheimnis für dich behalten?«

Der Friese drehte sich langsam um. Sein Gesicht wirkte zu meiner Überraschung entspannt und arglos. War Jaran ein Meister der Maske? Setzte er jetzt ein freundliches Gesicht auf, um uns alle zu täuschen?

»Nein«, gab er gelassen zurück. »Ich kann sie so wenig lesen, wie ich die lateinischen Buchstaben lesen kann, das habe ich doch schon gesagt. Und auch die Denare, von denen der Schmied sprach, will ich nicht. Aber ich glaube, ich bin dem Mann begegnet, dem der Beutel gehört.«

Ich horchte auf und wollte etwas sagen, aber Grauwolf kam mir zuvor.

»So, du glaubst den Mann zu kennen«, rief er zornig. »Aber du glaubst nicht, uns sagen zu müssen, wer er ist? Er ist der Dämon, der Desmond, meinen Boten und wahrscheinlich auch meine fünf Männer tötete, die seit dem Ostarmanoth verschwunden sind. Und der uns allen, auch dir, mit dem Tode droht.«

Jaran zuckte wie unter dem Hieb einer Peitsche zusammen. Zum ersten Mal wirkte er unsicher. Seine Augen suchten Brelor, der ihn unverwandt und ohne Regung anschaute.

»Seinen Namen kenne ich nicht«, brachte er mit schwerer Stimme hervor. »Und ich bin mir nicht sicher, ob der Reiter am Waldrand der war, den ich meine. Deswegen habe ich geschwiegen. Doch in Sarum, einem Ort in Britannien, begegnete ich vor langer Zeit einem geheimnisvollen Mann. Ich kann mich an ihn erinnern, weil an diesem Tag ein schweres Gewitter niederging und er sich trotz der Hitze so geschmeidig bewegte wie ein Luchs und das Schwert führte wie ein junger Kämpfer. Unsere Wege kreuzten sich, als er mit einem Piraten focht, der die Beute seines Raubzuges an einen Hehler verkaufen wollte. Nie sah ich einen solchen Kampf. Durch einen Blitzschlag geriet der Händlerschuppen in Brand, in dem sie kämpften. Ich weiß nicht, ob sie sich retten konnten, denn das Feuer breitete sich rasend schnell aus, und ich musste fliehen, doch über der Schulter trug der Alte einen Lederbeutel wie diesen, mit denselben rätselhaften Zeichen. Ich habe einen solchen Beutel bis auf den heutigen Tag nie wieder gesehen. Auch Brelors Beschreibung, der weite blaue Umhang und die langen weißen Haare, treffen auf den Geheimnisvollen zu. Bei Njörd, wenn er tatsächlich der ist, den ich in Britannien traf, haben wir einen der furchtbarsten Gegner, den ich mir vorstellen kann – aber ich bezweifle, dass er der Mörder ist.«

»Ha! Du zweifelst! Wer sonst könnte es gewesen sein?«, rief der Graf ungehalten.

Mori hatte stumm zugehört. Jetzt schaute er auf und fragte Grauwolf: »Kennst du ihn? Hast du je von dem Alten gehört?«

»Nein«, gab der Graf, schon etwas ruhiger, zu. »Aber das bedeutet nichts. Brelor hat ihn gesehen.«

»Er hat nicht gesehen, woher der Reiter kam und ob er die Häupter überhaupt auf die Stangen gesteckt hat. Und außerdem steht in dem Pergament geschrieben, dass wir *alle* den Mörder kennen.«

»Das kann eine falsche Spur sein, die der Dämon ausgelegt hat.«

Mori dachte nach.

»Aber es kann auch stimmen. Und warum hat er es dann geschrieben? Er begibt sich dadurch doch in die Gefahr, dass wir erraten könnten, wer er ist.«

»Er hat es geschrieben, weil er sich an unserem Schrecken und unserer Unsicherheit weiden will«, mischte Vili sich ein.

Mein Gefährte hatte seinen Blick von Hildegund gelöst, die jetzt bei Heriburg saß und leise mit ihr sprach. In einer Hand zwirbelte er das

Lederband seiner Schleuder zwischen den Fingern, wie er es oft tat, wenn er angestrengt überlegte.

»Wir haben doch *zwei* Paar Stiefelspuren auf den Wällen und im Graben der Burg gefunden«, sagte er nach einer Weile. »Der Reiter, den Brelor sah, war aber allein. Womöglich hat sich der Zweite in die Wälder zurückgezogen.« Er schaute den Grafen an. »Grauwolf, du hast die Scaras und vier deiner Männer ausgeschickt, die nach dem Dämon suchen sollen. Sie werden am Abend zurückkehren. Vielleicht sind die Götter uns gnädig, und deine Männer oder die Franken bringen den Mörder samt seinen Genossen in Fesseln zur Burg. Wir sollten bis dahin auf der Hut sein.«

Er schaute zu Hildegund, die seinen letzten Worten aufmerksam gelauscht hatte, und fuhr sich mit der freien Hand durch den dichten rotblonden Haarschopf.

»Wenn Jarans Vermutung stimmt und dieser Beutel dem Alten gehört, wird er ihn sich holen«, sagte Heriburg. »Er wird nicht auf die Silberstücke verzichten können. Wir dürfen den Beutel von nun an nicht mehr aus den Augen lassen. Ob der Geheimnisvolle aber der Mörder ist, weiß niemand von uns, denn was lässt einen alten Mann aus Britannien den Papst in Rom so sehr hassen, dass er dafür diese grausamen Morde begeht und auch uns mit dem Tode droht?«

Sie erhob sich, machte Hildegund ein Zeichen, ebenfalls aufzustehen, und sagte zu Grauwolf: »Es ist für alle sicherer, wenn wir die Reise nach Padrabrun getrennt antreten. So wird es dem Mordbuben schwerer fallen, seine Drohung wahr zu machen. Jaran und Brelor werden in dieser Nacht bei den Frauen hier im Kloster bleiben. Ich reite mit Hildegund und euch zur Burg. Und ich meine, wir sollten nicht zögern aufzubrechen.«

Der Graf stimmte Heriburgs Vorschlag ohne weitere Fragen zu.

Die Erzählung Jarans über seine Begegnung in Britannien hatte mich an einen Mann erinnert, den ich ungezählte Jahre gekannt und an dessen Seite ich viele Abenteuer bestanden hatte. Dieser Mann war, als ich ihm zum letzten Mal gegenüberstand, schon uralt gewesen, sein edles Gesicht von tiefen Falten zerfurcht und das lange Haar, das einstmals die Farbe der Nacht hatte, weiß wie die Blüten des Schwarzdorns im frühen Jahr. Ich hatte an Arn den Wanderer gedacht, den Träger des Zauberschwertes Alban und Sohn des Seekönigs Feuerberg aus dem

Norden Britanniens. Von einer Verbindung Arns zu Papst Leo in Rom wusste ich jedoch nichts. Außerdem hatte mich im Jahr 796, wenige Tage nachdem ich meine Schwester Varga sterbend auf ihrem Lager gefunden hatte, in Aachen verlässliche Kunde aus Sarum über den Tod Arns erreicht. Er konnte gewiss nicht der geheimnisvolle Reiter sein. Ich behielt meine Gedanken für mich und schwieg.

Mori und ich führten wenig später den Zug zur Burg an. Heriburg, die Lederbeutel und Pergament an sich genommen hatte, folgte mit Grauwolfs Tochter, und der Graf bildete mit Vili den Abschluss unserer kleinen Gruppe. Sie trugen die Häupter Desmonds und des Boten in Leintüchern bei sich. Noch am Abend würden Grauwolfs Männer die Särge der beiden öffnen und die Köpfe hineinlegen.

Sunna versank langsam hinter den Bäumen, als wir aus dem Nusswald hinaus auf die Ebene ritten. Lange Schatten fielen auf das Land, und tief im Südwesten türmten sich grau und schwer Wolkenberge auf, die nichts Gutes verhießen. Die Luft wurde mit jedem Schritt, den wir der Burg näher kamen, drückender und lag bald wie ein Alp auf meiner Brust. Ich spürte deutlich Gefahr. Auch Falgar hob unruhig den Kopf, und seine Ohren spielten unablässig. Nahm er mit seinen feinen Sinnen etwas wahr, was sich vor unseren Augen verbarg? Doch ich konnte nichts entdecken.

Ich drehte mich zu Mori um, der einige Schritte hinter mir ritt. Er beobachtete die Ebene, wo sich in einer halben Meile Entfernung der Außenwall von Grauwolfs Burg dunkel gegen den Abendhimmel erhob. Auch der junge Schmied aus den Eisenfelshügeln schien nichts Verdächtiges zu bemerken. Doch dann stieß er einen erstickten Schrei aus.

»Bardo! Da vorn auf dem Weg!«

Meine Augen folgten seinem ausgestreckten Arm.

Nur hundert Fuß entfernt zügelte ein Reiter sein Pferd. Das kraftvolle schwarze Tier warf den Kopf zurück und stieg laut wiehernd mit den Vorderbeinen in die Höhe, dass es aussah, als wollte es ihn abwerfen. Die langen weißen Haare und der weite Umhang des Reiters flogen im Abendwind.

»Das kann nur der Alte vom Waldrand sein«, flüsterte Mori, der sein Pferd mit einem Schenkeldruck ganz nah an mich herangeführt hatte. »Er sieht genauso aus, wie Brelor ihn beschrieben hat.«

Die Beschreibung des Friesen traf tatsächlich auf den unheimlichen Reiter zu. Aber das Gesicht des Fremden lag im Dunkeln, als trüge er eine Maske.

Ich überlegte nur kurz, dann stieß ich Falgar die Hacken in die Flanken. Der Wallach gehorchte ohne Zögern und sprang nach vorn. Mit weit ausgreifendem Galopp schoss ich auf den geheimnisvollen Reiter zu. Aber dann geschah es.

Der Alte richtete sich im Sattel auf. Er schien zu wachsen, größer und größer zu werden und griff mit der Rechten über seine Schulter. Falgar verlangsamte plötzlich seinen Lauf, als träfe er auf ein unsichtbares Netz. Im gleichen Moment glaubte ich, einen Widerstand zu spüren, der mir mit ungeheurer Wucht entgegenschlug, und im Dämmerlicht schimmerte plötzlich das blanke Eisen eines langen schmalen Schwertes in der Hand des Alten. Er stieß die Waffe drohend gegen den Himmel, dann ließ er seinem Rappen die Zügel. Die Hufe des Tieres schienen den Boden nicht zu berühren, und kein Laut war zu hören, als Pferd und Reiter wie ein Schatten über die Ebene dahinflogen und mit dem heraufziehenden grauen Abenddunst verschmolzen. Ihn zu verfolgen war sinnlos. Keines unserer Pferde würde den Rappen einholen können.

Mori, der mir mit den anderen gefolgt war, sagte mit bebender Stimme: »Nur er kann der Mörder sein, das weiß ich jetzt. Das war kein Mensch, Bardo, das war ein Geist, ein Rachedämon, den die Götter uns schicken, weil wir Westfalen sie verleugnet haben.«

Moris Worte erschütterten mich. Schon als wir den Lederbeutel fanden, hatte er von Blut gesprochen, das an den Silberstücken klebte, die womöglich dem unheimlichen Reiter gehörten. Hatte Guntwins Sohn die Gabe, etwas zu sehen oder zu spüren, was den Sinnen der übrigen Menschen verborgen blieb? Konnte es sein, dass uns ein Geist bedrohte?

Ein Schwindel griff mit eisiger Hand nach mir. Erst Vilis vertraute Stimme erreichte mich wieder.

»Bardo«, sagte er leise. »Wir alle haben ihn gesehen. Und ich dachte sogar kurz, dass ich ihn kenne. Aber das kann nicht sein.«

»Nein, mein Freund, das kann nicht sein«, gab ich zurück. »Du hast bestimmt an Arn den Wanderer gedacht.«

»Ja.«

»Arn hätte sich uns zu erkennen gegeben, Vili. Er wäre nicht einfach davongeritten. Der Wanderer starb schon vor vier Sommern, du hast die Kunde von seinem Tod gehört. Und aus der Hel ist noch kein Mensch zurückgekehrt.«

»Als Geist vielleicht doch.«

Mori hatte sich derweil aus dem Sattel gleiten lassen und streichelte den Hals seines Pferdes. Sein Gesicht war bleich wie ein ungefärbtes Leintuch.

»Was ist, wenn er wirklich ein Geist – oder sogar Loki der Verräter ist«, sagte er. »Ein Mensch war der Reiter nicht. Menschen können nicht so reiten wie der Weißhaarige, und kein irdisches Pferd fliegt über die Erde, wie der Rappe es getan hat. Loki ist gekommen, um uns zu verderben.«

»Mori«, Heriburg nahm ihn an der Schulter. Ihre wohlklingende Stimme verriet eine Spur von Unwillen. »Du bist im Namen des Herrn getauft und Christ«, sagte sie bestimmt. »Du weißt, Loki gibt es nicht, wie es eure Götter nicht gibt.« Sie blickte dem Jungen geradewegs in die Augen.

Mori wich ihrem Blick nicht aus.

»Und wenn doch?«, fragte er. »Wer sagt uns, dass es unsere Götter nicht gibt und euer Gott der richtige ist?«

»Gottes Sohn sagt es uns!«

»Und mir sagt eine Stimme, dass noch viel Unglück in seinem Namen über uns Menschen kommen wird. Unsere Götter aber sind wie wir Menschen. Sie sind in jedem von uns. Wir wissen viel von ihnen, und sie wissen alles von uns. Die Alten an den Feuern erzählen ...«

»Genug!«, fuhr Grauwolf barsch dazwischen. »Uns bleibt keine Zeit, über die Götter oder den Christengott zu streiten!« Er hielt inne. »Der Reiter ist hier draußen irgendwo«, sagte er dann, und seine Stimme bekam einen milderen Klang. »Ob er ein Geist ist oder ein Mensch, er ist gefährlich, das haben wir alle gespürt. Wir reiten jetzt weiter. Ich werde Wachen aufstellen, auf den Wällen rundum und auch am Graben, wo sie sich gut verbergen können. Sollte sich der Reiter in dieser Nacht noch einmal der Burg nähern oder gar versuchen einzudringen, können meine Männer ihm vielleicht eine Falle stellen – wenn er ein Mensch ist.«

Moris eigensinnige Auseinandersetzung mit Heriburg hatte mich an meine Streitgespräche mit ihrem Bruder Liudger in Mimigernaford vor vielen Jahren erinnert. Wie der Junge dachten in dieser Zeit noch die meisten Sachsen, aber das unbesiegbare Heer Karls bedrohte jeden, der sich ihm und seinem Gott nicht unterwarf, und sei es nur durch das Bekenntnis der Zunge. Wir hatten gelernt, unsere Gedanken für uns zu behalten, denn es war oft klüger zu schweigen, als sich durch unbedachte Worte in Gefahr zu bringen. Ich nahm mir vor, eines Tages mit Mori darüber zu sprechen, doch nun folgten wir Grauwolfs Befehl und zogen der Burg entgegen.

In der Zwischenzeit hatten die dunklen Wolkentürme von Südwesten aus fast den ganzen Himmel erobert, der Mond war hinter ihnen verschwunden, und im Osten krochen die Schatten der Nacht herauf. Sie nahmen den wenigen Lichtern der Götter, die noch erstrahlten, mehr und mehr ihren Glanz. Aus dem drohenden Wolkenberg schleuderte Thor erste Blitze auf die Erde nieder. Mit ihnen kündete weit entferntes, dumpfes Grollen von den gewaltigen Schlägen Mjöllnirs. Es war, als bebte die Luft. Sie lastete schwer auf uns, und im grellen Licht der Blitze schienen sich die wenigen Bäume auf der Ebene wie mordlustige schwarze Trolle auf uns zuzubewegen.

Endlich erreichten wir das Burgtor, das auf Befehl des Grafen sofort hinter uns verschlossen wurde. Kurze Zeit später standen wir im Innenhof. Man erwartete uns bereits.

Loki

Die Reiter, die der Graf am Morgen nach dem Mörder und seinem Genossen ausgeschickt hatte, waren kurz vor uns zurückgekehrt. Sie standen an einem der beiden Feuer, die auf dem Platz vor dem Haupthaus flackerten. Weder Grauwolfs eigene Männer noch die Franken hatten die Spuren der Unholde weiter verfolgen können, und von dem geheimnisvollen Reiter wussten sie nichts. Die Scaras waren überdies nicht vollzählig. Berowulf, dem vor vier Tagen die Franziska und die Pfeile gestohlen worden waren, fehlte.

»Er ist plötzlich verschwunden«, antwortete Gerfried, der Anführer der Franken, auf Grauwolfs wutentbrannte Frage. »Du weißt selbst, wie gefährlich und unwegsam die Pfade in den Baumbergen sind.«

»Du und deine Männer, ihr gehört zu den Scaras, den erfahrensten und mutigsten Reitern Karls, dachte ich!«, rief Grauwolf. »Und du sprichst von unwegsamen Pfaden? Habe ich es hier mit Strohköpfen zu tun?«

Der Franke wich dem zornigen Blick des Grafen aus und schaute betreten zu Boden. »Wir haben ihn gesucht«, sagte er. »Wir sind die ganze Strecke zurückgeritten, auf der Berowulf verschwand ...«

Grauwolf ließ ihn nicht ausreden. »Nichtsnutze, einfältige Gimpel!«, donnerte er. »Ihr untersteht mir! Ich bin Gaugraf des Königs! Ich sollte dich und deine Männer kurzerhand in das aufziehende Unwetter hinausschicken! Und bei Thor, das sage ich dir: Wenn es nicht vergebens wäre, weil es draußen so finster ist, dass man kaum zwei Schritt weit sehen kann, würde ich das auch tun!«

Bei seinem letzten Wort zerriss ein greller Blitz das Schwarz des Himmels unmittelbar über der Burg. Gleich darauf krachte es ohrenbetäubend, und erste, schwere Regentropfen klatschten auf den Lehmboden.

Ich nahm Grauwolf zur Seite. »Wir können vorerst tatsächlich nichts mehr unternehmen«, sagte ich und versuchte meiner Stimme einen ruhigen Klang zu geben. »Doch die Wachen müssen aufgestellt werden. Du solltest sie jetzt einteilen. Auch ich werde mich mit Vili und Mori nach einem geeigneten Platz außen unter dem Wall umsehen. Wenn das Unwetter zu heftig wird, können wir uns immer noch in die Burg zurückziehen.«

»Gut«, sagte der Graf nach kurzer Überlegung. Er wischte sich über den grauen Bart. »Die Frauen sollen euch Filzumhänge geben, die euch vor dem Regen schützen. Und nehmt eine Schale Hirsebrei mit Wisentfleisch und einen Krug Bier, bevor ihr euch auf den Weg macht. Dann geht ihr in den Süden der Burg, wo wir den Reiter gesehen haben. Dort gibt es eine Stelle zwischen Wall und Graben, von der aus ihr die Ebene gut überblicken könnt. Du wirst sie leicht finden. Ich werde einen Teil meiner Männer nach Westen, Norden und Osten schicken und selbst zum Tor gehen. Die Franken sollen den Innenhof bewachen.«

Ich nickte stumm und ging zu Vili hinüber, der mit Hildegund, Heriburg und Mori bei den Frauen im Eingang des Haupthauses stand. Sie hatten gleich nach unserer Ankunft die Pferde und Maultiere in den Ställen untergebracht. Mit wenigen Worten erzählte ich ihnen, was Grauwolf und ich von den Scaras erfahren und danach entschieden hatten. Mein Gefährte warf Hildegund einen sehnsüchtigen Blick zu. Sie erwiderte ihn mit einem Augenzwinkern.

»Mögen die Götter dich schützen, Vili«, sagte die Tochter des Grafen. Sie hatte nur Augen für meinen Gefährten, wie er für sie, und ihre Gedanken waren offensichtlich allein bei ihm, denn sie vergaß, den Schutz der Götter auch auf Mori und mich herabzubeschwören.

Heriburg wirkte abwesend und müde. Beschäftigte sie das auffallende Verschwinden Berowulfs? Doch es war keine Zeit, mit ihr und Grauwolf darüber zu sprechen, und so verließen Vili, Mori und ich wenig später die Burg durch das seit dem Abend ständig bewachte Tor.

Die Luft war noch warm und schwer, obwohl der Wind, der jetzt aus Westen blies, stärker wurde. Doch zu meiner Überraschung blieb es bei den wenigen Regentropfen. Ich nahm den Umhang von der Schulter, als wir die Stelle am Außenwall erreichten, die Grauwolf gemeint haben musste. Meine Gefährten taten es mir nach. Wir legten die Umhänge auf den Boden und hockten uns darauf. Nur das blendende Licht der Blitze, die unablässig und mit krachendem Getöse niederfuhren, erlaubte kurze Blicke in den Burggraben und auf die Ebene vor uns. Düstere, verzerrte Gestalten schienen über die Erde zu huschen. Sobald das Licht erlosch, verschwanden sie in der Nacht, die unsere Augen nicht weiter als drei Schritte durchdringen konnten.

»Ich habe Angst«, sagte Mori nach einer Weile des Schweigens. Er saß zwischen Vili und mir, hatte die Knie angezogen und hielt seinen Kopf mit beiden Händen.

Ich legte ihm einen Arm über die Schulter. »Thor wird uns nicht schaden«, sagte ich. »Du weißt, er ist ein Freund der Menschen.«

»Und er ist ein Freund Lokis«, antwortete er leise. »Aber Loki ist falsch. Er ist hinterlistig und ein Verräter.«

»Du hast doch die Gabe des Sehens, Mori. Eure Götter haben sie dir gegeben. Warum dann die Angst?«, fragte Vili.

Der Junge aus den Eisenfelshügeln schaute uns an. Auf seiner Wange glänzte eine einzelne Träne.

»Ich will sie nicht«, sagte er bedrückt.

»Was willst du nicht, Mori?«, fragte ich.

»Die Gabe des Sehens. Sie macht mir mehr Angst als Thor mit seinem Hammer. Ich habe die Götter schon oft gebeten, sie mir zu nehmen, aber vorhin, als der Reiter erschien, hab ich's wieder gespürt, wie schon bei den Silberstücken.«

In diesem Augenblick zischte ein greller Blitz nieder und fuhr in einen Baum auf der Ebene. Gelbe Flammen schlugen in die Höhe, und Äste wirbelten durch die Luft. Dann herrschte plötzlich Totenstille, und die Dunkelheit hüllte uns wieder ein wie ein schwerer, undurchdringlicher Mantel.

Mori war zusammengezuckt. Er drückte sich eng an mich.

»Uns wird nichts geschehen«, sagte ich und fragte behutsam: »Willst du uns erzählen, was du gesehen hast?«

Er wischte sich verstohlen über die Wange. »Blut, ich sehe Blut«, antwortete er stockend. »Ich sehe viel Blut an den Silberstücken und den Händen des unheimlichen Reiters. Sie gehören zusammen. Ich weiß es. Und ich sehe auch, dass der Alte uns folgen wird. Er ist grausam in seinem Zorn, und noch kein Schwert hat ihn je besiegt.« Mori schluchzte. »Der Reiter ist ein Gott«, fuhr er leise fort. »Er ist Loki der Verderber, und Thor begleitet ihn in dieser schlimmen Nacht. Dass der Blitz in den Baum einschlug, war seine Warnung an uns.«

Ich schaute hoch und schwieg. Nach dem Blitzeinschlag schien das Unwetter weitergezogen zu sein, denn der stärker werdende Westroni hatte die schwarzen Wolken mehr und mehr aufgerissen und den Blick auf die Lichter der Götter freigemacht. Die Bäume zeichneten sich immer deutlicher auf der Ebene ab. Ich konnte jetzt sogar den Grund des Burggrabens ausmachen, der sich unmittelbar vor uns öffnete.

»Loki kann uns nicht gefährlich werden«, sagte ich schließlich. »Die Götter sind bei uns, schau nur in den Himmel. Sie haben Loki gefesselt. So wird es bleiben bis zum Ende der Welt, Mori, das müsstest du doch wissen. Und Thor war schon lange nicht mehr sein Freund. Er selbst hat Loki gemeinsam mit Odin in Fesseln geschlagen.«

Mori schluckte.

»Aber wenn er sich befreit, eine andere Gestalt angenommen und Thor mit List überredet hat?«, stammelte er. »Ich hab ihn doch gesehen.«

»Was hat es mit diesem hinterhältigen Loki auf sich?«, fragte Vili. Er stand auf, streckte sich und schaute mich an. »Erzähl von ihm, Bardo. Wir beobachten währenddessen die Ebene, und die Zeit wird nicht so lang.«

Ich wusste von seinem Gefallen an den Geschichten unserer Götter.

»Nun gut«, sagte ich. »Vielleicht hilft es Mori, wenn er noch einmal hört, was die Alten an den Feuern über Loki erzählen. Aber eins dürfen wir dabei nicht vergessen: Der Mörder lauert irgendwo hier draußen, haltet also eure Augen offen.«

Mori sagte nichts. Er schaute zuerst Vili und dann mich nachdenklich an.

»Riesen und Götter waren von Beginn der Welt an keine Freunde«, begann ich meine Erzählung. »Sie misstrauten sich gegenseitig und gingen sich aus dem Weg, wo sie konnten. Doch eines Tages stieg ein Riese nach Asgard hinauf, der Wohnstätte der Götter. Er berichtete von bevorstehenden Angriffen der Trolle gegen Midgard. Die meisten Götter glaubten ihm nicht und gerieten deswegen untereinander in Streit. Der Überfall der Trolle fand wirklich statt. Nun wussten die Götter, dass der Riese sie nicht belogen hatte. Sie luden ihn ein, öfter zu kommen. Und das tat er auch. Thor mochte den redegewandten jungen Riesen mit dem Namen ›Loki‹ besonders gern. Er wählte ihn zum Begleiter auf seinen weiten Fahrten durch Midgard, bei denen der gut gelaunte Loki es verstand, Thor durch lustige Streiche zu erfreuen.

Bald suchte Loki auch die Nähe des Göttervaters Odin und bat ihn, sein Wahlsohn werden zu dürfen. Thor stimmte im Rat der Götter für Loki, und die Asin Idun scherzte, dass der Riese nur wegen ihrer wohlschmeckenden Äpfel zu den Asen gehören wolle. Heimdall aber, der scharfsinnige Wächter Asgards, misstraute Loki von Anfang an. Er warnte, ein Riese in Asgard berge Gefahr, sein Scharfsinn könne leicht zur Tücke und seine List zur Hinterlist werden. Auch verwirre Loki mit seinen blumigen Worten die Asinnen und stifte zudem Unheil im Rat. Doch Balder, der klügste und schönste Gott und Bruder Thors, stimmte für den jungen Riesen. Er konnte die Folgen seines Vertrauens nicht ahnen, denn er selbst sollte später durch Lokis Anstiftung vom blinden Höd getötet werden und als erster Gott nicht wieder aus der Hel zurückkehren.

Odin erzählte nun dem Rat von Lokis hervorragenden Eigenschaften und pries dessen Schlauheit und sein schönes Antlitz. Auch berichtete er von den Zauberschuhen Lokis, die ihn in Windeseile überall hintragen und den Asen sehr nutzen konnten. So überredete Odin schließlich alle Götter, Loki in den Kreis der Asen aufzunehmen, und machte ihn zu seinem Wahlsohn. Den Göttern und den Menschen sollte Lokis Aufnahme in Asgard zum Verhängnis werden ...«

»Das sage ich ja«, unterbrach mich Mori leise. »Loki trägt die Schuld daran, dass kein Mensch aus dem Totenreich zurückkehren kann. Er hat auch die drei Weltenfeinde gezeugt ...«

»Weltenfeinde?«, fragte Vili, der aufmerksam in die Nacht hinausschaute.

»Ja«, sagte ich. »Loki zeugte sie mit einer Riesin. Nach einer langen Zeit, in der Loki den Asen immer wieder Spaß bereitet und sie schlau beraten hatte, verloren die meisten Götter seine Herkunft aus ihrem Gedächtnis. Er war Odins Wahlsohn. Lokis wirklicher Vater aber war ein Riese. Er hieß ›Gefährlicher Schläger‹, und seine Mutter hieß ›Die Laubreiche, von Blitzen leicht entzündbar‹. Er hatte auch einen leiblichen Bruder, der den Namen ›Der im Sturmwind Blitzende‹ trug. Loki war zudem Herr des Feuers. Und ihr wisst, Feuer verheert nicht nur, sondern es wärmt, man kocht ganze Ochsen über ihm, es bringt Licht in dunkle Winternächte, brennt morsche Stämme nieder, macht Platz für neue Schößlinge und düngt sie mit Baumasche. Loki hatte sogar durch Klugheit und Geschicklichkeit die Asin Signy zur Frau gewonnen und mit ihr zwei Söhne bekommen.

Die Riesen verachteten Loki wegen seines Übertritts zu den Göttern. Loki selbst aber sehnte sich manchmal nach Riesenheim, seinem Geburtsort. Und so schlich er sich eines Tages dorthin und zeugte mit der Riesin Angrboda noch drei weitere Kinder, die nach ihrer Geburt bei der Mutter blieben. Das erste Kind, ein Sohn, hatte die Gestalt eines Wolfes, das zweite, eine Tochter, die einer Schlange, und das dritte Kind, ebenfalls eine Tochter, blickte finster drein, war halb fleischfarben und halb blau und wurde ›Hel‹ genannt ...«

»Eure Totengöttin«, flüsterte Vili schaudernd.

Ich schaute ihn an. »Ja, Hel ist eine Tochter Lokis«, sagte ich.

Mori hob den Kopf und umfing seine angewinkelten Knie mit den Armen. »Und weil Hel Lokis Tochter ist«, murmelte er, »kann er als Geist oder vielleicht sogar als Mensch zu uns Lebenden zurückkehren ...«

»Nein, Loki ist nicht getötet worden, Mori, und deswegen auch nicht in der Hel. Aber lasst mich weitererzählen: Odin erfuhr von Lokis Kindern in Riesenheim und schickte einige Asen aus, sie zu ergreifen und nach Asgard zu bringen. Dort beobachteten die Götter sie und befanden sie für gefährlich. Odin selbst nahm die Schlange und warf sie ins tiefe Meer. Aber die Schlange lebte weiter, wuchs und wuchs, umschlang bald alles Land und hielt wie ein starkes Band die Menschenwelt zusammen. Deshalb heißt sie ›Midgardschlange‹. Sie war zu Anfang nicht bösen Gemütes. Erst später gab sie ihre guten Absichten auf und wurde zum Weltenfeind und Gegner Thors.

Dann warf Odin Hel hinab nach Niflheim und gab ihr Gewalt über das Totenreich. In Hels Reich kommen alle, die nicht im Kampf fallen. Der Weg dorthin führt nach Norden und abwärts zum Grenzfluss Gjöll. Hel besitzt riesige Wohnstätten, die von unüberwindlichen Wällen umschlossen sind, und ein Gittertor, das kein Lebender und kein Toter übersteigen kann. Hels Welt ist kein Ort der Strafe, aber es ist feucht dort, kalt und karg.

Den jungen Wolf aber, den Sohn Lokis, den man ›Fenriswolf‹ nannte, sperrten die Götter in ein Gehege. Sie wollten ihn erziehen. Doch bald wagte nur noch Tyr, der mutigste Gott, ihn zu füttern, und Heimdall verlangte, man solle den Wolf auf der Stelle erschlagen. Aber Balder hielt dagegen, er hielt Asgard für heilig, die Wohnstätte der Götter sollte nicht mit Blut befleckt werden, und Thor meinte, den Wolf zu töten, sei nicht ehrenhaft.

Schließlich entschlossen sich die Götter, den Fenriswolf zu fesseln. Doch keine der geschmiedeten Fesseln konnte den Wolf daran hindern, sich zu befreien. Er wuchs und wurde immer stärker. Nun erkannten die Götter ihren tödlichen Feind. Sie mussten ihn bändigen. Sie konnten aber keine härtere Kette schmieden und ließen sich daher in Schwarzalfenheim von den Zwergen eine Fessel machen, die ›Gleipnir‹ genannt wurde. Gleipnir bestand aus dem Lärm des Katzentritts, den Wurzeln der Berge, dem Atem der Fische und der Spucke des Vogels. Diese Fessel war so stark, dass nichts und niemand sie je würde zerreißen können. Da sie aber glatt und weich wie ein Seidenband war, lachte der Fenriswolf darüber und ließ sich ohne Widerstand binden, denn die Götter umschmeichelten ihn zudem mit den Worten, er sei bestimmt so stark, sich aus Gleipnir befreien zu können. Um nicht auf eine List der Götter hereinzufallen, hatte der Wolf schon vor der Fesselung verlangt, dass Tyr ihm seine rechte Hand in den Rachen legen solle. Als die Fessel der Zwerge tatsächlich hielt, biss der Fenriswolf dem Gott die Hand ab. Daraufhin stach Odin ihm sein Schwert in den Oberkiefer und stemmte das Heft gegen den Boden des Maules. Mit dieser Gaumensperre heult der gefesselte Fenriswolf bis zum Untergang der Welten ...«

Ich unterbrach meine Erzählung, denn im bleichen Schein des Mondes, der tief im Süden über den Baumkronen des Nusswaldes stand, hatte ich eine schnelle Bewegung auf der Ebene bemerkt.

»Habt ihr es auch gesehen?«, fragte ich leise.

Vili und Mori starrten wie gebannt in die Dunkelheit.

Ich erhob mich. Vielleicht einhundert Fuß entfernt bewegte sich eine Gestalt auf uns zu. Ich hatte mich nicht getäuscht. Sie war allein und ging schwerfällig.

»Das ist der Alte«, flüsterte Mori, der sich neben mich gestellt hatte.

Vili schüttelte den Kopf. »Nein«, sagte er. »Warum sollte er ohne Pferd kommen?«

Ich wollte ihm antworten, als ein kehliger, dunkler Laut ertönte.

»Ein Bär!«, stieß Vili hervor.

Es war ein gewaltiges Tier. Der Bär wankte aufrecht auf den Rand des Grabens zu, wo er sich behäbig auf die Vordertatzen niederließ. Dann hob er den Kopf. Er nahm Witterung auf. Wir bewegten uns nicht. Mit einem guten Ger oder einem der langen Frankenspeere wäre er eine leichte Beute. Auch ein Pfeil in die Augen könnte ihn fällen.

Ich tastete nach meinem Bogen. Doch da wandte sich der Bär mit einem bösen Brummen von uns ab. Etwas musste ihn gestört haben. Ich konnte nicht erkennen, was es war. Das Tier entfernte sich rasch und verschwand bald darauf im dunklen Band des Waldes, der eine halbe Meile entfernt die Ebene im Süden begrenzte. Wir versuchten zu ergründen, was den Bären gestört hatte. Doch alles war so ruhig wie zuvor.

»Der Bär hat die Nähe eines Reiters gespürt oder ihn sogar gewittert«, flüsterte Mori. »Er ist bestimmt hier ganz in der Nähe. Wenn er Loki ist, kann er sich in alles Mögliche verwandeln und sich sogar unsichtbar machen.«

»Wir sind gewappnet, Mori«, sagte ich beruhigend. »Wer sich der Burg nähert, kann nur über die Ebene kommen, und wir haben den Wall im Rücken. Uns wird nichts geschehen. Sobald es heller wird, schauen wir nach, was den Bären vertrieben haben könnte.«

Wir hatten uns indessen wieder auf die Umhänge gesetzt. Vili ließ seine Schleuder zwischen den Fingern hindurchgleiten. Versonnen schaute er dem eigenen Spiel zu.

»Was geschah eigentlich mit Loki, nachdem er die Weltenfeinde gezeugt hatte?«, fragte er.

»Odin betrachtete Loki weiterhin mit milden Augen«, setzte ich meine Erzählung fort. »Aber der Riese wurde immer launiger. Eines Tages saßen die Götter einträchtig bei Ägir, dem mächtigen Gott der Meere, zusammen, und die Trinkhörner füllten sich von selbst. Fimafeng, ein Diener Ägirs, achtete darauf, dass es an nichts fehlte. Die Götter lobten ihn deswegen besonders. Das störte Loki, den die Feier langweilte. Er begann einen Streit mit Fimafeng und erschlug ihn. Dadurch brach er den Frieden dieser Stätte. Die Götter griffen nach ihren Waffen, trieben den Totschläger aus der Halle und in den Wald. Von da an galt Loki als geächtet. Doch er war schlau und spielte den Reumütigen. Er schaffte es, sich wieder in den Kreis der Götter einzuschleichen, denn er erinnerte Odin daran, dass er sein Wahlsohn war und sich ihr

Blut miteinander vermischt hatte. Der Göttervater bat daraufhin die anderen noch einmal um einen Platz für Loki. Nicht alle waren damit einverstanden, und so kam es wieder zu einem Streit. Loki trank viel und beschimpfte die Götter nun aufs Neue. Er beschuldigte sogar Frigg, die Gattin Odins, der Untreue und verspottete alle anderen. Nur Balder, den Sanftmütigen und von allen Wesen Geachteten, musste er mit seinen Giftreden verschonen, denn ihm konnte er nichts vorhalten. Balder war es auch, der meinte, Loki steche nur mit Worten, die Stärke der Götter aber liege in ihrem Großmut.

Schon vorher hatte Balder oft Unheilvolles geträumt, und eines Nachts träumte er seinen eigenen Tod. Tags darauf ritt er über Land, sein Pferd stolperte, und Balder verrenkte sich einen Fuß. Alle sahen diesen Unfall als ein Zeichen nahen Unglücks. Die Asen hielten lange Rat, denn sie wollten alles unternehmen, um den edelsten und reinsten Gott zu schützen. Schließlich ließen sie alle Wesen und Dinge schwören, Balder nichts anzutun. Frigg nahm allen Dingen den Eid ab, und so schworen und verpflichteten sich: Feuer und Wasser, die Steine, die Erde, alle Arten von Erz und Eisen, wilde und zahme Tiere mit vier Füßen, die Bäume, Büsche und Hölzer, die Vögel, Gifte und Krankheiten und die bösartigen Schlangen. Auch alle Schwerter, Speere, Hämmer und Äxte leisteten, wie die Waffen der Asen, bereitwillig diesen Eid auf Balders Leben, denn sie achteten ihn nicht nur, sondern liebten ihn aufrichtig …«

Vili hatte seine Schleuder neben sich ins Gras gelegt. »Dann konnte ihm ja gar nichts geschehen«, unterbrach er mich.

»Doch«, erwiderte ich und schaute Mori dabei an. »Aber vielleicht erzählt Mori jetzt, was geschah. Er kennt die Geschichte.«

Die Augen des Jungen weiteten sich. »Ich?«, fragte er überrascht. »Ich glaube, ich kann das nicht.«

»Es nimmt dir die Angst, wenn du es selbst erzählst.«

Er nestelte an seinem Wams. »Meinst du? Ich versuch es.«

Im Osten zeigten sich erste fahle Lichtstreifen, als er mit leiser Stimme begann: »Die Götter prüften die Eide auf ihre Festigkeit. Dazu versammelten sie sich auf der Thingstätte. Zuerst warfen sie Steine, Stöcke und sogar Felsbrocken auf Balder. Und wirklich, er blieb unverletzt. Dann nahm Odin seinen Speer Gungnir, den nichts aufhielt, und schleuderte ihn mit aller Wucht nach Balder. Aber Gungnir verletzte Balder nicht, und selbst Mjöllnir, Thors Hammer, der nie sein Ziel verfehlt, kehrte in Thors Hand zurück, ohne Balder auch nur eine Schramme zugefügt zu haben.

Loki aber sah das alles, nahm aus Bosheit und Neid die Gestalt einer alten Frau an und ging zu Frigg. Dort heuchelte er Sorge, ob Balder nicht doch von einem Geschoss getötet werden könnte. Frigg schüttelte den Kopf. Selbst die grimmigen Reifriesen und die bösartigen Bergriesen hätten den Eid geschworen, sagte sie. Loki, in der Gestalt der Alten, fragte hartnäckig weiter, ob wirklich allen Dingen und Wesen in der Welt der Eid abgenommen worden war. Frigg dachte nach und erinnerte sich tatsächlich, dass im Westen von Walhall ein kleiner Mistelzweig, der noch viel zu jung für einen Schwur gewesen war, den Eid nicht geleistet hatte.

Loki hatte gehört, was er wollte, und verwandelte sich wieder in seine richtige Gestalt. Sofort begab er sich an die von Frigg genannte Stelle und brach den Mistelspross. Dann eilte er damit zur Thingstätte, wo die Götter noch immer Balders Unverletzbarkeit mit lautem Geschrei auf die Probe stellten. Es floss reichlich Met, und die Trinkhörner machten die Runde, denn nichts konnte dem Gott etwas anhaben. Loki geriet in Zorn. Noch stärker als zuvor überkam ihn der Neid auf Balder. Er überlegte, was zu tun war, als er den blinden Höd außerhalb des Ringes stehen sah, den die Götter um Balder bildeten. ›Warum schießt du nicht wie die anderen auf Balder?‹, fragte Loki den Blinden. ›Weil ich nicht sehe, wo er steht‹, antwortete Höd. ›Ich zeige dir Balders Platz‹, sagte Loki. ›Hier nimm diesen Zweig und schieß ihn ab.‹ Höd griff nach dem Mistelzweig und spürte, wie kümmerlich er war. Er zögerte, denn er wollte sich nicht lächerlich machen. ›Wirf endlich wie die anderen‹, forderte Loki ihn auf. Höd setzte alle Kraft ein, die er besaß, und schleuderte den Zweig in die Richtung, die Loki ihm wies. Vom Mistelzweig durchbohrt brach Balder zusammen und fiel tot auf den Boden.

Die Asen verloren die Sprache, als sie das Blut auf Balders Brust sahen. Nur Odin begriff sofort, was geschehen war, denn er wusste, was Balders Tod für die Asen und den Bestand der Welt bedeutete. Wutentbrannt stellte er Loki zur Rede. Doch Loki tat unschuldig und verwundert darüber, dass ein winziger Mistelzweig Balder hatte töten können. Aber keiner der Asen glaubte ihm. Fortan galt Loki als Anstifter des

Mordes. Und Loki und Höd verbargen sich aus Furcht vor der Rache der Götter.

Mit großer Trauer übergaben die Asen Balders Leichnam dem Feuer und hielten danach Rat, wie sie ihn aus der Hel befreien könnten. Schon bald darauf machte sich der tapfere und schnelle Hermod, auch ein Sohn Odins, auf den Weg. Er durchritt finstere Täler und überwand lärmende Flüsse, und auch die unüberwindlichen Grenzen Hels waren ihm kein Hindernis. Er gab nicht auf, bis er vor der Herrscherin des Totenreiches selbst stand. ›Ist Balder wirklich so beliebt, wie du behauptest?‹, fragte Hel, nachdem Hermod ihr von der großen Trauer aller Wesen und Dinge über Balders Tod erzählt hatte. Hermod versicherte ihr, dass es so sei. Darauf sprach Hel: ›Wenn alle Lebewesen und alle toten Dinge in allen Welten Balder beweinen, soll er zu den Asen zurückkehren. Aber wenn auch nur eines ihm echte Tränen verweigert, bleibt er in meiner Halle.‹

Mit dieser Nachricht kehrte Hermod zurück, und die Asen schickten Boten in alle Welten hinaus mit der Bitte, Balder aus der Hel zurückzuweinen. Und alle taten es: Götter und Menschen, Erde und Steine, Pflanzen und Tiere und alles Metall. Auch alle Riesen, Alfen und Zwerge beweinten Balder. Nie zuvor waren sich Wesen und Dinge so einig. Doch Balder kam nicht aus der Hel zurück.

Da sandten die Götter Walküren aus; die sahen in einer Höhle eine Riesin sitzen, die sich ›Thökk‹ nannte. Sie hatte ausgedörrte Augenhöhlen. Die Walküren baten Thökk, eine Träne für Balder zu vergießen. Da antwortete die Riesin mit hasserfüllter Stimme: ›Balder nutzte mir weder im Leben noch im Tod. Behalte die Hel, was sie hat.‹ Und sie behielt ihre nassen Tränen für sich. Die Walküren konnten nichts tun, außer den Göttern zu berichten, die Riesin Thökk sei in Wirklichkeit Loki gewesen, der sich verwandelt hatte, denn sie hatten ihn an den Augen erkannt. Danach brachen die Götter endgültig alle Bande mit Loki, und er musste fliehen.

Er verbarg sich mit seiner Familie in einem abgelegenen Gebirge und baute sich dort ein Haus. Doch Odin stieg täglich auf seinen Aussichtsturm Hlidskjalf und spähte so lange nach Loki, bis er ihn entdeckte. Der Göttervater rief daraufhin Thor und Heimdall und machte sich mit ihnen auf den Weg.

Loki saß gerade am Feuer und knotete ein Netz, als er die Asen kommen sah. Er warf das Netz ins Feuer. Dann rannte er zu einem Fluss, der in der Nähe seines Haus verlief, und verwandelte sich in einen Lachs. Aber die Götter fanden in der weißen Asche die Abdrücke des verbrannten Netzes. Sofort wusste Odin, dass Loki sich in einen Fisch verwandelt hatte. So schnell sie konnten, knüpften die Asen ein Netz wie das, das sie in der Asche sahen, und gingen zum Fluss hinunter. Dort warfen sie das Netz über das Wasser und zogen es so lange durch den Fluss, bis Loki nicht mehr entkommen konnte. Aber der Lachs war so glitschig, dass er fast entwischt wäre, wenn Thor ihn nicht am Schwanz fest zusammengedrückt hätte. Deshalb sind die Lachse hinten so schmal.

Loki musste danach seine natürliche Gestalt wieder annehmen, dann schleppten die Asen ihn in eine Felsenhöhle. Auch Narfi und Vali, Lokis Söhne, die er mit der Asin Signy gezeugt hatte, wurden ergriffen und in die Höhle gebracht. Loki wehrte sich heftig gegen die Fesselung durch die Götter und konnte sich einige Male befreien, denn wie der Fenriswolf war auch er nicht mit gewöhnlichen Fesseln zu bändigen. Doch endlich gelang es, ihm und seinen Söhnen besonders harte Eisenringe anzulegen. Danach befestigten die Asen eine Giftschlange über Loki, deren Gift ihm ins Gesicht tropfte. Signy aber hatte sich nicht von ihrem gefesselten Mann getrennt und hielt eine Schale über seinen Kopf. Wenn sie mit Gift gefüllt war, schüttete Signy es aus. Inzwischen tropfte es Loki ins Gesicht, da zuckte er so heftig zusammen und zerrte an seinen Fesseln, dass der Boden schwankte und die Erde erzitterte. Daher kommen die Erdbeben.

In dieser Höhle liegt Loki gebunden bis zu den letzten Tagen der Welt. Und je mehr Gift in seinem Gesicht brennt, umso mehr hasst er die Götter.«

Mori atmete erleichtert auf. »Das ist Lokis Geschichte, wie sie die Alten an den Feuern in den Eisenfelshügeln erzählen«, sagte er. Sein Gesicht wirkte entspannter als vorher.

»Ein Teufel, euer Loki«, sagte Vili laut. Er hielt seine Schleuder wieder in den Händen und schaute Mori an. »Und sein Ende sagt mir, dass er *nicht* der geheimnisvolle Reiter sein kann.«

»Vielleicht hast du Recht«, gab Mori leise zu. »Mögen die Götter geben, dass das, was die Alten erzählen, wirklich stimmt. Es war vielleicht nicht Loki, aber der Reiter kann kein Mensch sein …«

Er unterbrach sich und blickte nach Osten, als suchte er dort eine Antwort.

Sunna stieg hinter den dunklen Wäldern auf. Die letzten Schatten der Nacht flohen aus dem Dickicht. Sie wichen den goldenen Strahlen, die wieder aus einem klaren, wolkenlosen Himmel über die Erde fluteten, deren junges, sattes Grün sich dem ersten Tageslicht entgegenreckte. Von überall hallte der vielstimmige Gesang der Vögel aus dem Wald und über die Ebene. Ein wehmütiges Gefühl ergriff mich. Ich lauschte den betörenden Klängen der Natur, sog die wohltuende Frische des Morgens tief ein, fragte mich, warum die Götter, die diesen vollkommenen Einklang der Welt geschaffen hatten, es zuließen, dass wir Menschen, ob Sachsen oder Franken, uns gegenseitig voller Misstrauen, Neid und Hass belauerten und töteten. Hatte Lokis Geschichte immer noch Gültigkeit?

Schwerer Hufschlag riss mich aus meinen Gedanken. Vili und Mori waren schon aufgesprungen. Sie schauten nach Westen, von wo das Geräusch kam. Ich erhob mich ebenfalls. Vier eiserne Reiter preschten in wildem Galopp an uns vorbei. Beinschienen, Brünnen und Spangenhelme blinkten silbern im Licht Sunnas, und die Spitzen der langen Speere schimmerten drohend auf. Es waren die Scaras, die in Grauwolfs Burg lagerten.

»Sie suchen Berowulf«, flüsterte Mori. Der entspannte Ausdruck in seinem Gesicht veränderte sich. »Sie werden ihn nicht finden.«

»Du weißt es?«, fragte Vili.

»Ja – nein«, Mori starrte verwirrt auf seine Füße. »Nicht genau. Da ist wieder dieses Gefühl, das ich nicht will«, murmelte er.

»Der Scarareiter hat sich von Anfang an verdächtig gemacht«, sagte ich. »Aber Grauwolf war Zeuge, dass der Franke den Boten nicht getötet haben kann. Doch womöglich war der Graf nicht aufmerksam genug. Die Händler, die auf dem Vorhof lagerten, oder Hagrim der Köhler und sein Gehilfe können ebenfalls die Mörder sein. Auch Grauwolfs Männer sind nicht frei von Verdacht. Und dann die Friesen Brelor und Jaran. Sie haben angeblich die Köpfe Desmonds und des Boten gefunden. Wer sagt uns, dass das stimmt? Vielleicht haben sie die Köpfe selbst auf die Stangen gesteckt. Ganz zu schweigen von dem geheimnisvollen Reiter, von dem wir nicht einmal ahnen, wer er sein könnte.«

»Berowulfs Franziska, Berowulfs Pfeile«, überlegte Vili laut. »Ich glaube, der Franke hat gelogen, als er von dem Diebstahl erzählte. Und warum sollte er nicht lesen und schreiben können?«

»Der Mörder will sich an Leo III. rächen und alle töten, die in irgendeiner Weise mit dem Papst zu tun haben. Berowulf ist Franke, hat vielleicht sogar in Rom gelebt und hasst Leo III. aus einem Grund, den nur er kennt. Er war mit den anderen Scaras am Hof des Königs. Er kann das Schreiben in Rom oder heimlich von einem Mönch im Hofstaat gelernt haben.«

Ich schaute Mori unverwandt in die Augen. »Der Mordbube hat uns mit dem Pergament und der Behauptung, wir würden ihn kennen, womöglich getäuscht. Vielleicht versucht er dadurch nur, uns gegeneinander aufzubringen, wie Heriburg vermutet. Doch ob wir ihn kennen oder nicht, er ist keinesfalls ein Geist, Mori.«

Der Junge sagte nichts. Er schüttelte nur stumm den Kopf.

»Und ob er allein ist oder noch einen Gefährten hat, wissen wir auch nicht, denn die frischen Stiefelspuren, die wir entdeckt haben, stammten nicht vom Mörder, wie ihr wisst«, gab Vili zu bedenken.

Ich nickte. Grauwolf hatte seine Männer noch mal befragt und herausgefunden, dass einer von ihnen sich in der bewussten Nacht heimlich mit einer jungen Frau über die Wälle davongemacht hatte. Kurz vor Anbruch der Dämmerung waren die beiden auf demselben Weg zurückgekehrt.

Es wurde Zeit, in die Burg zu gehen, denn schon am nächsten Tag sollte die Reise nach Padrabrun beginnen. Zuvor wollte ich jedoch wissen, was den Bären in der Nacht fortgetrieben hatte. Ich ging die drei Schritte auf den Rand des Grabens zu, um besser sehen zu können, ob auf der gegenüberliegenden Seite etwas zu erkennen war, was uns einen Hinweis darauf geben könnte.

Im Graben, nur einen Schritt vor mir, steckte ein rot gefiederter Pfeil. Ich beugte mich hinunter und zog ihn aus dem Boden. Er sah den Pfeilen, mit denen Desmond getötet worden war, täuschend ähnlich. Er musste aus dem gleichen Köcher stammen.

»Der hat den Bären heute Nacht vertrieben«, sagte ich laut und hielt den Pfeil hoch. »Möglich ist, dass das Tier von einem zweiten getroffen wurde.«

»Doch gegolten haben sie eigentlich uns!«, rief Vili aufgeregt dazwischen. »Das denkst du doch auch!«

»Der Mordbube war ganz in unserer Nähe. Und wäre der Bär nicht aufgetaucht, hätte er uns womöglich erwischt.«

»Ich hab's ja gesagt«, stöhnte Mori, der leichenblass geworden war. »Er war hier.«

»Ja«, gab ich zurück. »Doch immerhin waren die Götter mit uns. Der Bär und die heller werdende Nacht haben den Dämon vertrieben. Er scheint wirklich nicht sehr mutig zu sein. Aber das macht ihn besonders gefährlich, denn er ersetzt den fehlenden Mut durch Heimtücke. Ein mutiger Mann schleicht nicht durch die Nacht und scheut das Licht wie dieser Unhold.«

Ich steckte den Pfeil in mein Wams. Es galt, Grauwolf so rasch wie möglich von dem Ereignis zu erzählen. Tief im Westen tummelten sich einzelne weiße Wölkchen, die aber, je weiter sie nach Osten zogen, von den warmen Strahlen Sunnas vertrieben wurden. Der leise Westroni, der noch in der Morgendämmerung über das Land gestrichen war, hatte sich gelegt. Schon jetzt war es ungewöhnlich heiß für einen Tag im Winnemanoth.

»Der Graf wird einen seiner Männer nach uns schicken, wenn wir nicht bald in der Burg erscheinen«, sagte ich und legte den Umhang über den Arm.

Meine Gefährten nickten schweigend. Als wir wenig später durch das geöffnete Burgtor gingen, standen Wächter auf den Türmen. Sie beachteten uns nicht, und ich fragte mich, ob der oder die Mörder in Grauwolfs Burg ebenso unbehelligt aus und ein gehen konnten, wie wir es taten.

Linhardt

Als wir den Innenhof betraten, empfing uns eine kläffende Hundemeute. Die Tiere wuselten uns zwischen den Beinen hindurch, schnüffelten und stupsten mit ihren feuchten Nasen gegen die Lederstiefel. Erst danach ließen sie uns mit warnendem Knurren gehen. Blitzartig durchfuhr mich ein Gedanke. Warum hatten die Hunde nicht am Abend angeschlagen, als wir gekommen waren und man den Boten erstochen aufgefunden hatte? Auch später in der Nacht, als die Leichen im Grubenhaus geschändet wurden, waren die Tiere ruhig geblieben. Kannten sie den Mordbuben und seinen Genossen?

Auf dem Platz vor dem Haupthaus waren Männer damit beschäftigt, zwei mit dicken Lederplanen versehene Ochsenwagen zu beladen, die man neben die Wirtschaftsgebäude gefahren hatte. Grauwolf ließ erste Vorbereitungen für den anstehenden Zug nach Padrabrun treffen.

Der Graf stand vor einem der Ställe. Er hielt ein Pferd am Zaum und war im Begriff, in den Sattel zu steigen. Doch als er uns sah, übergab er die Zügel hastig einem seiner Männer, die schwere Holzeimer voller Ackerbohnen und Hirse an ihm vorbei zu den Planwagen schleppten.

»Bei allen Göttern!«, rief er. »Ihr kommt spät! Ich war auf dem Weg zu euch!«

Ich griff in mein Wams und hielt ihm den Pfeil hin. Dann erzählte ich, was geschehen war.

»Ein Pfeil aus Berowulfs Köcher«, sagte er nur verblüfft.

»Ich fand Berowulf ja gleich verdächtig«, sagte Vili. »Und sein Verschwinden ist Beweis genug.«

»Du vergisst, dass dem Franken *alle* Pfeile gestohlen wurden«, gab ich zu bedenken.

»Behauptet er«, sagte Vili.

Grauwolf schaute dem Treiben seiner Leute auf dem Hof zu, wog den Pfeil nachdenklich in einer Hand, als könnte er ihm sein Geheimnis entlocken, und sagte dann: »Wir werden das Rätsel nicht lösen, Vili – noch nicht. Wir dürfen nicht vorschnell ein Urteil über Berowulf fällen.« Er deutete mit der Pfeilspitze auf das Tor. »Ihr werdet Gerfried mit den anderen Scaras gesehen haben. Ich befahl ihnen, noch einmal alle Wege abzusuchen, die sie gestern geritten sind.«

»Die Franken werden nichts finden«, sagte Mori leise. Er schaute am Grafen vorbei.

»So?«, Grauwolf nahm ihn bei der Schulter. »Das weißt du?«

Die Augen Moris verengten sich und auf seiner Stirn bildeten sich kleine Schweißtröpfchen.

»Nein, ich *ahne* es«, antwortete er und wischte sich mit einer fahrigen Handbewegung den Schweiß aus der Stirn.

»Ha! Du ahnst es!«, polterte Grauwolf. »Nun gut, Mori.« Er gab den Jungen frei. »Wir werden die Rückkehr der Scaras abwarten müssen, dann wissen wir mehr. In der Zwischenzeit gibt es genug zu tun, denn im Morgengrauen brechen wir auf.«

Die späten Nachmittagsstunden brachten einen zunehmend stärker werdenden Westroni, der graue Regenwolken herantrug, hinter denen Sunna rasch verschwand, und noch vor der Abenddämmerung fielen die ersten schweren Tropfen. Doch selbst der Regen brachte nur wenig Abkühlung. Als die Dunkelheit hereinbrach und die ersten Feuer im Haupthaus und den Wirtschaftsgebäuden angezündet wurden, waren die Ochsenwagen mit allen Versorgungsgütern beladen, die wir für die lange und beschwerliche Reise auf dem Hellweg nach Padrabrun brauchten.

Moris Ahnung wurde bald darauf zur Gewissheit, denn die Scaras kehrten ohne Berowulf zurück. Sie hatten auch dieses Mal keine Spur von ihm gefunden. Der Graf ließ seinen Unmut darüber an Gerfried aus. Aber der Franke blieb erstaunlich gelassen und entgegnete kopfschüttelnd auf Grauwolfs wiederholte zornige Fragen, er und seine Männer hätten alles versucht, mehr könne er nicht tun. Überdies hätten weder Hagrim noch einer der Bauern, die auf den umliegenden Höfen im Nusswald siedelten, Berowulf gesehen oder irgendetwas Verdächtiges beobachtet, das mit dem Verschwinden des Scaras zu tun haben könnte.

Nachdem der Graf sich etwas beruhigt hatte, wandte ich mich an Gerfried.

»Ist euch ein fremder Reiter aufgefallen?«, fragte ich und beschrieb den weißhaarigen Alten auf dem Rappen.

Der Franke schüttelte den Kopf.

»Nein«, antwortete er mit Bestimmtheit. Er hielt meinem Blick stand. »Ein Mann, wie du ihn beschrieben hast, ist uns nicht begegnet.«

Ich glaubte ihm. Wir wussten also so wenig wie vorher und konnten nichts anderes tun, als abzuwarten. Der Mordbube, wer immer er auch war, war durchtrieben und schlau. Er musste alles von langer Hand geplant haben. Für uns besaß er kein Gesicht. Ich fühlte mich ihm gegenüber ohnmächtig und fragte mich, ob er sein nächstes Opfer schon ausgesucht hatte und wer es sein würde.

Gerfried und die übrigen Scarareiter zogen sich mit Grauwolfs Erlaubnis an eins der Feuer in den Wirtschaftsgebäuden zurück, wo sie sich ihrer Brünnen entledigten und niederließen.

Bald darauf befahl der Graf zwei seiner Männer, sich mit Pferden und Waffen zum Schutz der Frauen in die Klosteranlage zu begeben. Sie sollten die beiden Friesen ablösen, die mit uns reiten würden. Danach teilte er zwei Gruppen für die Reise nach Padrabrun ein und folgte damit Heriburgs Rat vom Tag zuvor. Er selbst wollte mit Liudgers Schwester, den Friesen Jaran und Brelor und einem der Ochsenwagen voranziehen. Ich sollte mit dem zweiten Wagen, Vili, Mori und Hildegund in einem Abstand von drei Stunden folgen, während die Scaras zu je zwei Reitern als Begleitschutz dienen sollten.

»Wir ziehen bis Sitnia. Dort warten wir auf euch und nehmen dann wieder getrennt den Hellweg an der Lippe entlang«, sagte er, als wir zu Beginn der Nacht am Feuer im Haupthaus zusammensaßen. »Auf diese Weise werden wir es dem Dämon und seinem Genossen schwer machen.«

Aber in seiner Stimme lag nur wenig Zuversicht.

Seit dem späten Abend prasselte unaufhörlich der Regen nieder. Zudem zerrte jetzt ein wütender Sturm am Schilfdach und fuhr heulend durch die engen Firstlöcher ins Innere. Vor dem offenen Hauseingang peitschten heftige Böen Regengüsse über den vor Nässe glänzenden Lehmboden und trieben sie weit in das Haus hinein. Der Wind erreichte selbst das züngelnde Feuer, an dem wir hockten, und ließ die Glut hellrot leuchten. Die Flammen tanzten unruhig auf und nieder. Sie warfen lange Schatten wie Vorboten kommenden Unheils ins Halbdunkel und an die Wände.

In dieser Nacht ereignete sich nichts. Mir kam es vor, als schöpfte das Böse in den finsteren Hallen Utgards Kraft, als wartete es nur darauf, dass wir endlich aufbrechen und durch die dunklen Wälder und schwarzen Moore Westfalens ziehen würden, wo es uns auflauern und in den Tod treiben konnte.

In den frühen Morgenstunden kühlte die Luft deutlich ab. Dessen ungeachtet fanden wir keinen Schlaf. Die Frauen brachten große Holzschalen, in denen ein heißer Brei aus Spelt und Fleischstückchen dampfte. Dazu stellten sie hohe irdene Krüge mit dünnem Bier neben uns auf den Boden.

Bei Anbruch der Dämmerung verließ Grauwolfs Gruppe in dichtem Regen die Burg. Wir folgten ihnen im grauen Tageslicht. Gerfried, der Franke, ritt mit seinem Gefährten Bolko voran. Ich lenkte die zwei kräftigen Zugtiere mit dem Ochsenwagen, an dem ich Falgar festgemacht hatte, unmittelbar hinter ihnen. Hildegund hatte sich schon in der Nacht einen Platz vorn im Wagen gesucht, während sich Vili und Mori, wie alle anderen zum Schutz gegen den Regen in lange Filzmäntel gehüllt, neben dem Gespann hielten.

Ein steifer Sundroni peitschte mir den Regen ins Gesicht, als wir die Burg verließen und bald darauf den breiten, jetzt tief aufgeweichten Handelsweg erreichten, der uns nach Süden zum Fluss Lippe führen würde.

Zwei Tage später, in den frühen Nachmittagsstunden, durchquerten wir den weit über die Ufer getretenen Sandbach nördlich von Sitnia in einer breiten, durch die starken Regenfälle ungewöhnlich tiefen Furt. Wir waren auf Moris Vorschlag vom Handelsweg abgewichen, auf dem wir eine halbe Tagesreise länger gebraucht hätten, und dem Lauf des Baches über einen höher gelegenen Pfad gefolgt, der sich um die vom Regen überschwemmten Auen und Rodungen in Bachnähe wand. Die Wälder des Stevergaus hatten wir ohne Zwischenfälle hinter uns gelassen. Vor uns erstreckte sich nach einem weitläufigen Moorbruch, den wir noch überwinden mussten, der uralte düstere Linhardtwald, aus dem sich die sanft geschwungenen, mit dichten Kiefernwäldern bewachsenen Eisenfelshügel erhoben.

Bis weit nach Mittag hatte es ohne Unterbrechung geregnet. Aber nun riss die graue Wolkendecke mehr und mehr auf, es wurde heller, und der Regen fiel nur noch spärlich.

Ich stand bei den Zugtieren und schaute zu Gerfried und Bolko hinüber, die ihre Reittiere schon auf den Knüppeldamm führten, über den wir durch das Moor ziehen mussten, als Mori sein Pferd neben mir zügelte. Er ließ sich aus dem Sattel gleiten.

»Es ist besser, wenn ich vorangehe«, sagte er. »Der Knüppeldamm ist tückisch, und der Weg durch den Linhardtwald hat es in sich. Es gibt überall Wolfsfallen, die wir umgehen müssen. Und auch die alte Thingstätte in der Mitte des Waldes und den Opferstein sollten wir meiden, denn dort hausen die Geister der hingerichteten Mörder und Stammesfeinde als Werwölfe, die jeden Fremden in die Irre führen und in den Tod treiben.«

Ich hatte von der geheimnisvollen Thingstätte und dem Opferstein gehört. Doch wo sie genau lagen, wusste ich nicht. Guntwin, Moris Vater, hatte vor langer Zeit von den grauenvollen Geschichten erzählt, die sich um sie rankten. Aber er hatte sie mir trotz meines Wunsches nicht gezeigt.

»Gut, Mori«, sagte ich nach kurzer Überlegung. »Du führst uns.«

Ich winkte Gerfried und die anderen heran, um ihnen mit wenigen Worten von den Gefahren zu erzählen, die noch vor uns lagen. Die Franken nickten bereitwillig. Vili wandte sich an Hildegund.

»Bardo und ich haben so viele gefährliche Abenteuer bestanden«, sagte er zu ihr, »da ist das, was jetzt kommen könnte, wie der leise Hauch eines Windes.«

Grauwolfs Tochter lächelte.

»Ich bin froh, dass du bei mir bist«, antwortete sie nur und schaute ihm tief in die Augen, bevor sie sich wieder auf den Wagen setzte.

Bis hierher hatten wir nichts Verdächtiges bemerkt, und der rätselhafte Alte war seit unserer Begegnung auf der Ebene vor Grauwolfs Burg verschwunden geblieben. Ich fragte mich, ob der Graf, der ebenso wegekundig wie Mori war, auch diesen kürzeren Weg genommen und Sitnia bereits erreicht hatte. Der heftige Regen hatte alle Spuren verwischt.

»Spürst du Gefahr?«, fragte ich Mori. »Ist etwas mit Grauwolf und den anderen geschehen?«

»Ich weiß nicht«, antwortete er. »Ich spüre etwas, aber ich kann es nicht fassen. Es ist weit weg. Vielleicht ändert es sich, wenn wir im Linhardtwald sind. Vielleicht ist dort etwas geschehen – ich weiß nicht ...«

Ich drang nicht tiefer in ihn, denn er wandte sich ab und ging stumm auf das Moor zu.

Der Knüppeldamm war aus starken Balken zusammengebaut worden und breit genug, einen schweren Ochsenwagen tragen zu können. Aber er erwies sich als gefährlich. Weite Strecken lagen unter dem dunklen Wasser. Hätte Mori uns nicht geführt und uns immer wieder gewarnt, wären wir im tiefen Morast versunken, denn ein einziger falscher Schritt auf dem von der Nässe glatten Holz hätte den sicheren Tod bedeutet. So aber standen wir noch vor Anbruch der Dämmerung wieder auf festem Boden und damit am Rand des finsteren Linhardtwaldes, der bis ans Moor reichte. In den Wald führte ein Sandweg, der sich nach nur wenigen Schritten in der Dunkelheit verlor.

»Wir sollten überlegen, ob wir Fackeln anzünden oder uns auf unsere Augen verlassen wollen«, sagte Mori laut.

»Das Licht der Fackeln könnte uns verraten und es den Mordbuben leicht machen, wenn sie im Linhardtwald auf uns lauern«, sagte Vili. »Außerdem blendet es. Sie sehen uns mit den Fackeln eher, als wir sie. Wir reiten besser langsam und gewöhnen unsere Augen an die Dunkelheit.«

Gerfried und Bolko stimmten ihm zu. Mori aber strich seinem Pferd gedankenvoll über die Mähne.

»Wölfe, Bären, Wildkatzen und Luchse haben Angst vorm Feuer«, sagte er. »Wir könnten sie mit den Fackeln auf Abstand halten. Ohne Feuer würden sie über uns herfallen, bevor wir sie überhaupt bemerkt hätten.«

Der Einwand des Jungen stimmte mich nachdenklich. Aus dem Wald war zunehmend eine Bedrohung zu spüren, der ich mich nicht entziehen konnte, und ich meinte, auch der feinsinnige Mori müsste sie bemerken. Aber die Bedrohung kam nicht von Wölfen und Bären, sie legte sich vielmehr wie ein unsichtbarer Mantel über meine Sinne und versuchte, sie zu verdunkeln.

»Bardo, du entscheidest, du bist unser Anführer«, sagte Vili.

Ich glaubte, eine Spur von Beklemmung in seinem Blick zu erkennen.

»Ich habe mich entschieden, mein Freund«, sagte ich. »Ich reite mit Mori voran. Vili, du lenkst den Ochsenwagen mit Hildegund. Gerfried und Bolko bilden den Abschluss. Wir reiten ohne Fackeln, denn die wirklich gefährlichen Raubtiere sind nicht Wölfe und Luchse, sondern die Menschen.«

»Wenn es Menschen sind«, flüsterte Mori.

Gerfried lächelte.

»Geister brauchen kein Licht, junger Sachse«, sagte er. »Und einen Bären töte ich auch in der Dunkelheit mit einem einzigen Speerstoß. Die Mordbuben aber sind hinterlistig und feige, sie greifen nicht von vorn an. Sie lauern im Dickicht, bis wir vorübergezogen sind, um uns hinterrücks anzufallen.«

Ich musste an Moris Angst in der Nacht vor Grauwolfs Burg denken, als ich mit ihm und Vili Wache gehalten und von Loki erzählt hatte. Ich stellte mir vor, wie er den Weg von Sitnia zur Burg des Grafen allein zurückgelegt hatte und dabei eine ganze Nacht auf sich gestellt in der Wildnis verbringen musste. Wie hatte *ich* mich in Moris Alter in der Dunkelheit gefühlt? Ich erinnerte mich an eine Zeit, in der ich als Schweinehirt mit Sigur, einem Freund, in den Nebelmonden die Wälder an der Ems durchstreift hatte. Während der ersten Nächte hatte ich mich vor Angst in Erdmulden und hohlen Baumstümpfen verkrochen und die Augen geschlossen, um nichts mehr sehen zu müssen, obgleich es dunkel war. Doch rasch hatte Sigur mich gelehrt, dass meine Angst viel schlimmer war als der finstere Wald, in dem Baumgeister und Quellnymphen lebten. Ich lernte, der Angst zu begegnen, erfuhr, dass sie gefährlicher sein konnte als die Dunkelheit, weil sie mich lähmte. Sehr bald wusste ich, dass ich ihr nicht nachgeben durfte, wenn ich überleben wollte. Dem jungen Mori musste es ähnlich wie mir ergehen. Er hatte sich seiner Angst schon mutig gestellt. Nun wollte ich ihm auf dem Weg durch den Linhardtwald helfen, sie zu besiegen, wie Sigur mir geholfen hatte.

»Hungrige wilde Tiere greifen auch am Tage an«, sagte ich jetzt und schaute den Jungen dabei an. »Sie brauchen die Nacht nicht wie der Unhold, der uns allen nach dem Leben trachtet. Angst ist nur gut, wenn sie uns vorsichtig sein lässt, nicht, wenn sie uns lähmt.«

»Ich habe keine Angst«, sagte er bedrückt. »Wie kommst du darauf?«

Ich glaubte, ihn zu verstehen, und beließ es fürs Erste dabei, denn wir mussten aufbrechen.

»Es ist gut«, gab ich leichthin zurück. »Wir reiten jetzt los.«

Noch herrschte dämmeriges Tageslicht, als Mori und ich an der Spitze unseres kleinen Zuges in den Linhardt ritten. Doch nach jedem Schritt legte sich die Finsternis dichter um uns. Düster und mit einer stummen Drohung nahm der Wald uns auf. Meine Augen gewöhnten sich bald an die Dunkelheit, und meine Sinne waren auf die wenigen Geräusche gerichtet, die rundum aus dem Dickicht drangen. Die mächtigen Stämme der Eichen und Buchen, die den Weg säumten, zeichneten sich schwarz vor dem mannshohen Unterholz ab. Sie ragten unendlich weit hinauf, wo sich ihre dicht belaubten Kronen wie ein Dach über uns spannten. Je tiefer wir in den Wald eindrangen, umso stiller wurde es. Kaum noch ein Laut drang aus dem Dunkeln. Nur das Knarren und Ächzen des Ochsenwagens, das Schnauben der Zugtiere und Pferde und das leise, metallische Klirren unserer Waffen waren zu hören.

Mori und ich hielten uns nebeneinander auf der Mitte des Weges. In der Zwischenzeit musste die Nacht angebrochen sein. Wir hatten schon ein gutes Stück zurückgelegt und würden nach Moris Beschreibung bald die Gabelung erreichen, von der aus ein Weg zur tief im Wald liegenden Thingstätte führte, während der andere in Sitnia endete.

»Du bist sehr stark, Mori«, sagte ich leise.

Ich hielt an und blickte mich um. Zehn Fuß hinter uns lenkte Vili den Ochsenwagen durch die tief eingefahrene Fahrtrinne. Ich konnte das Gespann gut erkennen, doch von Gerfried und Bolko, noch einmal zwanzig Fuß dahinter, waren nur die Umrisse zu sehen.

»Ich bin noch nie allein in der Nacht durch den Linhardtwald geritten«, murmelte der Junge, der sein Pferd ebenfalls gezügelt hatte. »Ich war immer mit meinem Vater zusammen. Als ich von Sitnia zum Nusswald ritt, war es früher Morgen. Es war hell, und Sunna warf goldene Strahlen in den Wald. Ich kenne alle Wege. Ich finde sie auch in der Dunkelheit. Manchmal habe ich Angst vor dem Wald und vor der Finsternis. Aber wirklich Angst habe ich vor dem, was ich spüre und nicht spüren will. Und ich spüre, dass wir in großer Gefahr sind ...«

Ich schaute mich um. Vili hatte das Gespann angehalten und stand neben den Zugtieren. Die beiden Franken hatten aufgeschlossen. Rundum war es still – aber mit einem Mal so bedrohlich still, als hielte der Wald den Atem an. War es die Nähe der alten Thingstätte? Ich griff nach Pfeil und Bogen, als Mori neben mir leise stöhnend zur Seite kippte und gleich darauf auf den Boden schlug.

Dann erschien der Dämon. Und er war nicht allein.

Zwei graue Gestalten huschten lautlos neben dem Gespann über den Weg. Gleich darauf sanken Gerfried und Bolko, die ihre Spathas gezogen hatten, mit einem erstickten Gurgeln aus den Sätteln. Die Schwerter entglitten ihren Händen. Beide griffen sich an die Hälse, als wollten sie sie zusammenpressen.

Ich schickte in schneller Folge zwei Pfeile auf die unheimlichen Schatten, aber ich verfehlte sie. Höhnisches Lachen wie aus den tiefsten Tiefen Hels durchbrach die Finsternis. Noch einmal sirrten zwei Pfeile von meiner Sehne, dann spürte ich einen heftigen Aufprall in meiner linken Schulter. Er warf mich einen Schritt zurück. Ich strauchelte, der Bogen entfiel mir, und im gleichen Augenblick ertönte ein verzweifelter Schrei vom Wagen her.

Hildegund!

Vier Gestalten rangen neben dem Gespann miteinander. In Moris Brust steckte ein Pfeil. Der Junge gab keinen Laut von sich und bewegte sich nicht. Sie hatten ihn mit einem Schuß getötet, ich konnte ihm nicht mehr helfen.

Ich zog den Pfeil aus meiner Schulter und stürzte von rasendem Schmerz und ohnmächtiger Wut getrieben auf die Kämpfenden zu. Einer der Dämonen bedrohte Vili mit stoßbereitem Messer, während der andere Hildegund von hinten einen Arm um die Kehle presste, ihr die Spitze seines Messers vor die Augen hielt und sie vom Weg herunter in die Dunkelheit schleppte. Ich entschied mich, die Tochter des Grafen zu befreien, mein Gefährte würde sich zu wehren wissen. Ich zog mein Messer und versuchte, hinter den Mordbuben zu kommen. Es gelang. Doch als ich ihn fast erreicht hatte und schon zum Stoß ausholte, trat ich auf eine feuchte Baumwurzel. Ich glitt aus, konnte mich nicht fangen und prallte seitlich gegen den rauen Stamm. Der Schmerz in meiner verletzten Schulter brannte lichterloh. Wie betäubt blieb ich liegen, während der Dämon mit Grauwolfs Tochter endgültig im Dunkeln verschwand.

Der andere hatte Vili indessen einen Stich versetzt, ich hatte den wütenden Aufschrei meines Gefährten gehört. Danach aber ließ der Mordbube von ihm ab und hetzte seinem Genossen hinterher. Weder mein Gefährte noch ich konnten ihnen folgen, unsere Verletzungen hielten uns davon ab.

Die Dämonen hatten Grauwolfs wehrlose Tochter entführt, und drei Männer waren gestorben. Der Hass dieser Wesen musste unendlich und abgrundtief sein.

Ich erinnere mich nicht, wie lange wir schwer atmend an eines der Holzräder des Ochsenwagens gelehnt saßen, zu dem wir uns geschleppt hatten, bis mein Gefährte, der am Arm verletzt war, sich wortlos erhob und in den Wagen stieg. Als er zurückkam, hielt er eine Fackel in der Hand, entzündete sie umständlich mit Feuerstein und Salzfels und sagte mit kraftloser Stimme: »Die Mordbuben haben Hildegund. *Sie* war ihr Ziel, Bardo. Ich hätte sie beschützen müssen! Was kann ich nur tun?«

Der unruhige Feuerschein fiel auf sein schmales Gesicht. Tränen des Schmerzes und der Trauer rannen ihm ungehemmt über die Wangen. Ich zog mich am Rad hoch und legte ihm eine Hand auf die Schulter.

»*Wir* hätten sie beschützen müssen, Vili, *wir*«, sagte ich bitter. »Aber gegen diese Dämonen waren wir machtlos. Sie bewegen sich geräuschlos wie die Wildkatzen auf der Jagd. Dich trifft keine Schuld, mein Freund. Wir konnten es nicht verhindern. Alles ging sehr schnell. Mori und die Franken haben ihr Leben gelassen, und mein Herz ist voller Trauer um den Jungen aus den Eisenfelshügeln. Wir werden sie ehrenvoll der Erde auf dem Totenacker Sitnias übergeben«, ich hielt inne, denn Vili brach in lautes Schluchzen aus. »Und bei unseren Göttern«, fuhr ich fort und wandte mich mit Tränen in den Augen von ihm ab, »Hildegund lebt. Die Mordbuben hätten sie töten können, wenn sie es gewollt hätten. Sie lebt, Vili, und wir werden sie befreien, das schwöre ich bei Thor. Doch jetzt müssen wir unsere Wunden versorgen und nach den Toten sehen.«

Vili antwortete nicht sofort. Er reichte mir stumm die Fackel und hielt sich mit einer Hand den verletzten Arm.

»Ja«, sagte er dann, während er wieder auf den Wagen stieg und mir gleich darauf eine Handvoll Leintücher hinunterreichte. »Ich bete zu meinem Gott, dass sie lebt, aber wenn nicht ...«

»... werden wir sie furchtbar rächen«, vollendete ich seine Worte.

Er nickte tapfer. Wir hielten die Fackel abwechselnd und verbanden unsere Wunden gegenseitig. Dabei fiel mein Blick auf den Pfeil, den ich mir herausgezogen und auf den Boden geworfen hatte. Er war rot gefiedert und stammte ohne Zweifel aus dem Köcher des verschwundenen Berowulf. Ich wollte den Pfeil an mich nehmen, als ein leises Röcheln aus der Finsternis drang. Die Zugochsen hatten sich während des Überfalls und danach ruhig verhalten, doch jetzt schnaubten sie aufgeregt und zerrten an ihren Geschirren.

»Hast du das Röcheln gehört?«, flüsterte Vili mit schreckgeweiteten Augen.

Mit wenigen Schritten war ich neben den Tieren.

Die Stelle, an der Mori zusammengekrümmt gelegen hatte, war verlassen, der Junge verschwunden. Hatten die Geister der Toten von der geheimnisvollen Thingstätte ihn geholt? Ein eiskalter Schauer fuhr durch meinen Körper. Plötzlich legte sich von hinten eine Hand auf meine verletzte Schulter. Sie zog mich nach unten. Ich taumelte. Jemand stöhnte laut.

Wie von Odins Speer Gungnir getroffen fuhr ich hoch. Die Hand glitt von mir ab, ich drehte mich um und blickte in Moris bleiches Gesicht. Er wankte vornübergebeugt, eine Hand um den Pfeil in seiner Brust geschlossen, und sank vor mir auf die Knie.

»Mori!«, rief ich. Ich starrte Vili an. »Bei allen Göttern, er lebt.«

Der Junge hatte sich trotz seiner Verletzung bis hierher geschleppt. Jetzt kniete er zu meinen Füßen und hob den Kopf. Auch in seinen Augen waren Tränen. »Bardo«, hauchte er. »Hilf mir.«

Dann verlor er die Sinne. Wir hoben ihn vorsichtig an und trugen ihn zum Wagen. Wenig später hatte ich den rot gefiederten Pfeil aus seiner Brust entfernt. Mori verlor nur wenig Blut, die Wunde war nicht so tief, wie ich befürchtet hatte. Der Verband, den Vili anlegte, färbte sich kaum noch rot.

»Mori ist sehr schwach, aber er wird leben«, sagte ich erleichtert. Wir gingen zu den Franken hinüber, die von den Dämonen niedergestreckt worden waren. Die Pferde der Scaras standen mit gesenkten Köpfen bei ihren Reitern. Ein Blick im Schein der Fackel reichte, um zu erkennen, dass Gerfried und Bolko in die Hel eingegangen waren. Beide hatten qualvoll sterben müssen. In ihren Kehlen steckten die gebogenen Griffe zweier Messer. Ich erkannte sie sofort, obgleich sie bis zum Heft eingedrungen waren. Es waren die Wurfmesser des Desmond, die die Mordbuben dem Leichnam des Langobarden im Grubenhaus auf Grauwolfs Burg abgenommen hatten. Gäbe es noch einen Zweifel daran, dass es der Dämon gewesen war, der uns mit seinem Genossen überfallen hatte, dann waren die Messer der letzte Beweis. Ich reinigte die Waffen im Gras und steckte sie mir hinter den Gurt.

Selbst meine Erfahrung aus vielen Kämpfen, in denen ich gegen die abscheulichsten, listenreichsten Unholde gefochten und sie besiegt hatte, hatte uns nicht vor der Heimtücke der Mörder schützen können, die sich in schwärzester Finsternis so sicher und lautlos bewegten wie bei hellstem Tageslicht. Ich hatte sie erst bemerkt, als es schon zu spät war. Was mochte aus dem Grafen und den anderen geworden sein? Wie würde Grauwolf die Nachricht von Hildegunds Entführung aufnehmen? Auch wenn ich Vili gegenüber Zuversicht geäußert hatte, war ich doch nicht sicher, ob Grauwolfs Tochter wirklich noch lebte.

Wir hoben Gerfried und Bolko in den Wagen, banden ihre Pferde und Moris Reittier hinten an und setzten unseren Weg fort. Traurig summend lenkte Vili das Gespann, während ich mit einer zweiten Fackel wieder die Führung übernahm. Von Mori wusste ich, dass wir an der Weggabelung nach Süden abbiegen mussten, um nach Sitnia zu kommen. Unter dem Dach des Waldes waren die Lichter der Götter nicht zu sehen, anhand derer ich die Richtung hätte bestimmen können. Ich wusste, dass der südliche Weg von auffallend mächtigen Eichenstämmen gesäumt war, er war leicht zu erkennen, während der Weg zur alten Thingstätte durch mannshohes Dickicht hindurchführte.

Bald standen wir an der Gabelung. Bis Sitnia war es keine Stunde mehr. Ich schaute mich nach Vili um, der zusammengesunken auf dem Wagen hockte. Plötzlich meinte ich, von der Thingstätte her einen Lichtschimmer zu sehen. Täuschte ich mich? Ich zügelte Falgar und ließ den Ochsenwagen herankommen. Jetzt glaubte ich überdies, Stimmen zu hören, die sich etwas zuriefen und ebenfalls näher kamen. Im gleichen Augenblick schaute auch Vili auf.

»Hörst du die Stimmen?«, fragte er. »Was kann das bedeuten?«

»Wir löschen unsere Fackeln, sofort«, erwiderte ich leise. »Wenn *sie* es sind, haben sie uns hoffentlich noch nicht gesehen. Wir können uns abseits des Weges hinter den Bäumen verbergen, wo die Mordbuben uns nicht bemerken, denn sie fühlen sich womöglich sehr sicher. Warum sonst haben sie ihre Fackeln angezündet und sprechen so laut miteinander? Wir könnten sie vorüberziehen lassen und von hinten angreifen.«

Meine Gefährte hatte den Wagen schon vom Weg heruntergelenkt. Ich folgte ihm, als ein dumpfes Krachen ertönte und gleich darauf ein Aufschrei die Stille erschütterte.

Danach ging alles sehr schnell.

Der Zugwagen neigte sich zur Seite, eins der Räder musste gebrochen sein. Wir saßen in der Falle. Vili sprang vom Wagen. Er hielt sich mit einer Hand den verletzten Arm und stemmte sich verzweifelt mit der gesunden Schulter gegen das Gespann. Die Ochsen brüllten laut. Ich griff nach meinem Bogen und ließ mich aus dem Sattel gleiten. Ein jäher Schmerz durchfuhr meinen Körper. Für kurze Zeit war ich wie betäubt. Dann standen sie auch schon hinter uns auf dem Weg.

Sie waren zu zweit. Einer hielt die Fackeln, der andere zielte mit einem Pfeil auf uns. Die Gesichter der beiden wirkten im flackernden Licht verzerrt und unheimlich. Ihre langen Haare hatten die Farbe der Nacht, und die Augen in den hageren Gesichtern lagen tief in den Höhlen.

»Wer seid ihr?«, fragte der Bogenschütze schroff. Die Sehne der Waffe war zum Zerreißen gespannt, aber er ließ den Pfeil nicht losschnellen. Der Mann trug einen weiten Mantel aus dunklem Filz mit zurückgeschlagener Kapuze. Wer waren die beiden, was ging hier vor?

»Wir sind Reisende aus dem Nusswald«, sagte ich vorsichtig.

»So, aus dem Nusswald kommt ihr«, sagte er. Er warf dem Fackelträger einen kurzen Blick zu. »Hast du das gehört, Gero? Sie kommen aus dem Nusswald. Was sagst du dazu?«

»Es stimmt«, sagte Vili stöhnend vom Wagen her. »Wir wollen zu Guntwin, dem Schmied von Sitnia, und uns bei ihm mit anderen Gefährten treffen.«

»Ho, ho! Ihr wollt zu Guntwin!« Der, den der Bogenschütze »Gero« genannt hatte, ließ die Fackeln sinken. »Was sage ich dazu? Guntwin ist ein Freund, das sage ich dazu. Aber wer sagt uns, dass ihr die seid, die ihr vorgebt zu sein?« Er schaute seinen Gefährten an. »Was meinst du, Wigo, sind sie die, die zu sein sie vorgeben?«

»Die Zeiten sind unsicher. Sehr unsicher. Viel Lumpenpack ist unterwegs im Linhardt, das meine ich, Gero. Die zwei werden ihre Behauptung beweisen müssen. Wenn sie's nicht können, dann – na, du weißt schon.«

»Ja, ich weiß schon, Wigo.« Er lachte hämisch, war mit wenigen Schritten bei mir, ließ die Fackel fallen und riss mich an der Schulter herum. Wieder schoss der Schmerz durch mich wie ein glühendes Eisen.

»Habt ihr einen Beweis?«, rief er zornig. »Oder glaubt ihr wirklich, wir lassen uns von euch etwas vormachen? Guntwin hat nichts von einer Gruppe erzählt, die er erwartet.«

»Er konnte es nicht wissen«, sagte Vili, der sich wieder gefangen hatte. »Und einen Beweis haben wir ...«

»Mori!«, rief ich dazwischen. »Ja, Guntwins Sohn Mori ist bei uns!«

»Guntwins Sohn ist bei euch? Ich sehe ihn nicht!«

»Wir sind überfallen worden. Er ist verletzt und liegt im Wagen.«

Wigo, der Bogenschütze, zielte auf Vili und winkte ihn mit der Waffe zu sich heran, während er langsam hinter das Gespann ging.

»Zeig ihn mir«, sagte er.

Mein Gefährte leuchtete mit der Fackel unter die Lederplane.

»Es ist Mori, der Junge lebt!«, sagte Wigo. Er ließ den Bogen sinken. »Eure Zunge scheint nicht gespalten zu sein. Was ist geschehen?«

Ich brauchte nicht lange, um ihnen alles zu erzählen, und ließ einzig den Zweck unserer Reise aus.

»Wer seid *ihr* eigentlich?«, fragte Vili, als ich geendet hatte.

Die zwei schauten sich an.

»Wir? Wir sind Vogelfänger«, sagte Wigo. Sein Gesicht entspannte sich zusehends. »Jetzt, im frühen Jahr, wenn die Vögel aus ihrer Eisesstarre erwachen, bestreichen wir die Äste bestimmter Bäume mit Pech, und das machen wir meistens nachts. Wir kennen den Wald von allen in Sitnia am besten. Aber wir werden euch nicht sagen, welche Bäume es sind. Gerade im Linhardt lohnt sich der Fang besonders. Vor allem dort, wo sich niemand hinwagt.«

»Du sprichst von der alten Thingstätte«, sagte ich.

»Möglich. Was sagen wir dazu, Gero? Bardo und sein Gefährte dürfen uns nicht verraten.«

Ich hob eine Hand. »Wir schweigen, wenn ihr uns helft, das Rad zu erneuern, und uns nach Sitnia begleitet«, sagte ich.

»Was sagen wir dazu, Gero?«

»Das, was Bardo gesagt hat, Wigo.«

Trotz meiner Schmerzen musste ich schmunzeln. Die Vogelfänger waren schon seltsame Käuze, aber sie waren ehrliche Männer. Sie stellten das Wagenrad mit gekonnten Handgriffen wieder her. Meinen Versuch, ihnen zu helfen, wiesen sie ab.

Als wir schon auf dem Weg nach Sitnia waren, erzählte Wigo beiläufig, dass er und Gero am Abend in einiger Entfernung einen rätselhaften Reiter gesehen hatten, auf den die Beschreibung des weißhaarigen Alten passen könnte.

Ich war hellhörig geworden.

»War der Reiter allein?«, fragte ich.

»Es herrschte Dämmerung«, antwortete Gero und überlegte. »Er ritt sehr schnell. Ich habe noch nie einen so schnellen Reiter gesehen. Aber, ob da noch einer war? Ich weiß es nicht. Was sagst du, Wigo?«

»Was ich sage? Ich sage, ich weiß es auch nicht. Doch ausschließen kann ich's nicht, denn der Wald ist voller Schatten.« Er schaute mich nachdenklich an. »Denkst du, dass er es war, der euch überfallen hat?«

»Sie waren zu zweit.«

»Der geheimnisvolle Alte kann einen Genossen haben, der getrennt von ihm reitet, wie ihr und Grauwolf es macht. Vielleicht hat einer zuerst den Grafen und seine Gruppe beobachtet und der andere euch, bis sie herausgefunden haben, dass Grauwolfs Tochter mit euch reitet. Danach haben sie sich womöglich getroffen und dich und deine Leute überfallen.«

Ich war nicht überrascht. Wigos Überlegung konnte zutreffen. Das Rätsel um die Mörder wurde immer verworrener. Sie hatten Hildegund entführt, die vielleicht nicht mehr lebte. Zwei Scaras waren getötet worden, und hinten im Wagen lag Mori, der dank der Götter nicht allzu schwer verletzt war.

Je näher wir der Siedlung kamen, umso stiller wurden wir. Irgendwann wichen die Bäume zurück und gaben den Blick auf eine weite, von mehreren Feuern erleuchtete Ansammlung von Haupthäusern und Stallungen mitten im Wald frei. Die Lichtung war von einem Zaun aus Weidengeflecht umschlossen, der von einem Tor im Norden unterbrochen wurde. Über den Wipfeln der Bäume im Süden und Osten zeichneten sich sanfte Erhebungen gegen den von den Lichtern der Götter übersäten klaren Nachthimmel ab. Wir hatten Sitnia in den Eisenfelshügeln erreicht.

Alana

Grauwolf war schon am Abend auf dem gleichen Weg in der Siedlung eingetroffen, den auch wir genommen hatten. Der Graf hatte die Scarareiter nach uns ausgeschickt. Sie mussten uns aus irgendeinem Grund verfehlt haben und waren noch nicht zurückgekehrt. Gleich nach unserer Ankunft legte eine der Frauen Vili, Mori und mir frische Verbände an. Dabei erzählte ich, was geschehen war.

Als Grauwolf von Hildegunds Entführung erfuhr, wollte er sofort aufbrechen, aber Guntwin überzeugte ihn von der Sinnlosigkeit einer Suche im Linhardtwald und im Moor. Selbst Wigo und Gero, die Vogelfänger, die jeden Winkel des Linhardt kannten, rieten wegen der vielen kleinen, aber tückischen Sümpfe im Wald davon ab. Der Graf tobte bis zum frühen Morgen. Sein Zorn auf uns und die ohnmächtige Trauer um den Verlust seiner Tochter drohten ihm den Verstand zu rauben. Dann sank er tränenüberströmt zusammen und kauerte sich in die dunkelste Ecke von Guntwins Kate.

»Er trauert«, sagte der Schmied von Sitnia mit erstaunlicher Ruhe. »Wir sollten ihm Zeit geben. Er wird es verwinden und sich an den Dämonen rächen. Ihr seid ohne Schuld, ihr konntet nichts tun, der Graf weiß es. Ich jedenfalls danke den Göttern, das ihr unseren Sohn lebend zurückgebracht habt.«

Guntwins Frau Freia stand wenig später gemeinsam mit uns an Moris Lager, der sich nach tiefem Schlaf und einer Schale dampfenden Hirsebreis gut erholt hatte.

»Ich will Bardo und die anderen nach Padrabrun begleiten«, sagte der Junge mit klarer Stimme.

Guntwin nickte. »Ich wusste, mein Sohn würde das wollen«, sagte er. »Ich habe auch nichts dagegen. Du, Freund Bardo, bist älter geworden, aber deine Schultern sind so breit wie eh und je und deine Arme stark. Wenn deine Faust trifft, das weiß ich, fällt der stärkste Ur. Sie ist hart und hat die Kraft des Schmiedehammers, den du dein Leben lang geführt hast«, er lächelte und fuhr sich mit einer Hand über sein narbiges Gesicht. »Mori kann auf dieser Reise viel von dir lernen. Doch habt ihr Zeit, auf die Genesung meines Sohnes zu warten?«

So kannte ich Guntwin von Sitnia nicht, denn er führte nicht gern lange Reden. Außerdem hatte er maßlos übertrieben. Ich führte sein Verhalten auf seine Freude über Moris offensichtliche Gesundung zurück. Guntwin war einer der besten Schmiede in Westfalen, sein Wort hatte Gewicht, doch vor allem war er ein Mann der Tat. Freia blieb meist still im Hintergrund. Aber nun trat sie auf Guntwin zu und sagte voller Sorge: »Unser Sohn wird lange brauchen, sich zu erholen. Er sollte in Sitnia bleiben. Bardo und die anderen werden nicht auf ihn warten können.«

»Mori ist stark«, sagte Heriburg. »Er wird rasch wieder gesund, Freia. Ich werde den Herrn darum bitten.« Mit diesen Worten trat Liudgers Schwester in die Kate. »Wir brechen erst in zwei Tagen auf.« Sie schaute in die Runde und sagte bedeutungsschwer: »Die Scaras sind zurück. Sprich mit ihnen, Bardo.«

Der Himmel war nur wenig bewölkt, als ich mit Vili, der seit dem Morgen geschwiegen hatte, über den großen Platz Sitnias ging, wo die Franken ihre Pferde mit Wasser und Hafer versorgten. Reiter und Tiere waren über und über mit Schlamm bespritzt. Sie wirkten müde und abgehetzt. Was war geschehen?

»Wir haben den weißhaarigen Reiter verfolgt«, sagte Golo, der ältere der beiden, auf meine vorwurfsvolle Frage nach ihrem langen Ausbleiben.

»Was ist denn geschehen?«, fragte ich.

Golo warf dem anderen einen Blick zu.

»Der Alte hat uns ins Moor gelockt«, sagte er dann voller Wut. »Es war schon dunkel. Wir sahen ihn, als er unmittelbar vor uns über den Weg ritt. Er verschwand auf einem schmalen Pfad, der gerade noch zu erkennen war. Wir nahmen sofort seine Verfolgung auf, denn wir wussten von Grauwolf, dass der Weißhaarige der Dämon sein könnte ...«

»Ihr solltet uns entgegenreiten«, unterbrach ich ihn unwillig. »Ihr hättet nach uns suchen müssen.«

Golo nickte. »Haben wir«, gab er zurück. »Deshalb sind wir erst jetzt zurückgekehrt.

»So?«

»Ja, wir mussten uns auf der Stelle entscheiden. Was hättest du getan? Hätten wir den Reiter eingeholt und stellen können, wäre die Gefahr für uns alle gebannt gewesen.«

»Aber ihr habt ihn nicht gefangen! Im Gegenteil: Ihr habt euch vom Weg und in die Sümpfe führen lassen wie eine Herde junger Schafe!«

»Vorsicht, Sachse, halte deine Zunge im Zaum! So kannst du mit uns nicht reden! Wir sind Reiter des Königs, in dessen Schatten auch ihr steht!«

»Schon gut. Wisst ihr, was im Linhardtwald geschehen ist?

»Heriburg hat es uns erzählt. Gerfried und Bolko mussten sterben, und Berowulfs Verschwinden ist immer noch ein Rätsel. Wir wollen diesen Dämon ebenso wie ihr.«

»Wenn er es ist«, sagte Vili jetzt leise. »Wir wissen doch gar nicht, ob der Alte der Mordbube ...«

»Wer sonst könnte der Dämon sein?«, schnaubte Golo dazwischen.

»Wer könnte es sein? Alle könnten es sein außer uns«, sagte Vili.

Eine Weile schwiegen wir betreten. Hinter den niedrigen Weidenverschlägen am Rand des Platzes quiekten die Wollschweine, und eine Schar gackernder Hühner pickte im Gras unter einer Baumgruppe nach Würmern. Zehn Schritte von ihnen entfernt, vor einer der Scheunen, schirrten zwei Männer unter lautem Reden einen Ochsen ein. Neben ihnen lag ein schwerer Hakenpflug zum Umbrechen neu gerodeter Waldflächen, vor den sie das Zugtier spannen würden. Die Männer blickten kurz auf, um sich dann wieder ihrer Arbeit zuzuwenden.

»Der Reiter war allein, nehme ich an«, sagte ich.

Golo hielt meinem Blick stand. »Wir haben keinen zweiten gesehen«, sagte er.

Die beiden Franken hatten die Worte der Vogelfänger bestätigt. Der geheimnisvolle Alte hatte sich im Linhardtwald aufgehalten, als der Überfall geschah. Doch es gab keinen Hinweis auf einen zweiten Reiter, der mit ihm gemeinsam die Scaras getötet und Hildegund entführt haben könnte.

»Wo stecken eigentlich Jaran und Brelor?« Mir war plötzlich eingefallen, dass ich die Friesen seit unserer Ankunft nicht gesehen hatte.

»Sie sind, wie wir, am Abend losgeritten«, erwiderte der andere Scara. »Aber in entgegengesetzter Richtung. Sie sagten, sie wollten in die Eisenfelshügel. Dort soll ein alter Opferstein stehen.«

Ich schaute ihn überrascht an. »Weißt du, was sie dort wollten?«, fragte ich.

»Heriburg wird es wissen. Sie hat die zwei dorthin geschickt.«

Ich nickte stumm. Golo und sein Gefährte konnten uns nichts mehr erzählen, daher gab ich Vili einen Wink.

»Die Friesen«, sagte mein Gefährte, als wir über den Platz gingen, »sind mir nicht geheuer. Ich traue ihnen nicht, ihnen am wenigsten.«

»Aber Heriburg vertraut ihnen, mein Freund.«

»Sie ist nur eine gutgläubige Frau.«

»Heriburg ist nicht gut*gläubig*, sie ist gut*mütig*. Und sie ist eine sehr starke Frau, Vili.«

Mein Gefährte blieb stehen. »Mag ja sein«, sagte er. »Aber fällt dir nicht auf, dass die Friesen immer in der Nähe waren, wenn etwas Unheimliches geschehen ist? Denk nur an die abgeschlagenen Köpfe, die sie angeblich gefunden haben. Oder daran, dass sie nicht hier in Sitnia, sondern schon seit dem Abend fort sind.«

Ich sagte nichts und überlegte, ob Heriburg davon gesprochen hatte, wie lange und woher sie Jaran und Brelor kannte. Ich konnte mich nicht erinnern. Ich würde sie danach fragen, denn für ihr Vertrauen musste es einen Grund geben.

Liudgers Schwester stand mit Guntwin und mehreren anderen Männern an einem der vielen Rennöfen am Ende des Platzes, in denen Eisenerz geschmolzen wurde. Man fand das Erz reichlich in den Hügeln, die dadurch ihren Namen erhalten und Sitnia weithin bekannten Reichtum beschert hatten.

Aus der Öffnung am oberen Ende des nicht ganz mannshohen Lehmturmes quoll dicker Rauch. Am Fuß des Ofens knieten zwei Jungen. Sie hielten große Blasebälge in den Händen, mit denen sie durch zwei in die Lehmwände eingelassene Röhren Luft in den Ofen pusteten, um so die Holzkohleschichten zum Glühen und das darauf geschichtete Erz zum Schmelzen zu bringen. Später würde Guntwin den Lehmturm fast ganz zerstören, die Luppe herausnehmen und durch mehrfaches Ausschmieden von der anhaftenden Schlacke befreien.

Der Schmied bemerkte uns nicht. Er beugte sich zu einem der Jungen hinunter und sprach mit ihm. Heriburg hatte uns kommen sehen. Sie löste sich aus der Gruppe und trat auf uns zu.

»Haben die Scaras erzählt, was vorgefallen ist?«, fragte sie.

»Ja«, erwiderte ich. »Aber ich habe eine Frage an dich, Heriburg, die ich dir schon früher hätte stellen müssen.«

»Ich bin noch keiner Frage ausgewichen.«

»Wer sind Jaran und Brelor? Woher kennst du sie?«

Sie schaute mich erstaunt an.

»Warum fragst du?« Ihr Blick wanderte an mir vorbei über den Platz. »Liudger hat sie mir als Schutz empfohlen. Ich habe sie zum ersten Mal im Nusswald gesehen. Mein Bruder kennt sie seit langem aus Utrecht. Sie sind ehrliche Männer und Kämpfer des Herrn. Ist ihnen etwas geschehen? Haben Golo und sein Gefährte mir etwas verschwiegen?«

Ich ging nicht auf ihre Frage ein. Vielmehr starrte ich sie ungläubig an. »Du hast sie zum ersten Mal im Nusswald gesehen? Und du vertraust ihnen nach allem, was geschehen ist?«

»Ja, Liudger bürgt für sie.«

Heriburg war eine kluge Frau und wusste genau, was sie tat. Sollte sie trotzdem einer arglistigen Täuschung erlegen sein?

»Nein, die Scaras haben dir nichts verschwiegen«, sagte ich. »Aber ob den Friesen etwas geschehen ist, weiß ich nicht. Du hast sie zum Opferstein geschickt. Warum?«

»Er war eine Stätte der Götterverehrung, das weißt du, Bardo. Menschen sind geopfert worden …«

»Vor undenklicher Zeit mussten Übeltäter und Stammesfeinde dort sterben, ja«, stellte ich unwillig fest. »Das ist lange her. Aber du wolltest wissen, ob der Stein noch immer benutzt wird.«

Sie schaute mich herausfordernd an.

»Ja, das wollte ich«, sagte sie nur. Ihre Augenbrauen zogen sich zusammen.

»Jaran und Brelor sind schon gestern Abend zum Opferstein geritten. Er liegt nicht weit entfernt auf den Hügeln. Ich weiß es von Guntwin. Was kann sie aufgehalten haben? Warum sind sie noch nicht zurück?«

»Ich«, Heriburg hob mit einem Mal das Kinn, als sähe sie etwas hinter mir, »ich habe mich auch schon gefragt …«

Ihre Augen weiteten sich. In meinem Rücken ertönte das Raunen vieler Stimmen. Vili folgte Heriburgs Blick und drehte sich um.

»Königsboten«, stieß er ehrfürchtig hervor.

»Missi dominici«, sagte Heriburg gleichzeitig.

Es waren zwei Reiter. Sie kamen in langsamem Schritt durch das Tor im Weidenzaun und ritten auf den Platz, wo sie ihre Pferde, zwei edle Rappen, nebeneinander parierten. Reittiere wie diese konnten nur aus dem Stall des Königs, eines reichen Grafen oder eines Klosters stammen. Beide Männer saßen aufrecht in den Sätteln, stemmten sich in die eisernen Steigbügel und blickten mit stolz erhobenen Köpfen auf die jetzt schweigende Menschenmenge nieder. Sie unterschieden sich in ihrem Aussehen, wie sich der Tag von der Nacht unterscheidet.

Einer trug eine silbern schimmernde Brünne, eiserne Arm- und Beinschienen und einen im Licht Sunnas blitzenden, mit vielem Zierwerk versehenen Spangenhelm. Das Schwert steckte in einer mit Bronzeplatten und Halbedelsteinen beschlagenen Lederscheide. Seine ganze Erscheinung ließ die besondere Stellung des Reiters erkennen. Als Zeichen der Königsboten hielt er den fränkischen Speer mit dem goldenen Drachenbanner in einer Hand, das im Wind flatterte.

Der andere war in das schlichte Gewand eines Abtes gekleidet. Bis auf die Schultern reichende, weiße Haare umwehten das hagere, raubtierhaft wirkende Gesicht. Auf seiner Brust glänzte eine schwere silberne Kette mit dem Kreuz der Christen. Auch er trug einen ledernen Waffengurt und ein Spatha. In den runden Knauf der Waffe war ein auffallend großer Rubin eingelassen, der vom hohen Rang seines Trägers zeugte.

Alle Augen waren starr auf die Reiter gerichtet, als der Eiserne jetzt mit schneidender Stimme rief: »Ich bin Rorich, Graf und Bote des großen Karl, des Königs der Franken! Und mit mir reitet Abt Odoaker, getreuer Bote Leos III. aus Rom!«

Er schwieg und blickte in die Runde.

»Ich komme auf Befehl des Königs, um Grauwolf, den Grafen des Stevergaus, Bardo den Westfalen und Heriburg, die Schwester des Friesen Liudger, nach Padrabrun zu geleiten!«, rief er dann. »Man sagte mir in Grauwolfs Burg, dass sie hier in Sitnia sind! Wenn es so ist, bringt mich und meinen Begleiter zu ihnen!«

Auf dem Platz blieb es still. Auch Heriburg stand noch immer stumm und wie von Thors Hammer getroffen neben mir und Vili. Da trat Grauwolf unversehens aus Guntwins Kate.

»Du suchst mich?«, fragte er laut. »Ich bin Grauwolf! Was begehrst du, Bote des Königs?«

Abt Odoaker antwortete für Rorich. Er schaute Grauwolf an. »Du bist Gaugraf Grauwolf!«, stellte er mit lauter, aber sanfter Stimme fest. Er warf dem Eisernen neben sich einen schnellen Blick zu, der dem Wohlklang seiner Stimme widersprach und mir Schauer über den Rücken ziehen ließ. »Man hat dich beschrieben. Ich erkenne dich.«

»Ich kenne dich nicht«, gab Grauwolf schroff zurück. Er straffte sich, hob den Kopf und machte einige Schritte auf die Reiter zu.

Rorich glitt derweil trotz seiner schweren Brünne geschmeidig wie eine Katze aus dem Sattel. Der Abt rührte sich nicht. Er beobachtete Grauwolf und den Königsboten abwechselnd mit wachsamen Augen. Ich war dem Boten Leos III. und Rorich nie zuvor begegnet, auch nicht am Hof des Königs in Aachen, und würde erst zu ihnen hinübergehen, wenn sie mich riefen. Ein unbestimmtes Gefühl warnte mich vor den Reitern. Ich konnte mich täuschen. Doch mir kam es vor, als hätten die Götter mit dem Erscheinen des Königsboten und seines Begleiters aus Rom den Rätseln um die grauenvollen Geschehnisse der letzten Tage noch ein weiteres hinzugefügt.

Heriburg war indes wortlos zwischen den sich langsam zerstreuenden Menschen hindurch über den Platz gegangen. Sie stand jetzt bei Grauwolf und dem Königsboten. Odoaker war in der Zwischenzeit vom Pferd gestiegen. Ich konnte nicht verstehen, worüber die vier sprachen.

»Mit dem Abt stimmt was nicht«, sagte Vili mit einem Mal.

Ich wollte ihm antworten, als Guntwin auf uns zukam und sagte: »Boten des Frankenkönigs in den Eisenfelshügeln. Bei unseren Göttern, was hat das zu bedeuten?«

»Du hast es gehört«, sagte ich.

»Ja. Mir scheint, eure Mission ist offenbar wichtiger, als ich dachte. Männer wie Graf Rorich kommen nur auf Befehl des Königs.«

»Die Rappen«, sagte Vili. »Der geheimnisvolle Alte reitet auch einen.«

»Königsboten sind immer gut beritten«, sagte Guntwin. »Was ist daran so merkwürdig?«

»Mir kommt das auch seltsam vor«, sagte ich. »Es kann Zufall sein, dass Rorich und Odoaker auf Rappen daherkommen. Der Abt jedenfalls ist mir nicht geheuer. Vielleicht ...«

»Sag ich doch«, unterbrach Vili mich. »Womöglich ist er der Alte.

Odoaker, oder wer immer er auch sein mag, reitet einen Rappen und hat lange weiße Haare, wie der Geheimnisvolle.«

Ein Schatten fiel auf uns. Er breitete sich rasch über die weite Lichtung aus. Über den Wipfeln im Westen und Süden türmten sich schwarze Wolkenberge auf, deren Ausläufer schon die Eisenfelshügel und Sitnia erreicht hatten. Dumpfes Grollen kündete von einem herannahenden Gewitter. Der laue Westroni hatte sich gelegt. Kein Windhauch spielte mehr mit dem Grün der Bäume. Thor wanderte durch den Himmel und schleuderte Mjöllnir zur Erde. Warnte uns der Freund der Menschen vor kommendem Unheil?

Als ich mich Guntwin und Vili zuwandte, stand Grauwolf vor uns. Sein Auftreten den Reitern gegenüber war sehr bestimmt gewesen, doch in sein eingefallenes Gesicht zeichnete die Trauer deutliche Spuren, und die grauen Augen waren trübe von den Tränen um Hildegund.

»Rorich und Odoaker haben sie gefunden«, sagte er mit harter Stimme.

Ich fuhr zusammen und wagte nicht, den Namen auszusprechen, der mir in den Sinn kam. Guntwin tat es.

»Hildegund?«, fragte er leise und voller Mitgefühl.

Der Graf schüttelte den Kopf, während Vili mich anschaute, die Hände vors Gesicht schlug und in lautes Schluchzen ausbrach.

»Nein, nicht Hildegund«, sagte Grauwolf mit einem Blick auf meinen Gefährten. »Jaran und Brelor, die Friesen. Der Königsbote und der Abt fanden ihre Leichen im Sandbach, unterhalb des Hügels, auf dem der Opferstein liegt.« Er schaute auf meinen Gurt, in dem noch immer die Messer und Pfeile vom Überfall im Linhardtwald steckten.

»Sie sind verblutet«, sagte er daraufhin. »Ihre Hälse wurden von den rot gefiederten Pfeilen aus Berowulfs Köcher durchschlagen. Es müssen die letzten Pfeile sein, denn Berowulf berichtete von neun Pfeilen, die ihm gestohlen wurden. Desmond wurde von dreien getroffen. Zwei fanden sich in der Nacht, in der du mit Vili und Mori Wache gehalten hast, im Burggraben. Mit weiteren zwei Pfeilen hat man dich und Mori im Linhardt verletzt, und die zwei letzten töteten Jaran und Brelor.«

»Im Burggraben steckte nur ein Pfeil«, erwiderte ich. »Ich glaube aber, dass ein zweiter den Bären verletzt und vertrieben hat.«

»Ist die Anzahl der Pfeile so wichtig?«, fragte Guntwin. »Ist es so wichtig, wie viele Pfeile aus dem Köcher des Scaras gestohlen wurden?

Wenn dieser Berowulf überhaupt die Wahrheit gesagt hat. Er ist verschwunden, das macht ihn verdächtig! Womöglich steckt er mit den Mordbuben zusammen und hält noch viele seiner Pfeile für euch bereit.«

Grauwolf schüttelte wieder den Kopf. »Ich glaube, es ist wichtig«, sagte er. »Denn wenn niemand mehr durch einen rot gefiederten Pfeil verletzt oder getötet wird, beweist das Berowulfs Ehrlichkeit. Und bei Thor, ich glaube, der Scara ist ein Opfer der Dämonen geworden wie meine fünf Männer, die mit Zugtieren und Wagen spurlos verschwunden sind. Sie liegen irgendwo erschlagen in den Baumbergen oder im Nusswald.«

Grauwolf war ein Mann der Ehre. Die Worte des Grafen hatten mir in Erinnerung gebracht, dass Berowulf sein Eigentum, die Franziska, mit der Desmond und Grauwolfs Bote im Grubenhaus enthauptet worden waren, als entweiht zurückgewiesen hatte. Auch das Verschwinden der fünf Männer in den Baumbergen stand vermutlich im Zusammenhang mit den Mordbuben. Eine Verbindung ließ sich zwar nicht herstellen, aber gerade das Rätselhafte machte den dämonischen Plan der Mörder aus.

»Wir hatten auch Jaran und Brelor verdächtigt, Guntwin«, sagte ich. »Nun wissen wir, dass sie es nicht waren.« Ich schaute über den Platz, wo Heriburg noch immer mit Rorich und Odoaker zusammenstand.

»Haben sie die Friesen im Bach liegen lassen?«, fragte ich jetzt den Grafen.

»Ja. Odoaker weigerte sich, die Toten mitzunehmen, weil er nicht gewusst hat, dass sie aus Sitnia kommen. Wir brechen jetzt auf, um sie zu holen. Ich will, dass du mitkommst und Guntwin und dein Gefährte Vili auch.«

Wenig später erfuhr ich, dass Rorich sich gegenüber Grauwolf und Heriburg auf deren Verlangen durch ein Pergament mit dem Siegel Karls ausgewiesen hatte. Auch Odoaker besaß ein solches Dokument. Mein Verdacht war also unbegründet. Und doch blieb ein Gefühl der Bedrohung, die vom Abt ausging, und für die ich keine Erklärung fand.

Rorich und Odoaker ritten auf dem Weg in die Eisenfelshügel voran. Sie blickten sich nicht um und sprachen leise miteinander. Heriburg war bei Freia geblieben. Gemeinsam wollten sie den jungen Mori pflegen, der sich zusehends von seiner Verletzung erholte.

Wir nahmen den breiten Pfad am Sandbach entlang, der aus dem Linhardt kommend an Sitnia vorbei in die Hügel führte. Schon seit geraumer Zeit prasselte dichter Regen nieder. Zudem krachte Thors Hammer unaufhörlich, und grelle Blitze zuckten aus den schwarzen Wolken zur Erde. Wir schwiegen während des ganzen Weges und hatten die Kapuzen unserer Filzmäntel tief ins Gesicht gezogen. Die Stelle, an der Jaran und Brelor liegen mussten, war fast erreicht, als der klagende Schrei einer Gabelweihe aus dem Geäst über uns ertönte. Ich zog die Kapuze aus der Stirn. Es war eine rote Weihe. Der Raubvogel erhob sich mit klatschenden Flügelschlägen, brach zwischen den Ästen hindurch und strich dicht über die Wipfel hinweg, in denen er gleich darauf wieder verschwand. Gabelweihen nisteten wie Habichte, Falken und Bussarde überall in den Wäldern. An diesem Vogel war mir indessen der ungewöhnlich helle, fast weiße Kopf aufgefallen.

Hatten wir ihn aufgeschreckt, oder war er von etwas anderem gestört worden?

»Das war Alanas Gabelweihe«, sagte Guntwin neben mir leise. Er hielt sich eine Hand vor den Mund, dass nur Grauwolf und ich ihn verstehen konnten, nicht aber Rorich und Odoaker, die zwanzig Fuß vor uns ritten und den Vogel nicht beachtet hatten. »Man erkennt sie am hellen Kopfgefieder, das sie von allen anderen Gabelweihen unterscheidet.«

»Alana?«, fragte ich. »Wer ist das?«

»Sie ist eine uralte Frau und lebt allein in einer Kate in den Eisenfelshügeln. Wir in Sitnia verschweigen sie den Franken, aber auch allen Fremden, ihr könnt euch denken, warum.«

»Weil sie eine Seherin ist?«

»Ja. Wenn sie uns begegnet, sagt Rorich und Odoaker nichts davon. Wo der Vogel ist, da ist sie jedenfalls nicht weit! Alana fand die Gabelweihe im vergangenen Jahr als Jungtier. Es war noch flugunfähig aus dem Nest gefallen. Die Alte hat die Weihe aufgezogen und abgerichtet. Seitdem hält der Vogel sich ständig in ihrer Nähe auf.«

Noch während Guntwin sprach, deutete Grauwolf nach vorn.

»Ist sie das?«, fragte er.

Der Königsbote und Odoaker konnten ihre Pferde nur mit Mühe auf dem Weg halten, denn sie scheuten heftig vor einer alten Frau mit wirren grauen Haaren, die aus dem Wald getreten war und nun mit erhobenen Händen vor ihnen stand.

»Alana!«, stieß Guntwin hervor. »Ja, das ist sie.«

Wir schlossen in schnellem Schritt zu den dreien auf.

»Wer bist du, dass du es wagst, uns in den Weg zu treten?«, fragte Rorich die Alte gerade aufgebracht.

Guntwin drängte sein Pferd mit einem Schenkeldruck neben ihn. »Sie ist nur eine harmlose Einsiedlerin«, sagte er hastig, bevor die Frau etwas antworten konnte. »Ihr Name ist Alana. Sie lebt schon seit undenklichen Zeiten in den Eisenfelshügeln.« Er warf der Frau einen raschen Blick zu, den Rorich und Odoaker nicht bemerkten.

»Ja, ich bin Alana«, sagte die Alte daraufhin mit erstaunlich junger Stimme. In ihrem von tiefen Falten durchfurchten Gesicht zeigte sich ein abgründiges Lächeln.

»Ich habe etwas beobachtet«, sagte sie. »Darum war ich auf dem Weg zu euch.« Sie winkte Guntwin heran. Dann zeigte sie auf den Königsboten und den Abt, die das Geschehen misstrauisch verfolgten. »Ich werde euch erzählen, was ich gesehen habe, wenn ich erfahre, wer diese Reiter sind.«

Der Schmied sagte es ihr.

»Ihr kommt also wegen der Männer, die dort, nur wenige Schritte entfernt, am Ufer des Sandbachs liegen«, sagte Alana. »Ich habe sie aus dem Wasser gezogen.«

Sie schaute Rorich und Odoaker lange und durchdringend an, bis die zwei beschämt ihre Blicke senkten. »Euch sah ich heute bereits, als ihr achtlos an den Leichen vorbeigeritten seid«, fuhr sie in scharfem Ton fort. »Und wäre nicht ein fremder Reiter gekommen, so würdet ihr die Toten nicht mehr finden. Die Mörder sind zurückgekehrt. Sie wollten sich ihre Opfer holen und im Moor versenken …«

»Was sagst du da?«, Grauwolf sprang aus dem Sattel und packte Alana an den Schultern. »Ein fremder Reiter? Die Mörder? Du hast sie gesehen?«

»Ich habe den Mord beobachtet und die Mörder gesehen, ja«, sie stieß den Grafen mit einer kraftvollen Bewegung von sich und wischte sich durch die nassen Haare. Dann sagte sie bedeutungsschwer: »Und den weißhaarigen maskierten Reiter auf seinem Rappen auch.«

Für einen Augenblick herrschte betroffenes Schweigen. Als wollte

Thor uns ein Zeichen geben, blieb der Regen aus, und die Schläge Mjöllnirs verstummten.

Meine Gedanken wirbelten durcheinander. Wieder einmal waren wir den Unholden sehr nahe gewesen und sie uns. Den unheimlichen Mördern war es gelungen, den Verdacht auf jeden zu richten, der in unsere Nähe kam – ein wahrhaft heimtückischer, boshafter Plan. Der Abt hatte augenscheinlich nichts mit den Morden zu tun. Und wenn der Alte auf dem Rappen sich den Mordbuben entgegengestellt hatte, konnte das nur bedeuten, dass auch er keiner der Mörder war. Wer war der maskierte Reiter, vor dem die Mörder nach Alanas Worten ganz offensichtlich geflohen waren? Was war sein Ziel?

Grauwolfs dunkle Stimme unterbrach meine Überlegungen.

»Du hast die Unholde gesehen?«, fragte er. »War eine junge Frau bei ihnen? Gefesselt? Oder war sie …« Er wagte seine Vermutung nicht auszusprechen.

Alana nickte, als hätte sie auf die Frage des Grafen gewartet. In ihre Augen trat ein wissender, verklärter Ausdruck.

»Nein«, erwiderte sie bedächtig. »Ich habe deine Tochter nicht gesehen, Grauwolf. Aber du wirst gleich erfahren, was ich weiß.«

In der Zwischenzeit hatten wir die Stelle am Sandbach erreicht, wo Jarans und Brelors Leichname auf dem Ufer lagen. In ihren Hälsen steckten die rot gefiederten Pfeile Berowulfs, und über ihren weit geöffneten Augen lag der graue Schleier, der uns sagte, dass die Friesen schon seit längerer Zeit die Grenze zum Reich Hels überschritten hatten. Selbst im Tod war noch der ungläubige Schrecken zu erkennen, mit dem sie ihre Mörder angestarrt haben mussten. Ich dachte an das Pergament, das die Toten bei den abgetrennten Häuptern Desmonds und des Boten vor dem Kloster Heriburgs aufgefunden hatten. ›Ihr kennt mich, aber ihr werdet mich erst im Augenblick eures Todes erkennen‹ hatte der Unhold geschrieben. Hatten Jaran und Brelor ihre Mörder gekannt? Der Mordbube war jedenfalls *nicht* allein, wie er es im Pergament behauptet hatte. Das bewiesen der Überfall im Linhardtwald und die Worte Alanas.

»Hier ist der richtige Platz, um euch alles zu erzählen«, sagte die Alte, nachdem sie uns von den Leichen weg zu einer trockenen Stelle unter dem dichten Laubdach eines Ahornbaumes geführt hatte. Wir hockten uns wortlos an den Stamm. Alle schauten sie gespannt an.

»Ich war in der vergangenen Nacht am Sandbach bei meiner Reuse. Guntwin weiß, wie reich der Bach an Forellen, Barschen, Aalen und sogar Lachsen ist. Meine Augen sehen auch im Dunkeln noch vieles, was anderen entgeht, sie sind daran gewöhnt, daher erkannte ich sofort, dass der Fang an diesem Tag gut war. Ich wollte die volle Reuse gerade ans Ufer ziehen, als die Männer, die ihr Jaran und Brelor nennt, den Hangweg vom Opferstein herunterkamen. Sie führten ihre Pferde am Zaum und gingen zum Bach. Vielleicht wollten sie die Tiere tränken. Die zwei bemerkten mich nicht. Ich ließ die Reuse vorsichtig ins Wasser zurück und schlich mich nicht weit vom Ufer entfernt ins Dickicht. Kaum hatte ich es erreicht, da preschten mit einem Mal zwei weitere Reiter auf dem Weg heran, auf dem auch ihr gekommen seid. Die Hufe ihrer Pferde waren mit Lumpen umwickelt, so dass sie kaum zu hören waren.«

»Kamen sie aus Sitnia?«, fragte Guntwin beunruhigt.

»Aus der Richtung, ja«, sagte Alana. »Aber du weißt, Schmied, der Weg führt weiter in den Linhardt. Die Reiter müssen nicht aus Sitnia gekommen sein. In Höhe meiner Reuse zügelten sie plötzlich ihre Pferde. Sie hatten die Friesen bemerkt, die jetzt mit dem Rücken zum Weg am Ufer standen. Es muss Zufall gewesen sein, dass die vier aufeinander trafen, denn die Reiter waren deutlich erkennbar überrascht, Jaran und Brelor am Sandbach zu sehen. Sie zögerten kurz, wie um sicher zu gehen, dass es wirklich die Friesen waren. Auch vor ihren Augen scheint sich nichts in der Dunkelheit verbergen zu können, denn sie bewegten sich sehr zielstrebig. Einer blieb ruhig im Sattel. Er gab ein stummes Zeichen. Der andere griff nach seinem Bogen, sprang vom Pferd und rief die beiden aus fünf Schritt Entfernung an.

Als die zwei am Ufer zu ihm herumfuhren, war es zu spät. ›Seht, wer euch den Tod bringt!‹, rief der Bogenschütze, während der erste Pfeil von der Sehne schnellte und einem der Friesen in die Kehle fuhr. Der zweite Friese starrte den Schützen mit weit geöffnetem Mund an, als hätte er ihn erkannt, versuchte, nach seinem Schwert zu greifen, und stürzte noch in der Bewegung von einem Pfeil durchbohrt in den Bach.«

Alana stockte. Dann sagte sie: »Die Friesen hatten keine Möglichkeit, sich zu wehren, und starben sehr schnell.«

»Du sagtest, du hast die Mörder erkannt«, stellte Grauwolf ungeduldig fest. »Wer also waren sie?«

»Nein, ich habe sie nicht erkannt, Graf. Ich habe sie gesehen. Und das ist ein großer Unterschied. Ich kann sie euch beschreiben.«

»Dann beschreib sie«, sagte Grauwolf gereizt. »Woher wusstest du übrigens von meiner Tochter?«

»Die Mörder sprachen von ihr und nannten deinen Namen, Graf. Nachdem die Reiter sich vom Tod der beiden überzeugt hatten, ließen sie die Leichen im Bach, schwangen sich auf ihre Pferde und ritten in Richtung Eisenfelshügel davon. Ich wartete eine Weile, denn der Hufschlag war so dumpf und leise, dass ich nur schwer einschätzen konnte, wie weit sie sich schon entfernt hatten. Dann ging ich zu meiner Reuse und zog sie ein zweites Mal aus dem Wasser. Ich brauchte die Fische. Ich räuchere sie. Sie sind meine Nahrung. Als Erstes musste ich sie zu meiner Kate in den Hügeln bringen, danach wollte ich die Toten aus dem Sandbach ziehen, im Wald mit Laub bedecken und nach Sitnia gehen, um euch von dem Mord zu erzählen.

Es dauerte länger, als ich gedacht hatte, bis ich wieder zurück war. Die Nacht war der Dämmerung längst gewichen, und deren letzte Schatten flohen bereits vor dem Tageslicht. Schon während ich den Hangweg hinunterging, hörte ich Hufgetrappel und sah wenig später den Königsboten und seinen Begleiter dort, wo die Leichen im Wasser lagen. Sie hatten die Toten bemerkt, denn sie beugten sich aus ihren Sätteln zum Ufer hinunter, sprachen einige Worte miteinander und ritten davon ...«

Odoaker und Rorich hatten Alanas Erzählung aufmerksam verfolgt. Jetzt schaute der Abt sie mit lauerndem Blick an. »Hätten wir gewusst, wer sie sind, lägen sie nicht mehr hier«, erklärte er.

Die Alte schwieg. Ihr Blick ruhte auf dem Boten des Papstes, als überlegte sie sich genau, wie sie fortfahren wollte.

»Deine Worte mögen wahr sein«, sagte sie dann. Ihre Stimme war ruhig, beinahe freundlich. »Hättet ihr die Leichen mitgenommen, könnte ich euch nichts von Hildegund erzählen. Möglich, dass die Nornen es so bestimmt haben. Die Mordbuben kamen bald nach euch. Ich war überrascht, als sie plötzlich am Sandbach standen. Die Hufe ihrer Pferde waren noch immer mit dicken Tüchern umwickelt, ich hatte sie nicht kommen hören. Zum Glück befand ich mich im dichten Unterholz und konnte mich ihnen lautlos nähern. Sie haben helle, bis in den Nacken reichende Haare. Beide sind beinahe sechs Fuß groß und von schlankem Wuchs. Während sie mir den Rücken zuwandten und versuchten, die Ermordeten aus dem Wasser zu ziehen, sprachen sie miteinander ...«

»Helle Haare?«, fuhr Grauwolf wieder dazwischen. »Ihre Gesichter, beschreib sie! Was sagten die Dämonen?«

»Ich konnte ihre Gesichter nicht sehen – noch nicht«, gab die Seherin milde zurück. »Sie sprachen von den Toten. ›Es ist nicht gut, wenn man sie hier findet‹, sagte einer der Mörder. ›Wir machen es wie mit den anderen in den Baumbergen und im Nusswald. Diese hier versenken wir im Moor am Linhardt. Ihr Verschwinden wird Grauwolf und seine Leute noch mehr verwirren. Dadurch haben wir leichteres Spiel mit ihnen. Außerdem hinterlassen wir keine Spuren.‹ Der andere lachte höhnisch. ›Ja, Bruder‹, sagte er. ›Unser Plan wird gelingen. Sie alle müssen sterben, auch Hildegund, Grauwolfs Tochter, wenn sie nicht ...‹«

Alana hielt kurz inne. »Die letzten Worte des Mörders habe ich nicht verstanden, denn plötzlich war Hufschlag zu hören, der sich rasch näherte«, sagte sie.

»Hildegund lebt also«, stöhnte der Graf. »Den Göttern sei Dank.«

»Ja, sie lebt«, Alana schaute ihn voller Mitgefühl an. »Die Mordbuben haben sie irgendwo versteckt. Doch lass mich weitererzählen. Der Mörder hatte noch nicht zu Ende gesprochen, da tauchte ein weiterer Reiter auf. Er kam im Galopp über einen breiten Trampelpfad aus den Hügeln und ritt in nächster Nähe an mir vorbei. In einer Hand blitzte die lange, schmale Klinge eines Schwertes, mit der anderen hielt er die Zügel eines edlen Rappen. Er trug eine dünne, hellgrau bemalte Holzmaske, die ihm ein uraltes Aussehen verlieh und sich seinem Gesicht gut anpasste, denn sie behinderte ihn offensichtlich nicht. Die Bewegungen des Reiters aber waren nicht die eines alten Mannes.

Die Mordbuben hatten sich umgedreht, sahen ihn und ließen ihre Opfer wieder in den Bachlauf gleiten. Erst jetzt konnte ich ihre Gesichter sehen. Es sind schmale dunkle Gesichter, starr, unbeweglich, ohne erkennbares Alter oder Falten. Ich glaube, sie waren mit Erdfarbe bemalt. Sie trugen ihre Waffen bei sich, waren jedoch mit schnellen Schritten bei ihren Pferden und flohen in wildem Ritt vor dem Fremden, der sich im gleichen Augenblick aus dem Sattel schwang.«

»Verfolgte er die Mörder nicht?«, fragte Rorich, der bis dahin kein Wort gesprochen hatte. »Und wohin verschwanden die Mordbuben?«

»Sie flohen in die Hügel. Der Maskierte machte zunächst Anstalten, ihnen zu folgen. Aber schließlich ging er zu den Leichen. Dort blieb er eine Weile mit gesenktem Kopf am Ufer stehen, als wollte er sich von den Toten verabschieden. Dann ritt er auf dem Pfad, den er gekommen war, wieder fort.«

Alana lehnte sich an den Ahornbaum und schaute unter das Blätterdach. »Alles andere habe ich euch schon erzählt«, sagte sie. »Mehr weiß ich nicht.«

»Was geschah mit Jarans und Brelors Pferden«, fragte ich. »Es waren Schecken, die überall sofort auffallen.«

Alana schaute mich an. »Die Mörder wollten die Pferde einfangen, nachdem sie die Friesen getötet hatten, aber die Tiere sind durch den Sandbach in den Wald geflohen. Ich habe sie nicht wieder gesehen.«

Die Pferde waren demnach verloren. Alanas Beschreibung der Mörder und des rätselhaften Reiters hatte mich enttäuscht und entmutigt. Auch in den Gesichtern Grauwolfs und der anderen zeigte sich Niedergeschlagenheit. Wir alle hatten gehofft, mehr über die Dämonen zu hören. Jetzt glaubte ich, noch weiter von der Lösung des Geheimnisses entfernt zu sein als vor unserer Begegnung mit Alana.

Nur Odoaker schien zufrieden. Die Anspannung, die ich bei ihm beobachtet hatte, war dem Ausdruck der Erleichterung gewichen. Er sprach leise mit Rorich, bevor er sich erhob.

»Immerhin wissen wir nun, dass die Mörder helle Haare haben«, sagte der Abt. Er strich sich über das dunkle Gewand, als wollte er eine lästige Mücke wegwischen. »Aber das muss nichts bedeuten, denn sie benutzen offenbar Farben, die sie auf ihre Gesichter auftragen«, fuhr er langsam fort. »Sie verändern also ihr Aussehen. Vielleicht gehört das zu ihrem Plan.«

»Und wir wissen, dass Hildegund lebt«, sagte Vili. Er warf Grauwolf einen Blick zu. »Wir müssen sie sofort suchen. Die umwickelten Hufe der Pferde haben bestimmt breite Spuren hinterlassen, denen wir nur folgen brauchen …«

»Nicht auf diesem sandigen Boden«, unterbrach Alana ihn. »Es hat stark geregnet, und es ist zu lange her.«

Grauwolf nickte. »Dennoch werde ich mich auf die Suche nach meiner Tochter machen. Du, Bardo, wirst mich begleiten. Vili und Guntwin, ihr nehmt Jarans und Brelors Leichen und bringt sie nach Sitnia.

Das ist mein Befehl. Was Rorich und Odoaker zu tun gedenken, bestimmen sie selbst.«

»Wir reiten mit dir«, sagte Rorich ohne Zögern.

Vili stand wie gelähmt neben mir, aber er blieb stumm. Alle Farbe wich aus seinem Gesicht. Ich kannte ihn gut genug, um zu wissen, dass er Mühe hatte, sich nicht auf Grauwolf zu stürzen. Behutsam legte ich ihm einen Arm auf die Schulter. »Grauwolf ist der Graf«, sagte ich leise. »Es gibt Zeiten, in denen wir nichts sind als einfache Schmiede. Füge dich und warte auf uns. Wenn die Götter uns gnädig sind, kehren wir mit Hildegund zurück.«

Ich folgte dem Grafen gemeinsam mit Rorich und Odoaker auf den kaum noch erkennbaren Spuren, die Alana uns zeigte. Wir suchten aufmerksam den Boden ab. Jeder hing seinen Gedanken nach. Alanas Bemerkung über die Gesichter der Mörder ließ mich nicht los. Würden wir die Mordgesellen tatsächlich erkennen, wenn sie sich nicht mit Erdfarbe bemalt hatten?

Auch der maskierte Reiter beschäftigte mich. Warum verbarg der Geheimnisvolle sein Gesicht? Wenn er sich uns gegenüber nicht zu erkennen gab, musste es dafür einen gewichtigen Grund geben. Doch ich fand keine Erklärung für sein Verhalten. Schließlich gab ich meine Überlegungen auf und richtete meine ganze Aufmerksamkeit auf die undeutlicher werdenden Spuren.

Oft mussten wir aus den Sätteln, um die Fährte neu wieder aufnehmen zu können. Der Regen hatte ganze Arbeit geleistet. Am frühen Abend, bei Einbruch der Dämmerung, und nachdem wir die Eisenfelshügel ohne Erfolg bis zum Flusslauf der Lippe im Süden durchsucht hatten, brach der Graf die Suche ab.

Bedrückt und müde kehrten wir nach Sitnia zurück. Die Feuer der Siedlung wiesen uns auf der letzten halben Meile den Weg. Als wir endlich durch den Einlass im Weidenzaun ritten, kam Heriburg mit eiligen Schritten auf uns zu. Ich spürte sogleich, dass während unserer Abwesenheit etwas vorgefallen sein musste.

Bifänge

Mein Gefühl hatte mich nicht getäuscht. Liudgers Schwester empfing uns mit einer schlechten Nachricht, kaum dass wir aus den Sätteln gestiegen waren. Ihr freundliches Gesicht zeigte Bestürzung, während sie erzählte.

»Ich konnte es nicht verhindern, und auch Guntwin war machtlos«, sagte sie zum Schluss.

»Ihr hättet es verhindern *müssen*!«, rief ich erbost. »Wie war das möglich?«

»Nach der Rückkehr aus den Hügeln war er sehr schweigsam und führte bei Einbruch der Dämmerung sein Maultier in einen der Ställe, die unmittelbar am Zaun liegen. Niemand konnte ahnen, was er vorhatte, Bardo. Darum hat auch keiner der Leute auf ihn geachtet oder gesehen, wohin er geritten ist.«

Grauwolf mischte sich ein. Er blieb trotz der großen Sorge um Hildegund ruhig.

»Vili ist also verschwunden«, stellte er nüchtern fest. »Dafür ist keiner hier in der Siedlung verantwortlich, Schmied. Er ist ein erwachsener Mann. Er kann selbst entscheiden, was er tut. Hätte er sein Vorhaben angekündigt, hätte man ihn auch nicht aufhalten können.«

»Dein Gefährte scheint ein mutiger Kerl zu sein«, sagte Rorich gleich darauf. Er warf dem Abt einen Blick zu. »Solltest du dich in dieser Nacht auf die Suche nach ihm begeben, bin ich mit Odoaker dabei.«

Ich war zu keiner Antwort fähig. Menschen waren heimtückisch getötet, ihre Leichen sogar auf dämonische Weise geschändet worden. Andere waren verschwunden, ohne die geringste Spur zu hinterlassen. Und nun hatte sich Vili, dem mein Herz gehörte und für den ich mich noch immer, obgleich er längst erwachsen war, verantwortlich fühlte, heimlich davongestohlen. Der Grund dafür konnte nur Hildegund sein, die Tochter eines Grafen, deren Hand Vili als einfacher Schmied niemals erhalten würde, mochte sie ihm noch so sehr zugetan sein. Die

Kluft zwischen einem Etheling und einem wenn auch freien, einfachen Untertanen des Königs war unüberwindbar. Die Liebe hatte die Sinne meines Gefährten verwirrt und ihn in Todesgefahr gebracht.

Die Entscheidung fiel mir schwer, aber dann sagte ich: »So wenig wir die Mörder und Hildegund finden konnten, so wenig werden wir Vili finden. Er hat sich, ohne etwas zu sagen, davongemacht und muss die Folgen tragen.«

Ich schaute Rorich an. »Danke, Graf, für dein Angebot. Aber die Nacht ist hereingebrochen. Es macht keinen Sinn, ihn zu suchen. Wir wissen ja nicht einmal, in welche Richtung er geritten ist. Außerdem ist der Boden rund um die Siedlung von Hufspuren übersät. Wir könnten seine Spur selbst bei Tageslicht nicht aufnehmen.«

Niemand widersprach mir. Wenig später zog Heriburg sich wortlos zurück. Sie wollte gemeinsam mit Freia nach Mori sehen, der sich schon so weit erholt hatte, dass er sich sicheren Schrittes und fast ohne Schmerzen bewegen konnte. Auch meine Wunde war gut verheilt. Ich spürte sie kaum noch.

Die Mahlzeit aus Wurzelgemüse, Lauch und Lammfleisch, die uns eine der Frauen mit einem Laib warmen Brotes brachte, schmeckte mir nicht. Doch ich löffelte die Suppe widerwillig in mich hinein und brach etwas von dem frischen Brot, denn ich spürte, dass meine Kräfte mich sonst verlassen würden. Dann kam mir plötzlich ein furchtbarer Gedanke.

»Waren am Abend Fremde in der Siedlung? Händler vielleicht oder Reisende, die ihr zum ersten Mal in Sitnia gesehen habt?«, fragte ich Guntwin.

Wir saßen gemeinsam mit Grauwolf, Rorich und Odoaker auf einer Bank vor der Kate des Schmiedes und schauten gedankenvoll dem Treiben auf dem Platz zu. Zum ersten Mal hatte der Königsbote seinen Spangenhelm abgenommen. In seinem kräftigen, rotwangigen Gesicht hatte der tagelange anstrengende Ritt von Aachen nach Grauwolfs Burg und von dort bis Sitnia deutliche Spuren hinterlassen. Die blonden Haare klebten dicht an seinem kantigen Schädel, und seine blauen Augen blickten müde in das flackernde Feuer.

»Nachdem wir Jaran und Brelor zum Totenacker getragen hatten, war ich lange mit den Schmelzöfen beschäftigt und habe die Luppe herausgenommen«, sagte er. »Mir ist nichts aufgefallen. Allerdings kommen fast täglich Jäger, Fallensteller und andere Fremde nach Sitnia, auch viele Reisende und Händler, denn der Hellweg ist nicht weit. Warum fragst du?«

»Die Mordbuben verstehen sich offensichtlich gut darauf, ihr Aussehen zu verändern«, erwiderte ich. »Sie könnten sich als harmlose Reisende verkleidet in der Siedlung aufgehalten, Vili betäubt und anschließend entführt haben.«

»Warum sollten sie das tun?«

»Sie haben Hildegund entführt. Bei ihr wissen wir ebenfalls nicht, aus welchem Grund.«

»Eine Entführung hier in Sitnia wäre aufgefallen, Bardo.«

»Heriburg sagte, Vili hätte sich mit seinem Maultier in einen der Ställe am Zaun zurückgezogen. Es herrschte schon Dämmerung. Die Mordbuben konnten sich ohne große Gefahr für sich selbst in den Stall schleichen, meinen Gefährten ungesehen über den Zaun tragen und mit ihm im Wald untertauchen. Sie mussten ihn nicht über den Platz schleppen.«

Guntwin nickte, aber dann sagte er: »Ihr habt die Eisenfelshügel bis zur Lippe hinunter durchstreift. Selbst wenn sie nicht so weit geritten wären, hätten die Mörder einen weiten Bogen schlagen müssen, um von euch unbemerkt nach Sitnia zu gelangen. Obendrein hätten sie ihr Aussehen verändern und sehr schnell sein müssen. Nein, ich glaube nicht an eine Entführung deines Gefährten. Die Mordgesellen sind heimtückisch und verschlagen, doch fliegen wie Milane können sie nicht.«

Vili konnte nur aus eigenem Antrieb verschwunden sein. Ich gestand mir ein, dass dieses Verhalten zu ihm passte. Er war oft sehr eigenwillig, ohne die Gefahren zu bedenken, in die er sich begab. Andererseits hatte er uns in vielen Abenteuern durch seine Besonnenheit und seinen Mut vor großem Unheil und gar dem Tod bewahrt.

»Mit Gottes Hilfe wird deinem Gefährten nichts geschehen«, sagte Odoaker unvermittelt mit sanfter Stimme. »Ich bete darum. Und ich denke, die Zeit ist gekommen, euch …«, er verstummte mitten im Wort und richtete den Blick auf die nachtdunklen Wipfel des Linhardtwaldes. »Nun, es könnte sein, dass ich die Mordgesellen kenne …«

Jetzt sprang Grauwolf auf. In seinen Augen standen Wut und Bestürzung.

»Du weißt, wer diese Dämonen sind?«, rief er. »Und du sagst es erst jetzt?«

»Es ist nur eine Vermutung«, gab Odoaker ruhig zurück. »Doch selbst wenn sie zutrifft, hilft sie uns und euch im Augenblick nicht.«

»Wie meinst du das, Abt?«

Rorich antwortete für Odoaker. »Er meint, Graf, dass die Alte aus den Eisenfelshügeln nur einen Verdacht bestätigt hat, den er schon bei unserer Abreise in Aachen hegte. Jeder, der uns begegnet, kann einer der Mordbuben sein. Sie sind Meister der Tarnung. Aber dieses Wissen ermöglicht es uns nicht, die Mörder unschädlich zu machen, solange wir nicht einmal ahnen, in welcher Gestalt sie wahrscheinlich über die Jahre unerkannt in Westfalen gelebt haben und noch leben. Sie können Menschen sein, die ihr lange kennt, zu denen ihr volles Vertrauen habt und von denen ihr niemals denken würdet, dass sie die Dämonen sind.«

Ich horchte auf. Was hatte Rorich damit gemeint, die Mörder könnten über Jahre *unerkannt* in Westfalen gelebt haben? Ich fragte ihn.

»Odoaker vermutet zwei Edelmänner hinter all den Morden«, antwortete er. »Sie sind Langobarden, die im Jahr 796 aus Rom über die Alpes nach Norden flohen. Ihre Spur endet in Westfalen.«

»Dass die Mörder des Schreibens mächtig sind, bestärkt mich in meiner Vermutung, dass wir es mit Edelmännern zu tun haben, die in Rom eine Schule besuchten und die ich von Kindesbeinen an kenne«, sagte Odoaker jetzt. »Auch aus diesem Grund konnte ich den Papst davon überzeugen, mich als seinen Boten nach Aachen zu schicken. Es mag euch widersinnig erscheinen bei all den grausamen Morden, die von den beiden begangen wurden. Doch sie waren einmal ehrliche Kämpfer und treue Gesellen, die das Leben liebten und die Menschen achteten. Sie waren nicht immer die Bestien, die sie heute sind«, er unterbrach sich und stand auf. »Wir sollten jetzt ruhen. Wir müssen uns auf die Reise nach Padrabrun vorbereiten, für die wir alle Kräfte und wache Sinne brauchen.«

Odoakers Stimme hatte einen weichen Klang angenommen. Nach seinen letzten Worten blieb es lange still zwischen uns. Ich hatte mich wohl in ihm getäuscht, wie in Jaran und Brelor.

Kein Windhauch war zu spüren. Über die weite Rodung spannte sich der blauschwarze Nachthimmel, an dem die Lichter der Götter wie Edelsteine funkelten, und um die Feuer war es leise geworden. Nur eine Handbreit über den gezackten Wipfeln im Südwesten stand der abnehmende Mond. Er zeigte uns, dass Mitternacht vorüber war.

Ich lag bis zum Anbruch der Dämmerung wach, ohne auch nur einmal die Augen schließen zu können. Die Sorge um Vili und Hildegund ließ mir keine Ruhe. Die Mordbuben hielten sich mit Grauwolfs Tochter vermutlich irgendwo in den Wäldern entlang der Lippe oder am Hellweg versteckt, auf dem der Papst nach Padrabrun ziehen würde. Das würde auch mein Gefährte sich überlegt haben und sie dort suchen. Wer waren die zwei Edelmänner? Hinter welcher Maske hatten sie sich verborgen gehalten, und wie tarnten sie sich im Augenblick? Schon dass sie ständig in unserer Nähe gewesen sein mussten und vielleicht auch noch waren, ließ mir frostige Schauer durch den Körper fahren, die mich endlich mit den ersten Strahlen Sunnas vom Lager trieben.

Am frühen Morgen, es war der dritte Tag im Brachmanoth des Jahres 799, trafen Grauwolf und Rorich eine, wie sich später herausstellte, folgenschwere Entscheidung, denn sie schickten Golo und seinen Gefährten als Boten voraus. Nach einer Suppe aus Ackerbohnen und Hirse und etwas dünnem Bier verließen die Scaras Sitnia mit dem Befehl, dem König über die Morde zu berichten und unser Eintreffen in fünf Tagen anzukündigen. Sie sollten ihr Ziel jedoch nie erreichen.

Gegen Mittag waren die Ochsenwagen beladen. Grauwolf hatte währenddessen auf den Rat Odoakers und Rorichs hin den ursprünglichen Plan von einer getrennten Reise aufgegeben, denn unsere Gruppe bestand nur noch aus Heriburg, dem Grafen und mir. Mit dem jungen Mori, der sich gut erholt hatte, waren wir zu viert. Dazu kamen der Königsbote und der Abt, die ohnehin den Auftrag hatten, uns nach Padrabrun zu geleiten.

Als Grauwolf bald nach seinem Entschluss aus Guntwins Kate trat, ging ich auf ihn zu.

»Ich habe mir überlegt, doch nach Vili zu suchen«, sagte ich. »Und auch nach Hildegund, denn er wird versuchen, sie zu finden. Ich muss es tun. Allein. Du bist der Führer des Zuges, Grauwolf. Mit dem Königsboten und Odoaker seid ihr stark genug und könnt auf mich verzichten …«

»Sie werden dich töten«, unterbrach Heriburg mich erregt. Sie war, ohne dass ich sie bemerkt hatte, an uns herangetreten. »Allein bist du leichte Beute für diese Dämonen.«

»Sie können nicht überall sein«, erwiderte ich. »Bedenke, dass eure Gruppe auf dem Weg nach Sitnia nicht überfallen wurde. Die Mörder waren bisher, nach allem, was wir wissen, immer zusammen. Sie teilen sich nicht, das würde sie schwächen. Außerdem: Ob allein oder zu mehreren, solange wir die Mordgesellen nicht entlarvt haben, ist jeder von uns ihrem Rachedurst schutzlos ausgesetzt.«

Heriburg antwortete nicht. Doch Grauwolf schaute mich eine Weile grüblerisch an. Dann sagte er: »Auch ich habe in der Nacht überlegt, was wir tun können, um Hildegund zu befreien und nach Vili zu suchen, ohne den Auftrag des Königs zu missachten. Wärst du nicht gekommen, hätte *ich* mich womöglich auf den Weg gemacht. Du kannst reiten. Aber nicht allein. Guntwin und Mori werden dich begleiten.«

»Guntwin?«, fragte ich verblüfft.

»Ja. Er hat darum gebeten, mit uns ziehen zu dürfen. Als Schmied kennt er den Hellweg gut. Er hat oft dort auf den Höfen gearbeitet. Das kann für euch eine große Hilfe sein, denn die Menschen sind gegenüber Fremden sehr misstrauisch in diesen Zeiten.«

»Freia wird ihn nicht gehen lassen.«

»Sie hat ihn darauf gebracht.«

»Mori ist der Grund. Freia hat Angst um ihren Sohn.«

Grauwolf lächelte. »Frag Guntwin doch selbst. Ihr könnt sofort reiten. Der Schmied und sein Sohn sind bereit. Wir folgen morgen bei Anbruch der Dämmerung.«

»Dann reisen wir wieder getrennt«, warf Heriburg besorgt ein.

Grauwolf nickte. »Aber nun mit unterschiedlichen Aufträgen«, gab er zurück. »Bardo macht sich mit den anderen auf die Suche nach Hildegund und Vili. Sie werden länger brauchen als wir, weil wir auf geradem Weg nach Padrabrun ziehen, das wir in fünf Tagen erreichen müssen.«

Aus dem finsteren Linhardtwald krochen die ersten grauen Abendschatten heran, als ich Sitnia mit Guntwin und Mori durch das Tor im Weidenzaun verließ. Wir schauten uns noch einmal um. Auf dem Platz, wo schon die Feuer entzündet wurden, standen Heriburg und Freia mit Grauwolf, Rorich und Odoaker zusammen. Sie winkten uns zu, und ich fragte mich, ob wir uns wiedersehen würden.

Wir hatten überlegt, ob es sinnvoll war, in der Dunkelheit aufzubrechen, und uns dazu entschieden, denn wir gewannen Zeit und konnten ohnedies keine Spuren erwarten, die uns die Suche bei Tageslicht leichter gemacht hätte. Obendrein hatte der Abt uns in der Annahme bestärkt, dass die Mordgesellen sich längst in der Nähe des Hellwegs oder der Lippe befanden, wir also Richtung Süden reiten mussten. Wie die Suche nach meinem Gefährten und Grauwolfs Tochter aussehen sollte, wusste ich noch nicht. Doch ich hoffte mit Guntwins Hilfe von den Bauern, Domänenpächtern und Schankleuten, die auf den Höfen und in den Siedlungen entlang des Hellwegs lebten, etwas über auffällige Fremde zu erfahren.

Guntwin führte uns in dieser Nacht durch die Hügel. Ich ritt neben Mori, der leise erzählte, was er bei einer Begegnung mit den Mördern zu tun gedachte.

»Ich hab sie im Linhardt gespürt, nein, ich wusste, sie waren da«, sagte er. »Ich hab's zu spät gesagt. Aber beim nächsten Mal werde ich schneller sein als sie.« Er strich mit einer Hand über die Mähne seines Pferdes. »Die Mörder haben sie bestimmt als Geisel genommen.«

Ich hielt Falgar an.

»Bei allen Göttern, ja«, sagte ich verblüfft. »Das ist des Rätsels Lösung, Mori. Dann haben die Mordbuben noch etwas mit ihr vor. Und solange sie ihr Ziel nicht erreicht haben, wird Hildegund ganz sicher leben.«

Mori nickte und sagte nichts. Nur wenn Hildegund als Geisel benutzt werden sollte, machte ihre Entführung tatsächlich Sinn. Ihr Vater war immerhin Gaugraf des Frankenkönigs, ein Mann also mit großem Einfluss, der zudem alles tun würde, um das Leben seiner Tochter zu retten, das wussten auch die Mörder.

Ich blickte gedankenvoll nach vorn zu Guntwin, der Moris Bemerkung über Grauwolfs Tochter mitangehört hatte. Er beobachtete stumm den Wald. Anders als im stillen, dunklen Linhardt mit seinem undurchdringlichen Laubdach wuchsen in den Eisenfelshügeln bis hinunter zur Lippe hauptsächlich Kiefern. Sie standen dicht, aber durch ihre sturmgebeugten, lichten Kronen drang der silberne Schein des Mondes beinahe ungehindert. Unser Weg führte gut erkennbar in engen Windungen zwischen den schlanken Stämmen hindurch.

Die Nacht war ruhig. Nur hin und wieder ertönte ein Rascheln aus dem Dickicht, und manchmal zuckte Mori zusammen, wenn aus der Ferne das klagende Heulen der Wölfe oder der Ruf eines Kauzes durch den Wald hallte. Auch Luchs und Wildkatze pirschten lautlos auf ihren nächtlichen Streifzügen durchs Unterholz. Wir wussten, sie waren da, denn manchmal brach ein gejagtes Tier in wilder Flucht, die meist nach kurzer Zeit in einem jähen Todesschrei endete, durchs Gesträuch. Von den menschlichen Bestien und ihrer Beute fanden wir keine Spur.

Im Morgengrauen führte Guntwin uns in einer Furt durch die Lippe, die die Grenze zum Brukterergau bildete und hier an manchen Stellen eine Breite von bis zu dreihundert Fuß erreichte.

In der Mitte des träge dahinziehenden Flusses lagen einzelne, teils mit dichtem Gesträuch und Eschen bewachsene Inseln und flache Sandbänke.

»Die größte Insel ist bewohnt«, sagte Guntwin, nachdem wir den Fluss durchquert hatten. »Hunold, ein Fischer, lebt dort schon seit Menschengedenken. Er verlässt die Insel nur, um seinen Fang anzubieten, und bei großen Überschwemmungen in den Nebelmonaten und im frühen Jahr.«

Erst jetzt fielen mir zwei lange Einbäume und eine große Anzahl Reusen und Netze auf, die am Ufer der Insel festgemacht waren. Ich gewann den Eindruck, dass Fanggeräte und Einbäume schon eine Weile nicht mehr benutzt worden waren.

»In diesem Jahr habe ich Hunold allerdings noch nicht in Sitnia gesehen«, sagte Mori, während wir auf dem Pfad weiterritten, der uns zum Hellweg führen sollte.

»Vielleicht ist er krank«, sagte ich.

Guntwin nickte. »Das glaube ich auch. Er ist sehr alt und ein Eigenbrödler. Bei unserer Rückkehr werden wir nach ihm sehen. Doch jetzt müssen wir vorankommen.«

Mori sagte nichts. Er schaute sich noch um, als das Ufer der Lippe schon längst unseren Blicken entschwunden war.

In der Mittagszeit stießen wir auf den breiten Hellweg, ohne dass etwas geschehen wäre. Von nun an würden wir nach Osten ziehen.

Wir befanden uns jetzt auf jenem Weg, der schließlich nah am Brunisberg im Nechegau vorbei und bis zur Weser führte, hinter der das Stammesgebiet der Ostfalen lag. Von dieser uralten Handels- und

Heerstraße aus war Karl mit seinen eisernen Reitern oft mitten in das Gebiet der Sachsen vorgestoßen.

Im hellen Licht Sunnas ritten wir ein gutes Stück Weges zwischen sattgrünen Weiden hindurch und an Bachauen entlang, die von dichten Teppichen aus leuchtend gelb blühenden Sumpfdotterblumen überwuchert waren, um danach von einem ausgedehnten Waldgebiet aufgenommen zu werden, in dem Eichen und Ulmen, Linden, Ahornbäume und Eschen dicht bei dicht wuchsen. Ich sog den feuchten, schweren Duft des Laubwaldes ein, bis ich plötzlich Brandgeruch wahrnahm.

»Feuer. Kann das eine Brandrodung sein?«, fragte ich Guntwin.

»Ja«, sagte der Schmied. »Entlang des Hellwegs werden jedes Jahr neue Bifänge für Ackerböden und Siedlungen geschlagen. Dort, wo es möglich ist, arbeiten die Bauern nicht mühsam mit der Axt, sondern lassen das Feuer ihre ohnehin schwere Arbeit tun.«

»Wir sollten hinreiten und die Bauern nach fremden Reitern fragen.«

Eine Meile weiter ritten wir über einen schmalen Pfad auf die weißgraue Rauchsäule abseits des Hellwegs zu, die jetzt über die Baumkronen hinaus aufstieg.

Schon bald waren das Prasseln des Feuers und entfernte Rufe zu hören. Wenig später sahen wir den neu entstehenden Bifang vor uns. Eine beinahe unerträgliche Hitze schlug uns entgegen. Acht Männer versuchten, die auflodernden Flammen einzudämmen, indem sie dicht belaubte Äste auf das züngelnde Feuer legten, wo es sich über eine breite Schneise hinaus, die den Neubruch begrenzte, auszubreiten drohte.

»Hier stimmt etwas nicht«, flüsterte Mori im gleichen Augenblick, in dem wir unsere Reittiere zügelten.

Ich schaute mich um. Die in braune und graue Wollhemden und zerschlissene Beinwickel gekleideten Bauern hatten uns noch nicht bemerkt. Einige hieben mit ihren Äxten zur Eindämmung der Flammen dünnere Stämme jenseits des Einschlags ab, andere wischten sich mit schwieligen Händen den Schweiß aus den verrauchten Gesichtern. Ihre ganze Aufmerksamkeit schien auf das Feuer gerichtet.

Mir fiel nichts Ungewöhnliches auf. Aber dann erfasste mein Blick nicht weit entfernt zwei Männer, die sich abseits im Wald außerhalb der

Feuerrodung zu etwas auf dem Waldboden hinunterbeugten, das ich nicht erkennen konnte. Sie gehörten nicht zu den Bauern, denn sie trugen wie sächsische Ethelinge armfreie Lederwämser, Gurt und Sax und bis zu den Waden reichende geflochtene Lederschuhe.

»Sind es diese Männer, mit denen etwas nicht stimmt?«, fragte ich Mori.

Er antwortete nicht sofort. In seinen Augen zeigte sich Unbehagen.

»Ich bin mir nicht sicher«, sagte er dann. »Doch ich weiß, dass hier etwas Schreckliches geschehen ist.«

Die Bauern hatten uns jetzt gesehen. Keiner machte Anstalten, seinen Platz am Feuer zu verlassen. Wir grüßten sie mit erhobener Hand und ritten in langsamem Schritt auf die Männer im Wald zu.

»Es scheinen Edelleute zu sein. Kennst du sie oder einen der Bauern?«, fragte ich Guntwin. Ich rückte die Wurfmesser des Desmond zurecht, die ich seit dem Überfall im Linhardtwald unter dem Wams verborgen bei mir trug.

»Ich habe sie mir genau angeschaut«, sagte er bedächtig. »Die Bauern kenne ich, sie arbeiten auf einer großen Domäne, zu der dieser Wald gehört. Die anderen sind mir fremd. Aber das muss nichts bedeuten. Wir werden sie fragen. Mori sprach von einem schrecklichen Geschehen. Vielleicht wissen die beiden etwas.«

Zwanzig Fuß vor den Männern stiegen wir aus den Sätteln. Die beiden hatten uns schon zuvor bemerkt und sich aufgerichtet. Sie waren beinahe gleich groß, etwa fünfeinhalb Fuß, und vielleicht dreißig Sommer alt. Ihre schwarzen Haare fielen ihnen auf die Schultern, und aus schmalen, gebräunten Gesichtern schauten uns zwei dunkle Augenpaare an. Waren sie wirklich sächsische Edelmänner?

»Ich spüre Hel, sie ist nah …«, sagte Mori leise.

Die schneidende Stimme eines der Männer unterbrach ihn.

»Fremde Reiter«, stellte er in kaltem Ton fest. »Sagt, wer ihr seid.«

Seine Schwerthand lag über dem Knauf der Waffe.

Ich warf Guntwin einen Blick zu, dann machte ich einen Schritt nach vorn.

»Wir sind auf der Durchreise nach Padrabrun und vom Weg abgekommen«, sagte ich ruhig. »Der Brandgeruch hat uns schließlich hierher geführt.«

»Wer ihr seid, fragte ich!«

Ich sagte es ihm, ohne jedoch den Anlass unserer Reise zu nennen oder von den furchtbaren Ereignissen der letzten Tage zu erzählen.

Der Mann schaute uns nacheinander abschätzend von Kopf bis Fuß an. »Ich kenne eure Namen nicht. Ihr seid also Sachsen«, stellte er fest. »Was treibt euch nach Padrabrun, zum König der Franken?«

Ich spürte Zorn in mir aufsteigen. »Wer bist du, und wer ist dein Begleiter, dass du uns so anfährst?«

Er schaute mich verblüfft an. »Ich habe das Recht, dich zu fragen, und du hast mir zu antworten«, gab er gelassen zurück. »Ich bin Arnfried, Hüter dieses Waldes und Domänenpächter, und neben mir steht Folker, mein Gehilfe.«

Mein anfängliches Misstrauen legte sich. Es war ausgeschlossen, dass der Mann log. In unmittelbarer Nähe arbeiteten die Bauern, deren Herr er war und die ihn kennen mussten.

Guntwin ging einige Schritte auf Arnfried zu. »Du kannst noch nicht lange in deinem Amt sein«, sagte er. »Sonst würdest du mich kennen und ich dich.«

Der Pächter wirkte plötzlich müde und zerschlagen.

»Ich glaube dir und deinem Gefährten«, sagte er langsam. »Ich bin erst seit dem Winnemanoth auf der Domäne«, er wischte sich mit einer Hand durchs Gesicht. »Furchtbares hat sich in meinem Wald zugetragen – in der vergangenen Nacht.«

»Der Tod«, entfuhr es Mori. »Er ist hier.«

Arnfried schaute den Jungen bestürzt an.

»Woher weißt du davon?«

Mori antwortete nicht, sondern deutete nach vorn. Ich folgte seiner Hand mit den Augen. Und dann sah ich sie, denn der Domänenpächter und sein Gehilfe waren einige Schritte zur Seite getreten und hatten den Blick auf den Waldboden hinter sich freigegeben.

Zwei Männer lagen ausgestreckt im dichten Laub. Ihre Hälse waren rundum aufgerissen. Die Toten trugen noch ihre Brünnen, und die langen Spathas steckten in den Scheiden. Neben den Leichen standen zwei halbrunde, mit scharfen Spitzen versehene, geöffnete Fangeisen, Wolfsfallen, die über und über mit Blut besudelt waren.

»Golo und sein Gefährte!«, stieß Guntwin hervor.

Arnfrieds Augen weiteten sich. »Du kennst die Männer?«, fragte er.

»Sie haben Sitnia vor uns verlassen. Ihr Ziel war Padrabrun.«

»Es sind Scaras!«

»Ja, sie ritten im Auftrag Karls. Mehr weiß ich nicht.«

Der Blick des Domänenpächters verriet Neugier. »Ich fand sie in der Mittagszeit, als ich mit Folker den Bifang absteckte, unter einer Esche, an der sie den Spuren nach gelagert hatten«, sagte er. »Man muss sie dort in der Nacht heimtückisch überfallen und niedergeschlagen haben. Anschließend hat man ihre Köpfe in die Fangeisen gesteckt, die Fallen zuschnappen lassen und ihnen noch das Genick gebrochen. Sie lagen auf dem Bauch, die toten Augen aber starrten unter das Blätterdach. Ihre Pferde sind verschwunden. Wir haben nach den Tieren gesucht, doch erfolglos.« Arnfried deutete auf die Leichen. »Wir bringen sie jetzt zur Domäne. Ihr könnt mit uns kommen.«

Grauen erfasste mich. Nur die unheimlichen Mörder, die Hildegund gefangen hielten und schon so viel Blut vergossen hatten, konnten die Frankenreiter getötet haben, daran gab es keinen Zweifel. Auch Desmond und dem Boten Grauwolfs war auf diese bestialische Weise das Genick gebrochen worden.

Als wir Arnfried und Folker bald darauf folgten, dachte ich voller Beklommenheit an Vili, von dem wir bis hierher nicht die kleinste Spur gefunden hatten. War auch er den Mordgesellen längst zum Opfer gefallen?

Die Domäne lag etwas abseits des Hellwegs, von Eichen umstanden, inmitten satter Wiesen und brachliegender Felder, auf denen Rinder, Zugochsen, Kühe und Schafe grasten. Der große Hof mit seinen steinernen Wirtschaftsgebäuden, Ställen und Scheunen, den Gesindehäusern und dem Wohnhaus des Pächters war von einer mannshohen Mauer aus gebrochenen Steinen umgeben.

Entlang des alten Heer- und Handelsweges hatte der Frankenkönig auf seinen ständigen Zügen ins Sachsenland neben solchen Höfen auch nach und nach Burgen und Befestigungsanlagen errichten lassen, die so dicht beieinander lagen, dass sich die fränkischen Besatzungen durch den Ruf ihrer Hörner verständigen konnten. Wir hatten diese Burgen gemieden, denn niemand sollte von unserer Mission erfahren, so lautete Karls Befehl an Grauwolf. Arnfried musste jedoch den Mord an den Scaras im Domänenwald sofort melden. Daher verließ, kurz bevor Sunna mit ihrem Sonnenwagen hinter den Baumkronen versank, ein

Meldereiter die Domäne mit dem Befehl, die nächst gelegene Befestigungsanlage aufzusuchen, von wo die Nachricht bis Padrabrun weitergegeben würde.

Als der Bote davonritt, saßen Guntwin, Mori und ich mit Arnfried und einem Falkner, der auf der Domäne Sperber und Habichte für die königliche Jagd abrichtete, am Tisch in der Halle des Wohnhauses. Vor uns dampften in irdenen Schalen und auf dicken Holztellern vielerlei Gemüse, knusprig gebratener Kapaun lockte den Gaumen, dazu fetter Speck und Käse. Nüsse rundeten das üppige Mahl ab, und auch Honig zum Süßen fehlte nicht. Die Ernte des vergangenen Jahres war reichlich ausgefallen, hatte außerdem bestes Saatgut gebracht, und Mensch und Vieh mussten trotz des langen Winters nicht unter Mangel leiden. Jetzt im Brachmanoth standen Hafer und Emmer, Gerste, Hirse und Flachs wieder üppig wie nur selten. Auch in diesem Jahr würde es keinen Hunger geben.

Auf der Mitte des Tisches stand überdies ein kleines Weinfass, aus dem Folker mit einer hölzernen Schöpfkelle gläserne Becher füllte. Karl hatte in der »Capitulare de vilis« verfügt, dass Wein nur in Fässern, aber niemals in Lederschläuchen befördert und ausgeschenkt werden dürfte, was jedoch vielerorts geschah. Arnfried aber hielt sich an die königliche Verfügung. Der volle Geschmack des Weines belohnte uns dafür.

Wir hatten unser Mahl beendet und mehrere Gläser des edlen Getränks genossen, als der Meldereiter zurückkehrte. Er trat in die Halle, ging ohne uns zu beachten auf Arnfried zu, der an der Stirnseite des Tisches saß, und redete auf ihn ein. Ich konnte nicht verstehen, was er sagte, aber der Domänenpächter schaute zunehmend entsetzt zu uns herüber. Dann sprang er auf, zog seinen Sax und war mit wenigen Schritten hinter uns. Ich spürte die Spitze seiner Waffe im Genick.

»Mordgesellen!«, sagte er laut und grimmig. »Rührt euch nicht und lasst die Hände von den Waffen! Ihr habt mich getäuscht, Lumpenpack!«

Bevor wir antworten konnten, stürmten vier eiserne Reiter mit gezogenen Spathas in die Halle. Wir versuchten aufzuspringen, aber die Eisernen ließen uns keine Möglichkeit, uns zu wehren oder den Irrtum aufzuklären. Sie ergriffen und entwaffneten uns, dann wurden wir geknebelt, in Fesseln gelegt und aus der Halle gestoßen. Draußen herrschte trotz des fortgeschrittenen Abends noch helles Licht, denn in wenigen Tagen würde Sunna in diesem Jahr den höchsten Punkt ihrer Reise über den Himmel erreichen und das Fest der Sommersonnenwende gefeiert werden. Auf dem weitläufigen Platz standen Bauern, Frauen und Kinder im Abendlicht um einen hoch aufgeschichteten Holzstoß herum, der in der kürzesten Nacht angezündet werden sollte. Die meisten empfingen meine Gefährten und mich mit hämischen Rufen, und manche spuckten verächtlich vor uns auf den Boden.

Keiner der eisernen Reiter Karls sprach ein Wort. Sie legten uns lange Hanfseile um die Hälse, schwangen sich in ihre Sättel und zerrten uns durch das breite Tor vom Hof der Domäne weg auf den Hellweg zu. Unsere Pferde blieben zurück.

Ich konnte keinen klaren Gedanken fassen und mir nicht erklären, was geschehen war. Auch Guntwin und Mori, die neben mir über den sandigen Weg strauchelten, warfen mir nur fassungslose Blicke zu. Eins wusste ich: Der Bote Arnfrieds musste in der Burg nicht nur über den Mord an den Scaras, sondern auch von uns berichtet haben. Doch was hatte die eisernen Reiter dazu gebracht, uns als die Mörder anzusehen? Die Knebel verhinderten, dass wir die Franken danach fragen und uns erklären konnten.

Die Reiter trieben ihre Pferde zur Eile, so dass wir kaum noch folgen konnten. In Moris Gesicht stand blanke Furcht, doch die Franken störten sich weder an seinem Verband noch an seiner Jugend. Bald schleiften sie uns rücksichtslos durch den Staub und die tiefen Fahrtrinnen des Hellwegs, während wir mit gefesselten Händen verzweifelt die Hanfseile umklammerten, um nicht erdrosselt zu werden. Heißer Schmerz loderte in meiner schon verheilten Wunde und breitete sich rasend schnell in meinem ganzen Körper aus. Meine Sinne drohten zu schwinden, als die Reiter vom Weg abbogen. Sie schleppten uns einen Hang hinauf durch das Tor des hohen äußeren Erdwalls ihrer Befestigungsanlage und durch ein zweites ins Innere, wo sie die Seile achtlos aus den Händen gleiten ließen.

Rücksichtslose Hände rissen uns gleich darauf hoch, schlugen uns, packten uns an den Schultern und trieben uns mit Faustschlägen in den hintersten Winkel des Hofes, wo sich unter einem schilfgedeckten

Überdach zwei Franken zu einem runden Eisengitter hinunterbeugten und es hochzogen.

Ein heftiger Schlag traf mich in den Rücken. Er warf mich mehrere Schritte nach vorn. Von meinen letzten Kräften verlassen, taumelte ich an den Rand eines dunklen Lochs, glitt aus und stürzte ins Leere. Ich spürte noch den kurzen stechenden Schmerz, als ich mit Schulter und Kopf aufschlug, dann schwanden mir die Sinne.

Flussräuber

Laute Stimmen holten mich zurück. Ich schlug die Augen auf und sah nichts, doch ich konnte frei atmen, der Knebel steckte nicht mehr in meinem Mund. Um mich herum war Finsternis. Als ich versuchte, mich aufzurichten, bemerkte ich, dass ich auch meine Hände frei bewegen konnte. Ich tastete nach meiner Schulter. Glühende Funken zerbarsten in mir, aber der Verband war trocken, die Wunde blutete nicht. Erleichtert sank ich zurück auf den feuchten Boden.

Durch das Gitter blickten mehrere Männer mit Fackeln in den Händen in das Verlies hinunter. Sie sprachen laut miteinander und lachten dröhnend. Dann, wie auf einen lautlosen Befehl, begannen sie zu schwanken, als könnten sie sich nicht mehr auf den Beinen halten, und verschwanden. Kurz darauf war das Klirren von Eisen zu hören, und Helme und Waffen, die scheppernd zu Boden fielen, dann kehrte eine geisterhafte Ruhe ein.

Wo waren Guntwin und Mori?

»Bardo, hier«, flüsterte jemand, als ich mich umschaute. Es war der Schmied. »Den Göttern sei Dank, du bist bei Sinnen.«

Mit der Erinnerung, die aus den Nebeln des Vergessens auftauchte, durchdrangen meine Augen jetzt besser die Dunkelheit. Meine Gefährten hockten nur zwei Schritte von mir entfernt neben einem übel riechenden Strohhaufen an der Wand des Verlieses.

»Bei Thor«, stöhnte ich. »Wie lange war ich ohne Sinne?«

Guntwin versuchte, seiner Stimme einen sorglosen Ton zu verleihen. »Eine ganze Weile«, erwiderte er. »Wir können versuchen zu fliehen. Ich glaube, das Gitter ist nur aufgelegt und nicht verschlossen. Die Franken fühlen sich sehr sicher. Auf dem Hof herrscht Ruhe. Sie haben während des ganzen Abends getrunken und werden ihren Rausch ausschlafen.«

Dann erzählte der Schmied, was ihm und seinem Sohn nach dem Sturz widerfahren war. Beide hatten ihre Sinne nicht verloren, denn ihr

Fall war von dem modrigen Stroh aufgefangen worden. Mori waren die Wurfmesser eingefallen, die ich unter meinem Wams trug. Wenig später hatte Guntwin uns mit einem der Messer die Handfesseln durchtrennt und anschließend von den Knebeln befreit.

Ich spürte mit jedem seiner Worte, wie meine Kräfte zurückkehrten.

»Ist deine Wunde nicht wieder aufgebrochen, Mori?«, fragte ich voller Sorge.

»Nein«, antwortete er tapfer. »Guntwin hat nachgesehen. Die Götter haben mich davor bewahrt. Es tut nur weh.«

»Dann geht's dir wie mir. Habt ihr erfahren können, welcher Dämon uns hierher gebracht hat?«

Der Junge kroch auf mich zu.

»Ein Königsbote«, flüsterte er. »Es muss ein Königsbote gewesen sein.«

Ich erstarrte. Dunkle Ahnungen beschlichen mich.

»Ein Königsbote?«, wiederholte ich ungläubig.

»Ja«, bestätigte Guntwin. »Mehrere Franken standen oben am Rand und redeten laut. Sie sprachen von einem Königsboten, der den Mord an Golo und seinem Gefährten beobachtet haben soll. Er muss die Befestigungsanlage lange vor Arnfrieds Mann erreicht, von dem Mord berichtet und uns als die Mörder beschrieben haben. Die Eisernen wollten aufbrechen, um nach uns zu suchen, als der Bote von der Domäne kam und erzählte, wir seien dort. Bevor sie dann losritten, warnte der Königsbote die Eisernen noch vor unserer Verschlagenheit und unserer gespaltenen Zunge, mit der wir schon den Domänenpächter getäuscht hätten. Das erklärt die Knebel, mit denen sich die Reiter vor unseren falschen Worten schützen wollten.«

Vorsichtig richtete ich mich auf. Der brennende Schmerz, der noch in Schulter und Kopf pochte, klang langsam ab.

»Haben die Franken davon gesprochen, warum der vermeintliche Königsbote nicht selbst die Mörder gestellt hat?«, fragte ich. »Das muss ihnen doch merkwürdig vorgekommen sein.«

Guntwin stand auf. »Ja«, sagte er, »das haben sie. Die Mörder seien vor ihm geflohen, behauptete er. Er war allein und nicht wegekundig in den Wäldern, deshalb suchte er die Burg auf. Er muss selbst etwas mit dem Mord zu tun haben. Und er ist, wie ich glaube, noch in der Befestigungsanlage.«

Ich schaute wieder nach oben. Bis zum Rand des Verlieses waren es womöglich zwölf Fuß. Eine Flucht, von der Guntwin gesprochen hatte, wäre tatsächlich möglich, wenn wir eine Räuberleiter machen und uns am Rand nach oben ziehen würden.

»Bestimmt hat sich einer der Dämonen als Königsbote ausgegeben«, sagte Mori. »Mir ist, als wollten die Götter nicht, dass wir erfahren, was wirklich geschehen ist – noch nicht.«

»Wir sollen es selbst herausfinden, Mori«, gab ich ermutigend zurück. »Es kann auch Odoaker gewesen sein, der uns *doch* getäuscht hat.«

»Und Rorich? Sie waren bisher immer zusammen.«

»Das trifft auch auf die Dämonen zu.«

»Wer immer es war, sie können sich getrennt haben, aus einem Grund, den wir nicht kennen«, sagte Guntwin. »Wir sollten jetzt versuchen zu fliehen, noch ist es ruhig dort oben.«

Er stellte sich an die Wand und faltete die Hände vorm Bauch.

»Bardo, du gehst zuerst, dann Mori. Ihr zieht mich nachher hoch. Sie rechnen nicht mit unserer Flucht«, sagte er. »Sie glauben uns noch gefesselt und geknebelt. Wir müssen die Zeit nutzen, die uns die Götter geben.«

Mori zögerte. »Was ist mit den Wachen am Tor?«

»Wir *müssen* es versuchen«, erwiderte Guntwin ruhig. »Sollten die Tore besetzt sein, schleichen wir uns über die Wälle, wir werden schon eine Lücke finden. Außerdem haben bestimmt auch die Wachen getrunken.«

Der Ausstieg aus dem Verlies gelang. Wie Guntwin vermutet hatte, war das Gitter nicht verschlossen. Ich konnte es mit einiger Anstrengung hochdrücken. Als auch der Schmied oben war, ließen wir es geräuschlos wieder herunter, um eine vorzeitige Entdeckung unserer Flucht zu verhindern. Zehn Schritte neben dem Loch drückten wir uns an die Wand eines Stalles, von wo aus wir einen guten Überblick hatten. Der geräumige Innenhof mit seinen wenigen Unterkunfts- und Wirtschaftsgebäuden lag still vor uns – bedrückend still. Es musste schon nach Mitternacht sein. Doch selbst für diese Zeit war die Ruhe ungewöhnlich, wie mir schien. Nur an zwei schwach glimmenden Feuern schlief eine Schar eiserner Reiter offenbar ihren Rausch aus. Spangenhelme, Buckelschilde und Speere lagen, als hätte man sie achtlos fallen lassen, auf dem Platz und um die Feuerstellen herum verteilt.

Ich schaute zur gegenüberliegenden Seite des Platzes. Im schwachen Schein des Mondes waren die Tore in den Wällen gut zu erkennen. Auch dort regte sich nichts.

Etwas stimmte nicht mit dieser Burg.

»Sie schlafen alle«, flüsterte Mori. Eine Spur von Angst lag in seiner Stimme. »Und ich glaube, es gibt auch keine Wachen.«

Guntwin schwieg. Er gab uns Zeichen, ihm zu folgen, duckte sich und schlich hinter den Stall, wo sich nach wenigen Schritten der innere Wall erhob. Bald darauf lagen wir bäuchlings auf der Kuppe. Dreihundert Fuß entfernt, unter dem Hang, auf dem die Burg thronte, verlief der Hellweg. Noch einmal dreihundert Fuß dahinter trat das im Mondlicht silbern scheinende Band der Lippe aus dem Wald und schlängelte sich durch die weiten Auen und mit Bäumen bestandenen Wiesen, die sich auf der Flussseite entlang der Heerstraße ausbreiteten.

Am Ufer des Flusses und auf den Weiden bis hin zum Hellweg meinte ich für einen Augenblick, sich bewegende Schatten zwischen mehreren Baumgruppen wahrzunehmen. Es konnte grasendes Vieh sein, doch ich stieß Guntwin an, der neben mir lag. Er nickte stumm und wies mit einer Hand auf den äußeren Wall, den wir noch überwinden mussten.

»Ich habe sie gesehen, Bardo. Da regt sich irgendetwas an der Lippe. Wahrscheinlich sind es Rinder oder Schafe, aber wir müssen auf der Hut sein. In der Burg lauert jedenfalls keine Gefahr. Alles liegt wie im Todesschlaf. Hier muss etwas geschehen sein. Ich weiß nicht was, doch ich danke den Göttern dafür«, er zog die Beine an und richtete sich auf. »Wir gehen jetzt über den Außenwall. Von dort können wir das Gelände vom Fluss bis hinauf zur Befestigungsanlage einsehen und beobachten, was sich dort unten wirklich bewegt.«

Es handelte sich nicht um Vieh, das am Ufer der Lippe weidete. Ich überschritt als Erster den Wall und ließ mich sofort flach auf den Boden fallen.

Dunkle, vermummte Gestalten bewegten sich in langer Reihe über die Wiesen auf den Hellweg und von dort auf die Burg zu. Einige von ihnen führten Karren mit sich, und das Eisen vieler Schwerter und Speere schimmerte todbringend im spärlichen Licht des Mondes. Die ersten hatten das Tor im Außenwall bereits erreicht. Sie drangen, ohne auf Widerstand zu stoßen, ins Innere vor. Schauerliche Stille lag über dem unwirklichen Geschehen.

Guntwin und Mori duckten sich eng neben mir in das feuchte Gras des Erdwalles. Wie von einem finsteren Zauber gebannt, beobachteten wir die sich zielstrebig bewegenden Gestalten, die offenkundig wussten, dass sie mit keiner Gegenwehr zu rechnen hatten.

»Sie kommen von der Lippe«, sagte Guntwin. »Es können nur …«

»Flussräuber?«, unterbrach ich ihn. »Denkst du an Flussräuber?«

»Ja.«

Flussräuber waren, nach allem, was ich wusste, Sachsen. Aber ich war diesen Räubern noch nie begegnet und hatte nur von ihnen und ihren grauenvollen und blutigen Taten erzählen hören.

»Bei allen Göttern«, sagte Guntwin jetzt. »Ich glaube, ich weiß nun auch, was mit den Franken in der Befestigungsanlage geschehen ist. Diese Burg ist nicht die erste, die von den Flusspiraten überfallen wird. Hunold, der Fischer, erzählte einmal, dass zwei oder drei der Räuber vor einem geplanten Überfall als Händler verkleidet in die Burgen gehen und mit dem Saft von schwarzem Bilsenkraut versetztes Bier oder manchmal auch Wein, Met und Speisen zum Kauf anbieten. Wenn die List glückt, fällt jeder, der davon trinkt oder isst, in einen todesähnlichen Schlaf oder stirbt jämmerlich daran.«

»Und genau das ist in dieser Nacht hier geschehen«, flüsterte Mori. Er bebte am ganzen Körper.

Ich überlegte fieberhaft, was wir tun konnten. Unsere Flucht war bis hierher gelungen. Nun stellte sich uns ein Feind in den Weg, der womöglich noch grausamer war als die Franken. Aber hieß es nicht, die Opfer der Flussräuber seien ausschließlich eiserne Reiter und fränkische Händler, doch niemals Sachsen?

»Die Götter müssen uns die Flusspiraten geschickt haben. Ihnen haben wir es zu verdanken, dass wir aus dem Verlies entkommen konnten«, meinte Guntwin.

Mit einem Mal drangen laute Rufe zu uns. Als ich mich erschrocken umblickte, stürmten bereits mehrere Männer mit gespannten Bögen auf uns zu. An eine Flucht war nicht zu denken, denn auch von vorn kam jetzt eine Schar Flussräuber mit gezogenen Schwertern den Wall hinauf.

Ich trug nur die Wurfmesser bei mir. Guntwin und Mori waren unbewaffnet. Eine Gegenwehr machte keinen Sinn. Wir konnten uns nur widerstandslos gefangen nehmen und in Fesseln schlagen lassen, wenn wir nicht sofort auf dem Wall sterben wollten.

Von zwei schweigsamen Räubern wurden wir zur Lippe hinuntergeführt, wo man uns den dort zurückgebliebenen Wachen überließ, die uns mit hämischem Grinsen in den Kielraum einer der zahlreichen, im Ufergebüsch versteckten Ruderbarken stießen.

Noch vor Anbruch der Dämmerung hatten die Flussräuber alle Waffen aus der Burg herausgebracht und auf ihre Einbäume und Barken verladen. Eine andere Gruppe war schon vorher mit den Pferden der Franken in Richtung Osten davongeritten. Die Räuber brachten keine weiteren Gefangenen zum Fluss. Erst später erfuhren wir, dass in dieser Nacht nicht ein einziger eiserner Reiter gestorben war.

Das Versteck der Piraten lag fünf Meilen stromaufwärts am äußersten Ende eines Seitenarms der Lippe, der vom Fluss aus nicht zu erkennen war. Um dorthin zu gelangen, mussten ein Wald aus übermannshohem Schilfrohr durchrudert, Teppiche aus wuchernden Unterwasserschlingpflanzen und gefährliche Untiefen umgangen werden.

Von der Landseite her umschloss ein tückisches Moor den Unterschlupf, der nur über einen schwankenden, schmalen Knüppeldamm erreicht und von den wegekundigen Piraten leicht verteidigt werden konnte. Bewaffnete Männer auf kleinen, mit niedrigem Birkengesträuch bewachsenen Inseln wachten über die Sicherheit des Verstecks.

Den Mittelpunkt des Unterschlupfs bildeten acht schilfgedeckte Holzhütten ohne Fenster, drei Bootsschuppen, vier Stallgebäude und ein über vierzig Fuß langes ebenfalls mit Schilf gedecktes, aus stämmigen Holzbohlen gebautes Haupthaus.

Gleich nach unserer Ankunft am frühen Morgen hatte man uns unter ein Dach aus Schilf, in unmittelbarer Nähe zum Wasser, aber etwas abseits der Häuser, geschleppt und dort liegen lassen. Auf beiden Seiten des Ufers waren Einbäume, Barken und kleine Coracles festgemacht. Ein Teil der Männer arbeitete an den Booten, ohne uns zu beachten, andere waren mit der Beute der vergangenen Nacht beschäftigt. Kinder planschten laut kreischend im Fluss, und einige Frauen wuschen Leinenhemden, Tücher und Wämser, um sie anschließend zum Trocknen über eine Stange zu hängen.

Etwas weiter entfernt schnatterten Enten und Gänse auf einer Wiese, auf der auch die in der Nacht gestohlenen Pferde standen. Hunde dösten vor den Häusern, und die Luft flimmerte. Sie war heiß und feucht und voller schwärmender Mücken, gegen die wir uns mit gefesselten Händen kaum wehren konnten. Die drückende Hitze tat ein Übriges, unsere Qualen zu steigern.

Dann, noch am Vormittag, als Sunna schon ohne Erbarmen von einem wolkenlosen Himmel brannte und unsere Gesichter, Arme und Beine von Stichen übersät waren, stand plötzlich ein kleinwüchsiger Mann mit hellen, stechenden Augen vor uns.

»Asmund, unser Häuptling, erwartet euch«, sagte er knapp. »Ich bringe euch zu ihm.«

Er beugte sich hinab, zog ein langes Messer aus dem Gurt, hielt uns die Spitze der Waffe drohend unters Kinn und durchtrennte dann mit geschickten Schnitten unsere Fesseln.

»Asmund mag keine gefesselten Männer in seinem Haus«, sagte er, während er uns mit einem Wink befahl aufzustehen. »Asmund kennt keine Furcht. Asmund fürchtet nichts, nicht einmal Hel und erst recht nicht den Christengott. Denkt daran, wenn ihr vor ihm steht.«

Ohne ein weiteres Wort ging er vor uns her auf das Haupthaus zu. Der Eingang stand weit offen. Im Inneren, am hinteren Ende eines langen Tisches aus Eschenbohlen, unter dem Firstloch, saß neben einem schwelenden Feuer auf einem hohen Lehnstuhl ein Mann, dessen Gesicht im Halbdunkeln lag. Beißender Qualm, der offenbar die Stechmücken vertreiben sollte, waberte durch das Zwielicht und stieg zäh und schwer zum Firstloch auf.

Der Kleinwüchsige bedeutete uns stehen zu bleiben, als wir die Hälfte des Raumes durchschritten hatten.

»Das sind die Gefangenen, Asmund«, sagte er ehrfürchtig. Gleichzeitig versuchte er, mit beiden Händen die Mücken zu vertreiben, die trotz des Qualms auch hier unablässig und angriffslustig umherschwirrten.

»Bring Wasser für sie, Bruno, und Kamillesud«, kam es aus dem Dämmerlicht. »Sie werden durstig sein und die Stiche dieser blutrünstigen Viecher lindern wollen. Und dann geh. Ich will mit diesen Männern allein sein.«

Asmunds Stimme hatte einen eisigen Klang. Und doch meinte ich, aus seinen Worten schließen zu können, dass er uns nicht feindlich gesinnt war. Wir waren von den Flussräubern nicht grob behandelt worden. Zwar hatten sie uns achtlos der Marter durch die Stechmücken ausgesetzt, aber sie selbst waren davon ebenso betroffen.

Das kühle Wasser und der milde Kamillesud taten rasch ihre Wirkung. Asmund bewegte sich nicht und verbarg sein Gesicht weiterhin im Schatten.

»Du bist Bardo der Westfale«, sagte er übergangslos, nachdem Bruno gegangen war.

»Ja«, gab ich verblüfft zurück. »Du kennst mich?«

»Ich weiß, wer du bist! Und ich kenne die Namen deiner Gefährten.«

In der Halle stank es nach Schweiß. Die stickige Luft machte das Atmen schwer. Guntwin und Mori schwiegen.

Asmund beugte sich nach vorn, doch nur so weit, dass seine Gesichtszüge noch immer nicht zu erkennen waren. Er musste von kräftigem, hohem Wuchs sein, die Schultern waren ungewöhnlich breit und die Arme und Beine lang. Mir fiel auf, dass seine schweren Hände, die ruhig auf der geschnitzten Armlehne lagen, hässliche Brandwunden trugen.

»Du fragst dich also«, sagte er ohne den geringsten Ausdruck in der Stimme, »woher ich dich und deine Gefährten kenne. Nun, es gibt nicht viel, was an diesem Fluss ohne mein Wissen geschieht.«

Er lehnte sich zurück. Eine Weile war nur das Summen der Mücken und das leise Knistern des Feuers zu hören. Ich überlegte, warum Asmund sein Gesicht vor uns verbarg und ob er etwas mit den Mördern zu tun hatte. Spielte er ein grausames Spiel mit uns? Seine mächtige Gestalt entsprach nicht der Beschreibung, die Alana uns von den Dämonen gegeben hatte. Doch vielleicht steckte er mit ihnen im Bunde. Womöglich wollte er uns in Sicherheit wiegen, kam uns entgegen, nur um sich danach an unseren Qualen weiden zu können, wenn er uns mit seinen Genossen in dieser lebensfeindlichen Umgebung langsam zu Tode martern würde. Wie aber erklärten sich dann die Ereignisse auf der Domäne und der rätselhafte Königsbote, der keiner gewesen sein konnte?

»Bei Thor«, sagte ich. »Wusstest du, dass wir in der Burg gefangen waren?«

»Nein«, sagte er. »Ihr wart also *Gefangene* der Franken, das wusste ich nicht. So haben die Götter unsere Gedanken und Schritte gelenkt. Es war der Wille der Götter.«

Ich beschloss abzuwarten. Wieder trat Stille ein. Dann erhob Asmund sich, und meine Vermutung wurde zur Gewissheit. Dieser Mann war ein Hüne, etwa sechseinhalb Fuß groß und von breiter Statur. Selbst König Karl würde zu ihm aufblicken müssen.

Asmund blieb im Schatten, ging um den Stuhl herum, legte beide Arme auf die Rückenlehne und schaute uns an. Im schwachen Lichtschein, der jetzt aus dem Firstloch auf seine massige Gestalt fiel, waren nur die Umrisse eines haarlosen, eckigen Schädels zu erkennen.

»Es war der Wille der Götter«, wiederholte er mit tiefer Stimme. »Die Nornen spinnen ihre Fäden für uns nicht erkennbar. Ein alter Freund, der auch dein Freund ist, fand einen schwer verletzten Mann am Ufer des Flusses und brachte ihn zu uns.«

»Ein Freund?«

»Ja, ein Freund«, Asmund richtete sich auf. »Er hat von dir erzählt und deinen Namen genannt. Du, Bardo, kennst ihn gut.«

Asmund machte einige bedächtige Schritte um den Stuhl herum und stand mit einem Mal vor uns.

Ich war erschüttert und abgestoßen zugleich. Guntwin und Mori stöhnten leise auf, und ein frostiger Schauer durchfuhr mich trotz der brütenden Hitze. Der Flussräuber überragte uns um einen Kopf und schaute uns aus einem bartlosen, vom Feuer entstellten Gesicht an, dem alles Menschliche fehlte. Die schwarzen Augen lagen unter dicken Wülsten, denen die Brauen fehlten, beide Ohren waren verstümmelt, als hätte man sie ihm abgeschnitten. Auf Stirn, Wangen und Nase klafften tiefe, nur schlecht verheilte Narben, wie von ungezählten Schwerthieben und Messerstichen, und sein breiter Mund war ohne Lippen.

»Nun wisst ihr, warum ich mein Gesicht vor euch verbarg«, sagte der Flussräuber und versuchte zu lächeln. »Meinen Feinden jage ich damit so viel Schrecken ein, dass sie zusammenfahren, bevor sie zur Waffe greifen. Das ist ihr Tod.« Er hielt bedeutungsvoll inne. »Aber Freunde haben nichts zu befürchten. Ihr seid Freunde meines Freundes und willkommen.«

Nie hatte ich einem derart abstoßend wirkenden Menschen gegenübergestanden. Und doch fühlte ich, dass wir ihm vertrauen konnten.

»Wer ist denn dein Freund?«, fragte Mori mutig.

»Ich werde euch seinen Namen nicht verraten. Er ist längst fortgeritten und wird sich euch zu erkennen geben, wenn er es für richtig hält.«

Asmund nahm sich einen der klobigen Holzschemel, die um den langen Tisch herumstanden, und bedeutete uns, das Gleiche zu tun.

»Ich will euch erzählen, was geschehen ist«, sagte er. »Am Tag vor unserem Überfall auf die Frankenburg kam mein Freund auf dem Weg durch den Sumpf in unser Versteck. Er hatte kurz zuvor einen Mann, den er kannte, nicht weit von der Burg entfernt in einem Weidenhain an der Lippe aufgefunden. Dieser Mann liegt jetzt in einer der Wohnhütten. Unsere heilkundigen Frauen haben seine Wunden verpflegt. Man hatte ihm Messerstiche in den Rücken und am Hals beigebracht. Er wäre daran elend verblutet, hätte mein Freund ihn nicht gefunden und zu uns gebracht. Ich habe zwar noch nicht mit ihm gesprochen, doch es geht ihm schon besser, ihr braucht euch nicht um ihn zu sorgen.«

»Wer ist es?«, fragte ich ungeduldig.

»Ich bringe euch zu ihm, habt nur Geduld. Ihr wollt doch sicher erfahren, was es mit dem Überfall auf sich hat, bei dem meine Männer euch gefangen nahmen. Ich hatte ihn lange geplant. Vor seinem Abritt warnte mein Freund mich aber davor, da sich der Frankenkönig nur dreißig Meilen entfernt mit einer großen Streitmacht in Padrabrun aufhält, wo er sich mit dem Christenhäuptling Leo III. trifft. Doch ich ließ mich nicht beirren. Ich wollte die Waffen und Pferde, die es auf der Burg zu holen gab, und schickte am frühen Nachmittag zwei meiner Leute als Händler verkleidet in die Befestigungsanlage, die mit Bilsenkraut versetztes Bier feilboten. Unsere List gelang. Auf dem Rückweg zum Fluss trafen die beiden noch auf einen Reiter in fränkischer Tracht, der sie nach dem Weg zur Burg fragte ...«

»Der Königsbote«, sagte Mori dazwischen.

Asmund schaute den Jungen an. »Ja, das behauptete er. Aber ein Königsbote, der nach dem Weg zu einer Frankenburg fragt?«

Ich erzählte von den Ereignissen am Bifang, unserer Gefangennahme und Flucht.

»Dieser Reiter wird die Franken mit irgendetwas getäuscht haben«, sagte Asmund. »Aber das ist nicht mehr wichtig. Wir kamen offensichtlich im richtigen Augenblick.«

Bei seinen letzten Worten erhob er sich und ging voraus. Trotz seiner schweren Gestalt bewegte er sich wie eine Wildkatze auf der Jagd. Im hellen Tageslicht wirkte er noch hässlicher, und die wie in Fetzen liegende Gesichtshaut brannte in dunklem Rot. Welches grauenvolle Geschehen mochte ihn so sehr entstellt haben?

Wir gingen am Ufer entlang, bis Asmund vor einer der abgelegenen Hütten stehen blieb. Ein paar hundert Fuß landeinwärts standen die Pferde auf der Weide. Erst jetzt fielen mir zwei Schecken auf, die ich vorher übersehen haben musste.

»Diese Schecken«, sagte ich vorsichtig. »Gehören sie zur Beute der vergangenen Nacht?«

Asmund schüttelte den Kopf. »Die hat mein Freund eingefangen«, sagte er. »Er führte sie mit sich und überließ sie uns, als er den Verletzten brachte. Kennst du sie?«

»Nein, sie gefallen mir, darum fragte ich«, sagte ich, obwohl ich sicher war, dass es nur die Schecken der Friesen Jaran und Brelor sein konnten, die nach dem Mord in den Eisenfelshügeln davongelaufen waren.

Ich schaute Asmund unvermittelt in die dunklen Augen. Seine Antwort war ehrlich gewesen. Und er wusste offenkundig doch nicht alles, was am Fluss geschah, und auch nicht, was uns in den vergangenen Tagen und Nächten widerfahren war. Daher hütete ich meine Zunge.

Asmund gab sich mit meiner Erwiderung zufrieden. Er drückte mit einer Hand gegen die nur angelehnte Holztür, die lautlos nach innen aufschwang.

Aus dem Dämmerlicht der Hütte, die jetzt vom hellen Tageslicht durchflutet wurde, drang leises Stöhnen. Asmund machte einen Schritt nach vorn und winkte uns zu.

»Er ist wach«, sagte er.

An der Wand links von uns stand ein Weidengestell mit dicken Wisentfellen, auf denen ein Mann ausgestreckt auf dem Rücken lag und versuchte, seinen Kopf zu heben.

Als ich ihn erkannte, glaubte ich, die Götter täuschten meine Sinne. Mit schnellen Schritten war ich neben ihm und beugte mich hinab. Guntwin und Mori blieben am Fußende stehen. Sie starrten ungläubig auf den Verletzten.

»Vili!«, rief ich. »Bei Thor! Bist du's wirklich?«

»Ja«, gab mein Gefährte schwach zurück. Er versuchte zu lächeln.

»Ich bin es. Oder glaubst du, Schmied, ich bin einer der verfluchten Dämonen und habe mich verkleidet und eine Maske aufgesetzt?«

Mir fehlten die Worte, doch Mori sagte: »Den Göttern sei Dank, Vili! Ich glaube nämlich, dass du es wirklich bist.«

Die Freude war ihm anzuhören. Auch Guntwin trat vor. Er legte Vili stumm eine Hand auf die Schulter. »Die Wege der Götter sind unergründlich«, sagte er dann mit rauer Stimme. »Wir haben dich also gefunden.«

Eine Weile später erfuhren wir, was Vili nach seinem Fortgang aus Sitnia widerfahren war. Er hatte sich mit unserer Hilfe von seinem Lager aufgerichtet und lehnte mit dem Rücken an der Wand. Ich hätte ihn gern gefragt, ob er seinen rätselhaften Retter erkannt hatte, doch ich entschloss mich, in Asmunds Gegenwart darauf zu verzichten.

»Ich konnte nicht anders, als mich heimlich davonzumachen«, sagte mein Gefährte. »Ich musste Hildegund suchen. Du, Bardo, hättest mich abgehalten. Die Dämmerung zog schon herauf. Ich wusste nur, dass ich nach Süden, durch die Eisenfelshügel, zur Lippe hinunter und von dort weiter auf den Hellweg reiten musste. Allerdings wollte ich euch nicht begegnen. Daher schlug ich zuerst einen weiten Bogen nach Westen, nahm den Weg an den Ausläufern der Hügel entlang und erreichte noch vor dem Morgengrauen den Fluss. Bis hierher war ich keinem Menschen begegnet.

Ich ritt am Ufer entlang Richtung Osten und suchte eine Furt, denn ich glaubte fest daran, dass die Mörder sich mit Hildegund längst auf der anderen Uferseite befinden würden, wo ich dann endlich ihre Spur aufnehmen konnte. Nach etwa drei Meilen tauchten in der Mitte des Flusses Sandbänke und kleine mit Eschen und dichtem Gestrüpp bewachsene Inseln auf. Im Ufersand der größten Insel lagen Einbäume und Netze. Dort fand ich eine Furt ...«

»Es ist die einzige Furt weit und breit. Und es ist Hunolds Insel«, sagte Mori. »Wir haben dort auch den Fluss durchquert.«

»Ich bin zur Insel geritten, weil ich hoffte, vielleicht etwas Hirsebrei oder Räucherfisch zu bekommen, aber da war niemand.«

»Warst du in seiner Kate?«, fragte Guntwin.

»Nein, sie war verschlossen. Ich habe auch nicht versucht, sie zu öffnen, denn ich hatte mit einem Mal so ein merkwürdiges Gefühl, als ich vor der Tür stand. Ich kann es nicht beschreiben, doch irgendetwas stimmte nicht. Schließlich habe ich die Insel wieder verlassen, ohne weiter nachzusehen.«

»Ich hab's gespürt, als wir durch die Furt ritten«, murmelte Mori zerstreut. »Wir hätten nicht einfach vorbeireiten dürfen.«

Sein Vater hob beschwichtigend eine Hand.

»Hunold ist sehr alt. Er wird krank sein, wie ich schon vermutete.«

Asmund hatte aufmerksam zugehört. Er erhob sich und ging einige Schritte auf und ab. Er musste den Fischer kennen. Wusste er etwas?

»Als ich Hunold im Winnemanoth zum letzten Mal sah, ging es ihm gut«, sagte er. »Der Fischer ist ein zäher, alter Mann, dem selbst die Nässe und Kälte des Winters nichts anhaben können. Er hat vor vielen Jahren die Schwindsucht überlebt, an der die meisten Sachsen sterben. Das hat ihn stark gemacht. Erst danach zog er sich auf die Insel zurück. Aber er fürchtet die Menschen nicht und würde sich nicht verstecken, wenn ein Fremder seine Insel betritt. Eure Worte stimmen mich nachdenklich. Morgen werde ich zwei meiner Männer dorthin schicken.«

Ich hatte plötzlich den Eindruck, dass er nicht mehr über den Fischer sprechen wollte, denn er sagte jetzt in forderndem Ton: »Du solltest erzählen, was geschah, nachdem du die Insel verlassen hattest.«

Vili nickte. Er hatte offenbar keine großen Schmerzen mehr. Die heilkundigen Frauen der Flusspiraten hatten mit Hilfe der Götter sichtbar gute Arbeit geleistet.

»Ich erreichte bald den Hellweg«, fuhr er leise fort. »Doch Spuren der Dämonen fand ich nicht. Einige Händler, denen ich begegnete, hatten zwar Reiter gesehen, die in Begleitung von Frauen gewesen waren und Richtung Padrabrun ritten, doch keine ihrer Beschreibungen passte auf Hildegund. Am späten Vormittag, ich hatte gerade wieder zwei fränkische Reiter ohne Erfolg befragt, überkam mich ein solch großer Hunger, dass ich vom Hellweg herunter zum Fluss ritt, wo ich mir ein paar Barsche oder Lachse fangen wollte.

Ich suchte mir nicht weit von einer großen Domäne entfernt einen Weidenhain am Ufer aus, wo ich nicht sofort gesehen werden konnte. Als ich in das Wäldchen ritt, hörte ich mit einem Mal vom Fluss her Stimmen. Ich ließ mich aus dem Sattel gleiten, machte das Maultier an einer Weide fest und schlich mich an zwei schwarzhaarige Männer heran, die mit dem Rücken zu mir am Ufer saßen. Ihre Pferde standen nur wenige Fuß neben ihnen. Die Männer sprachen leise, aber ich konnte sie gut verstehen.

›Niemand wird Grauwolfs Tochter finden, Crispin‹, sagte einer von ihnen in diesem Augenblick. ›Ihr Versteck ist gut gewählt. Und sie kann nicht entkommen.‹

Wie vom Hammer eures Gottes Thor getroffen, zuckte ich zusammen und hatte Mühe, mich ruhig zu verhalten. Ihr könnt euch gar nicht vorstellen, wie mir zumute war. Die zwei am Fluss waren die Mörder! Doch was konnte ich tun? Hildegund lebte, aber wo hatten die Mordbuben sie versteckt? Ich musste versuchen, so viel wie möglich zu erfahren, um mich danach auf die Suche nach ihr zu machen.«

»Du sagtest, die Männer hatten schwarze Haare«, unterbrach ich Vili. »Alana sprach aber von hellen Haaren. Das ist ein Beweis für die ständige Verwandlung dieser Mordgesellen. Wir wissen jetzt sicher, dass die Mordbuben Hildegund als Geisel benutzen wollen. Ihr Leben ist vorerst nicht in Gefahr. Den Namen Crispin habe ich indes noch nirgendwo gehört. Grauwolf nannte ihn jedenfalls nicht.«

Mein Gefährte schaute mich aus seinen grünen Augen eine Weile schweigend an. »Der andere heißt Rado. Auch dieser Name ist nie gefallen. Es sind ihre richtigen, denn warum sollten sie sich mit falschen Namen anreden, wenn sie sich unbeobachtet fühlen? Sie hatten mich nicht bemerkt. Aber das änderte sich bald. Der Mordbube mit dem Namen Crispin sagte dann: ›Der verruchte Papst Leo *muss* in Padrabrun sterben, und sollten wir dabei in die Hölle fahren, Rado. Grauwolf wird uns behilflich sein – er hat keine Wahl.‹ Der andere lachte, dann sagte er: ›So viele Jahre haben wir in Grauwolfs Nähe gelebt. Wir kennen ihn gut – und er uns‹, wieder lachte er. ›Der Graf wird niemals das Leben seiner Tochter gefährden. Einen besseren Helfer konnte uns der Teufel nicht schicken. Den verfluchten maskierten Reiter aber gilt es noch in einen Hinterhalt zu locken. Er darf Padrabrun nicht lebend erreichen. Dieser Bastard ist der Einzige, der uns gefährlich werden kann …‹«

»Der geheimnisvolle Reiter auf dem Rappen«, redete Mori leise dazwischen. »Er hat die Schecken der Friesen in den Eisenfelshügeln eingefangen und dich zu den Flussräubern gebracht.«

»Ja, ich weiß. Der Mörder mit dem Namen Crispin schaute mit einem Mal auf und blickte genau zu mir herüber, als sein Genosse von dem Reiter sprach. Ich hatte unglücklicherweise einen trockenen Ast zerbrochen. Die Pferde hoben ruckartig ihre Köpfe in meine Richtung und schnaubten unwillig. Wie gebannt starrte ich in die Gesichter der Männer. Sofort wusste ich, dass ich ihnen schon einmal begegnet war. Bevor ich mich rühren konnte, stürzten sie sich mit gezogenen Messern auf mich. Ich erhielt einen Schlag auf den Kopf und verlor meine Sinne.«

»Du hast also die Mörder gesehen«, stellte Guntwin aufgeregt fest.

»Ja, sogar sehr deutlich.«

»Wer sind sie?«, fragte ich, so ruhig ich konnte.

Vili blickte mich verzweifelt an.

»Ich weiß es nicht«, antwortete er.

»Du weißt es nicht?«

»Ich habe sie schon gesehen, ja. Sie hielten sich in Grauwolfs Burg auf, als wir auch dort waren. Ich kann mich nur an ihre Gesichter erinnern, aber ich weiß nicht, wer sie sind.«

Asmund stand im hintersten Winkel der Hütte und hatte stumm zugehört.

»Mein Freund«, sagte er jetzt mit dunkler Stimme, »trägt eine Maske. Das wisst ihr nun. Die Götter lenkten seine Schritte zur richtigen Zeit in den Weidenhain, denn die Mordbuben hätten Vili getötet, wäre er nicht erschienen. Doch eure Geschichte hat er mir verschwiegen. Er bat mich aber, nach euch Ausschau zu halten. Er hatte es sehr eilig, Padrabrun zu erreichen.«

Während Vili erzählt hatte, waren mir die Zusammenhänge der vergangenen zwei Tage klar geworden: Die Mörder mussten sich tatsächlich ständig in unserer Nähe aufgehalten haben. Dass Vili auf sie traf, war Zufall oder der Wille Skulds gewesen. Nach dem Erscheinen des geheimnisvollen Reiters hatten sie die Flucht ergriffen. Sie mussten in den Domänenwald geflohen sein, wo sie sich verborgen gehalten hatten und in der Nacht auf die Scaras gestoßen waren, die grauenvoll in den Wolfsfallen sterben mussten. Am nächsten Vormittag hatten sie beobachtet, wie Guntwin, Mori und ich mit dem Domänenpächter Arnfried und dessen Gehilfen Folker zusammentrafen. Dabei waren sie auf den Gedanken gekommen, dass einer von ihnen als befehlsgewaltiger Königsbote, der auch zu Gericht sitzen und Urteile sprechen durfte, zur nahen Frankenburg reiten und uns als die Mörder der eisernen Reiter beschuldigen sollte. Auf diese Weise hätten sie uns beinahe gefahrlos aus dem Weg räumen können. Hätte Asmund mit seinen Männern die Burg *nicht* überfallen, wäre der dämonische Plan auch gelungen. Das Beil des Henkers hätte uns den Kopf vom Rumpf getrennt.

Eine andere Erklärung für die Geschehnisse fand ich nicht. Ich hatte schon viele Abenteuer im Schatten des Frankenkönigs erlebt und die finstersten Abgründe menschlichen Denkens und Handelns kennen gelernt, doch eine Hinterhältigkeit, Bosheit und kalte Planung wie diese war mir noch nie zuvor begegnet.

Den weißhaarigen Reiter fürchteten die Mörder allerdings wie die Trolle das Licht.

Vili streckte sich nach seinem Bericht erschöpft auf seinem Lager aus. Er war noch zu schwach, um mit uns nach Padrabrun reiten zu können, wie ich gehofft hatte. Mein Gefährte würde sich unter Asmunds Obhut erholen müssen.

Wir mussten Padrabrun vor den Mördern erreichen, denn ich ging davon aus, dass sie, nachdem sie Vili entdeckt hatten, ihre Geisel aus dem Versteck geholt und mit ihr zu den Paderquellen geritten waren. Alles andere ergab im Augenblick für mich keinen Sinn, und auch meine Gefährten und Asmund stimmten mir zu. Für Guntwin, Mori und mich galt es daher, so rasch wie möglich aufzubrechen. Falgar und die Pferde meiner Gefährten standen noch immer auf Arnfrieds Domäne. Mir fiel es schwer, auf den treuen Falgar zu verzichten, doch ihn jetzt zu holen, würde viel Zeit kosten und käme außerdem einem Todesurteil gleich, wenn sich dort eiserne Reiter aus der Burg aufhielten. Uns blieb also nur, den Flussräuber um drei Pferde und Waffen für Guntwin und Mori zu bitten.

Am späten Nachmittag verabschiedeten wir uns von Vili, der trotz seiner Schwäche mit uns reiten wollte. Doch wir überzeugten ihn davon, dass er noch ruhen musste. Er sollte in ein oder zwei Tagen nachkommen. Guntwin und Mori erhielten jeder ein Messer, während ich die Wurfmesser des Desmond unter dem Wams trug. Asmund gab uns die Schecken Jarans und Brelors und einen kleinen braunen Wallach, auf denen wir unter seiner Führung das Versteck der Flussräuber über den Knüppeldamm im Moor verließen.

Zwei Meilen, bevor wir auf den Hellweg stoßen würden, hielt er sein Pferd an.

»Mögen die Götter mit euch sein«, sagte er, und ich meinte Wehmut in den zerstörten Zügen seines Gesichtes und den schwarzen Augen zu sehen. »Ich werde Odin bitten, eure Gedanken und Schritte zu lenken. Die Pferde mache ich euch zum Geschenk. Mein Freund wird damit einverstanden sein. Und wenn ihr eines Tages hierher zurückkehrt, denkt an Asmund den Flussräuber.«

Dann wandte er sich ab, gab seinem Pferd die Hacken und verschwand in den grauen Abendnebeln, die von der nicht weit entfernten Lippe herauf über das Land krochen.

Padrabrun

Guntwin und ich ritten die Pferde der ermordeten Friesen, und Mori freundete sich mit dem Wallach an. Wir hielten uns vom Hellweg fern und folgten dem Lauf des Flusses in Richtung Osten. Mit Hilfe der Nornen würden wir unser Ziel zur gleichen Zeit mit Grauwolf, Heriburg und den anderen erreichen können, denn wir verkürzten unseren Weg um viele Meilen und umgingen die größeren Siedlungen entlang der Heerstraße aus deren Abwassergräben und Kloaken gerade in den warmen Sommermonden übelste Gerüche aufstiegen.

Am frühen Abend des achten Tages des Brachmanoth 799 tauchten die welligen Höhenrücken der Asenberge aus dem Dunst auf. Sie zogen sich einer düsteren Wand gleich von Südosten nach Nordwesten und bildeten eine scharfe Grenze zu der mit ausgedehnten Kiefernwäldern bewachsenen, an manchen Stellen dagegen baumlosen sandigen Ebene, durch die wir ritten. Viele Meilen südlich von uns, hoch über dem Flusslauf der Diemel, auf dem Marsberg, lag die mächtige Eresburg, die Karl im Jahre 772 auf seinem ersten Feldzug gegen uns Sachsen in einer blutigen Schlacht erobert und zu einer fränkischen Festung ausgebaut hatte.

»Dies ist der Padergau im Land Widukinds und der Engern«, sagte ich zu Mori.

Von Guntwin wusste ich, dass er mit seinem Sohn nie zuvor so weit nach Osten geritten war. Ich aber stand nicht zum ersten Mal dem Anblick der Asenberge gegenüber und kannte die Landschaft, in der wir uns befanden, sehr gut.

»Noch haben wir vier Meilen vor uns. Wir reiten jetzt zum Hellweg. Auf ihm durchqueren wir in einer kleinen Furt das Flüsschen Alme, das in die Lippe mündet, und können danach Padrabrun vor uns sehen.«

Bis zu diesem Abend hatten wir sorgsam darauf geachtet, ob uns jemand folgte. Doch auf den Pfaden abseits der großen Heer- und Handelsstraße waren uns nur wenige Frauen, Kinder und harmlose, schwer arbeitende Männer mit ihren Maultierkarren und Hakenpflügen begegnet, die von den einsam am Fluss gelegenen Äckern und Höfen kamen oder dorthin gingen. Als wir jedoch den Hellweg erreichten, gerieten wir in das dichte Getümmel von fränkischen Reitern, sächsischen Bauern, Händlern, Spielleuten und Reisenden aus allen Teilen des Frankenreiches, die ohne Ausnahme nach Osten zogen.

»Unter diesen Menschen können auch die Mörder sein«, sagte Mori leise, nachdem wir uns in zehn Schritt Entfernung einer Schar Sachsen angeschlossen hatten, die sich mit ihrem Vieh aus dem Gedränge heraushielten. Die in graue Leinengewänder, Wollwämser und Beinwickel gekleideten sächsischen Frauen und Männer beäugten uns mit argwöhnischen Blicken. Dann wandten sie sich wieder ihren Rindern, Schweinen, Schafen und Hühnern zu und trieben sie mit lautstarken Rufen vor sich her. Sie gingen zu Fuß, wie die meisten im endlos scheinenden Zug aus Menschen und Tieren, der sich wie ein Lindwurm auf Padrabrun zubewegte. Außer den Sachsen beachtete uns kaum jemand, obwohl wir beritten und die Schecken sehr auffällige Pferde waren.

»Die Mordbuben haben eins ihrer Ziele erreicht, wenn wir in jedem Fremden tatsächlich einen von ihnen vermuten, das weißt du mein Sohn«, meinte Guntwin, der während des gesamten Weges sehr schweigsam gewesen war. »Denk an Asmund und seine Männer. Keiner der verwegenen Flussräuber hat etwas mit den Morden zu tun oder kennt die Mörder gar. Ich glaube an den Beistand der Götter. Sie werden uns zeigen, wer die Richtigen sind.«

»Darauf sollten wir uns nicht verlassen«, sagte ich. »Die Götter stehen auf unserer Seite, daran glaube ich wie du. Doch ich frage mich, warum sie die vielen grässlichen Morde zugelassen haben. Wir werden uns selbst helfen und als Erstes nach Grauwolf und den anderen Ausschau halten müssen. In Padrabrun wird es zudem von Menschen wimmeln. Das wissen auch die Mordgesellen. Sie werden denken, sie hätten leichtes Spiel in der Menge. Und das macht sie hoffentlich unvorsichtig.«

Die Dämmerung kam spät. Es war wieder ein warmer, fast wolkenloser Tag. In der flimmernden Luft über der weiten Ebene lag ein dünner Schleier von feinem Staub, den unzählige Räder und Hufe, nackte Füße, Schuhe und Stiefel aufwirbelten.

Bei Anbruch der Nacht durchquerten wir in dichtem Gedränge die seichte Furt durch die Alme. Der klare mondlose Nachthimmel über den Bergen schimmerte jetzt in schwachem Rot, das von ungezählten Feuern kündete, die man in Padrabrun angezündet hatte. Ich erinnerte mich an das erste Mal, als ich diesen Ort im Jahre 777 nach der Geburt des Christengottes gemeinsam mit alten Gefährten, die längst im Kampf gestorben waren, von den Gipfeln der Berge aus gesehen hatte und wie sehr mich das riesige Frankenlager damals beeindruckt hatte. Danach war ich noch oft in Padrabrun gewesen, das ständig größer wurde, sein Gesicht durch immer mehr Gebäude veränderte und zur ersten Stadt im ganzen Sachsenland herangewachsen war.

Ein Meer aus Zelten erstreckte sich wenig später vor unseren Augen. Tausende fränkischer Krieger hatten in der Ebene vor der Stadt ein gewaltiges Heerlager errichtet. Und auch das Banner des Papstes wehte über den Zeltdächern. Schon von weitem waren dumpfe Trommelschläge, unterbrochen von den lang gezogenen, dunklen Tönen der Luren, und helle Zimbelklänge zu hören. Je näher wir dem Lager kamen, umso lauter wurde die Musik, und bald erfüllten Gesang und Geschrei die Nacht. Verlockende Düfte gebratenen Fleisches, die sich mit den Ausdünstungen von Mensch und Tier vermischten, schlugen uns entgegen, als wir wenig später im rötlichen Schein der Feuer durch die belebten Gassen zwischen dicht beieinander stehenden Zelten und Marktständen hindurchritten. Bier, Met, Wein und Most flossen reichlich, und viele Männer, die unseren Weg kreuzten, wankten betrunken in die Dunkelheit abseits der Zelte, wo sie ihr Wasser abschlugen oder mit einer der willigen Frauen aus dem Tross der Spielleute und Gaukler in den umliegenden Kiefernbüschen verschwanden.

»Wie sollen wir unter so vielen Menschen Grauwolf und die anderen finden?«, fragte Mori, der das Getümmel mit erstaunten Augen betrachtete.

Wir hatten den Stadtgraben auf einem befestigten Weg überwunden und waren durch das von zwei trutzigen Türmen bewachte Tor im Erdwall geritten, der den weitläufigen inneren Bereich Padrabruns mit seinen vielen Holzhäusern, der Königspfalz und dem Haus des Christengottes wie ein mächtiger Ring umgab. Nun standen wir am Rande eines Platzes, auf dem sich die Menschenmenge verlief.

»Wir werden sie nicht verfehlen«, antwortete ich. Ich schaute mich um. »Ich bin sicher, sie sind schon hier. Grauwolf ist ungewöhnlich groß, und auch Heriburg in ihrem leuchtend weißen Gewand können wir nicht übersehen. Außerdem fallen Rorich als Königsbote und Abt Odoaker bestimmt auf, wenn sie nicht schon beim König sind.«

Uns gegenüber lag unter einer ausgedehnten Baumgruppe die Pfalz mit mehreren Neben- und Wirtschaftsgebäuden. Unzählige Quellen entsprangen rundherum, deren klare Wasser sich nur eine halbe Meile außerhalb des Ringes zum Flüsschen Pader vereinten, dem die Stadt ihren Namen verdankte.

Etwas seitlich versetzt hinter der Pfalz und ebenfalls unter Bäumen erhob sich das Haus des Christengottes, das die Franken »Kirche« nennen. Sie war schon die dritte, die Karl an diesem Platz hatte errichten lassen, denn die vorherigen hatten Sachsenkrieger vor einigen Jahren zerstört und niedergebrannt. Diese neue Kirche stellte einen noch größeren und prachtvolleren Bau dar als ihre Vorgänger. Die dreischiffige Basilika maß vielleicht sechs Latten in der Breite und zehn oder elf Latten in der Länge. Sie hatte eine halbrunde Hauptapsis, zwei Nebenapsiden, und ihre schmalen hohen Fenster bestanden aus echtem Glas. Nur in Aachen hatte ich bisher gewaltigere Bauten der Franken gesehen.

Mitternacht konnte nicht mehr weit sein, aber das bunte und geschäftige Treiben ließ nicht nach. Durch die geöffneten Türen der Häuser fiel Licht auf den großen Platz. Man konnte Bäcker sehen, die frische Brotlaibe in die Öfen schoben, Gold- und Silberschmiede, Töpfer, wie sie Vasen und Krüge aus Erde formten, und sogar Glasbläser, die aus dem Langobardenreich herangeschaffte Glasklumpen einschmolzen und daraus Kelche, Trinkschalen und andere Tischgefäße machten.

Überall loderten noch die Feuer. Sie würden bis zur Morgendämmerung brennen, denn um sie herum hockten Frauen, Männer und hin und wieder sogar Kinder in den unterschiedlichsten Trachten und fremdesten Gewändern mit bronzenen und gläsernen Bechern, in denen das Bier schäumte, und mit Eisenspießen voller Fleisch in den Händen. Niemand in Padrabrun schien sein Nachtlager aufsuchen zu wollen.

Ich kannte Karls Gewohnheiten aus Aachen und wusste, dass er zu dieser Zeit mit seinen Herzögen und Markgrafen an der Tafel saß. Wir mussten versuchen, so rasch wie möglich zu ihm zu kommen.

Nachdem wir uns kurz besprochen hatten, ließen wir uns von den

Rücken unserer Pferde gleiten und führten sie zwischen Menschen und Feuern hindurch zur Königspfalz, vor der eine größere Anzahl eiserner Reiter zusammenstand, die ihre Brünnen abgelegt hatten. Einige hatten uns bemerkt und schauten zu uns herüber.

Wir waren noch fünf oder sechs Schritte von ihnen entfernt, als sich zwei Männer aus der Gruppe lösten, auf uns zukamen und sich unmittelbar vor uns aufbauten.

»Sachsen mit Pferden«, stellte einer der beiden herablassend fest. »Der Staub der Reise liegt noch auf euren Kleidern. Ihr könnt erst seit kurzem in Padrabrun sein. Was sucht ihr vor der Pfalz des Königs?«

Ich zögerte nicht. »Den König!«, antwortete ich herausfordernd, denn sein Ton missfiel mir.

Der Mann blickte mich verdutzt an, während sein Gefährte uns nacheinander aufmerksam von Kopf bis Fuß musterte.

»Kann es sein«, sagte er dann lauernd, »dass wir euch drei schon einmal gesehen haben?«

Guntwin hob unwillig den Kopf. »Woher sollen wir das wissen?«, gab er knapp zurück.

Mir waren die beiden nicht bekannt. Aber der Eiserne schien einen Verdacht gegen uns zu hegen. Seine Augen verrieten erhöhte Wachsamkeit. Diese Begegnung konnte uns kurz vor dem Ziel in Bedrängnis bringen. Wir hatten Grauwolf und die anderen bisher nicht auffinden können. Rorich oder Abt Odoaker hätten uns ohne Erklärungen zur nächtlichen Tafel des Frankenkönigs führen können.

»Wir kennen euch nicht«, sagte ich. »Verzeiht unsere Gereiztheit, wir sind müde von der langen Reise. Doch bei eurem Gott, der König erwartet uns.«

»Ha! Euch?«, stieß der Zweite unerwartet heftig hervor. »Ja, jetzt weiß ich, woher ich eure Lumpengesichter kenne! Der Junge da«, er deutete auf den erschrockenen Mori und gab dem anderen ein Zeichen, »war dabei! An ihn erinnere ich mich sehr genau, weil er so jung und schon ein Mörder ist! Ihr Pack wollt zum König? Das ist das Unverschämteste, was ich je erlebt habe! In den Staub mit euch!«

In seinen Händen lag plötzlich ein Langschwert, das er mit einer blitzschnellen Bewegung gezogen hatte. Er hielt mir die Spitze der Waffe an die Kehle, während der andere Guntwin und Mori mit seinem Spatha bedrohte.

»In den Staub!«, rief er noch einmal wutentbrannt.

Ich ahnte, wer die Reiter waren. Sie mussten zu denen gehören, die uns in das Verlies der fränkischen Burg am Hellweg geworfen hatten.

»Ihr verfluchten Mordgesellen steckt mit den Flussräubern zusammen«, rief jetzt der Erste. »Aber die kriegen wir auch noch. Bevor ihr sterbt, werdet ihr uns verraten, wo sie sich verstecken.«

»Ja, das werden sie«, sagte der andere grinsend. Er ritzte mir mit der Spitze seines Schwertes die Haut auf, ließ das Blut auf die Waffe tropfen und hielt es mir vor die Augen.

»Dein Blut wird bald in Strömen fließen und das deiner Genossen auch«, sagte er genussvoll. »Schau es dir noch mal an, ehe man dir die Augen aus dem Kopf brennt und dich in die Hölle schickt.«

In der Zwischenzeit hatte sich eine Menschentraube um die Franken und uns versammelt. Erste hämische Rufe erschollen.

»Tötet sie!«, rief mit einem Mal jemand und trat aus der Menge heraus. »Tötet sie auf der Stelle!«

Ein anderer schloss sich ihm an. »Wenn ihr es nicht macht, sterben die Verbrecher von unserer Hand.«

Ich schaute auf. Neben den Reitern standen jetzt zwei in mit Gold durchwirkte, dunkelrote Seidentuniken gehüllte, beinahe sechs Fuß große Männer, denen die langen flachsfarbenen Haare weit über die Schultern fielen. Ihre schmalen Gesichter waren bartlos und wirkten im Feuerschein auffallend blass, als hätten sie sich mit Getreidemehl eingerieben. Ihre Kleidung zeigte, dass sie Edelleute aus einem fernen Teil des Frankenreiches sein mussten. Beide trugen goldene Fibeln über der Brust, die ihre Gewänder zusammenhielten. In breiten Ledergurten steckten auffallend lange, gekrümmte Dolche. Sie sahen auf meine Gefährten und mich herab, und in ihren schwarzen Augen glühte der Hass.

Ich ahnte, dass ich ihnen nicht zum ersten Mal in die Augen blickte. Doch ich wusste nicht, an welchem Ort und zu welcher Zeit ich ihnen gegenübergestanden hatte und wer die Männer waren. Schlagartig kam mir ein Gedanke: Vili hatte am Ufer der Lippe die Mordgesellen erkannt und ihre Namen gehört. Er hatte sich auch nicht daran erinnern können, wo oder in welcher Gestalt er sie zuvor gesehen hatte.

Beide hielten indes ihre Dolche in der Hand und vollzogen eine überraschende Wandlung.

»Wir kommen aus Rom und gehören zur Gesandtschaft Leos III.«, sagte einer der beiden zu den Eisernen. Seine Stimme hatte einen gelassenen Ton angenommen, ganz im Gegensatz zu den ersten hasserfüllten Worten. »Ihr müsst wissen, wir waren sehr erregt, als wir die drei Mörder vor wenigen Augenblicken erkannten. Diese Schurken haben uns in einer Herberge am Hellweg niedergeschlagen, die Geldbörsen gestohlen und den Wirt getötet. Wir sind hochgestellte Edelleute, wie ihr seht, und der König erwartet uns dringend«, er reckte sich und fuhr in einem Ton fort, der keinen Widerspruch duldete: »Ihr überlasst sie uns! Wir bringen sie vor Karl und werden auch eure Klage führen.«

Jedes einzelne Wort des angeblichen Gesandten durchfuhr mich wie ein heißer Blitz aus Thors Hammer. Ich hatte keinen Zweifel: Nur er und sein Spießgeselle konnten die Dämonen sein! Wir waren ihnen hilflos ausgeliefert, denn die Eisernen dachten, wir seien die Mörder ihrer Gefährten, die im Domänenwald grauenvoll getötet worden waren. Von der aufgebrachten Menschenmenge konnten wir auch keinen Beistand erwarten. In den Gesichtern der Frauen und Männer zeigten sich Wut und Verachtung. Für sie waren wir übelste Mordgesellen, die den Tod verdienten.

Für kurze Zeit beachteten uns die falschen Gesandten nicht, denn die Eisernen begehrten auf. Sie wollten uns den beiden nicht überlassen und redeten lautstark auf sie ein.

»Die Messer«, flüsterte Guntwin plötzlich leise neben mir. »Die Wurfmesser in deinem Wams. Hol sie heraus. Mori und ich ziehen unsere. Wir springen auf, stechen sie nieder und verschwinden im Dunkeln.«

Er war dicht an mich herangerückt. Mori hatte die Worte seines Vaters ebenfalls verstanden.

Das könnte uns retten. Die Franken hatten uns die Messer noch nicht abgenommen. Sie waren die einzige Hoffnung, die wir hatten. Wenn es uns gelang, schnell und sicher zuzustoßen und uns durch die Menge davonzumachen, konnten wir fliehen.

Ein schneller Blick genügte, dann sprangen wir gleichzeitig hoch. Jeder war jetzt auf sich gestellt. Guntwin und Mori stürzten sich auf die Franken, schlugen den völlig überraschten Reitern die Faust unters Kinn und stießen ihnen ihre Klingen in die ungeschützten Oberarme. Der Angriff hatte Erfolg. Dann verschwanden sie in der Menschenansammlung. Ein Aufschrei ging über den Platz, doch keiner der Umstehenden wagte, ihnen entgegenzutreten.

Mir blieben die Mordbuben. In ihren Händen blitzten die Dolche.

Ich hatte nur diesen einen Augenblick, ihnen beide Messer von unten in die Leiber zu rammen und meinen Gefährten zu folgen. Doch als ich einen halben Schritt vor den Mördern stand und die Klingen mit aller Kraft nach oben führte, wichen die Männer kaltblütig zur Seite. Ich geriet zwischen die beiden, strauchelte und stieß ins Leere. Plötzlich standen sie in meinem Rücken. Wieder ertönten laute Rufe aus der Menge, die jetzt näher heranrückte. Sie feuerten die vermeintlichen Gesandten an, und niemand kümmerte sich um die verwundeten Franken, die sich nur mühsam aufrappelten. Ich wirbelte herum und starrte in die vom Hass verzerrten Gesichter der Dämonen. Beide holten mit ihren langen Dolchen zum Stoß aus.

Ich duckte mich ab und rannte gegen sie an, um sie mit der Kraft meines schweren Körpers umzustoßen. Aber einer der Männer traf mich am Oberarm, die Klinge zerfetzte mein Wams, und nochmals taumelte ich, während die Wucht meiner Bewegung mich nach vorn warf. Wieder hatte ich sie hinter mir. Ich konnte mich gerade noch fangen, schnellte herum, stieß die Messer blind nach oben und spürte mit beiden Händen Widerstand. Gellende Schmerzensschreie zeugten davon, dass ich die zwei getroffen hatte. Sie kippten nach vorn. Ich konnte nicht mehr sehen, wo und wie schwer ich sie verwundet hatte, denn ich stürmte bereits, ohne mich umzuschauen, in die Richtung, in die Guntwin und Mori geflohen waren. Hände griffen nach mir, Fußtritte trafen meine Unterschenkel, und die aufgebrachten Frauen und Männer spien nach mir. Doch als ich ihnen die blutigen Klingen unter die Augen hielt, wichen sie zurück und ließen mich widerstrebend, aber mit drohend in die Höhe gestreckten Fäusten durch.

Ich wusste nicht, wie viel Zeit vergangen war und ob mich das Messer des Mordbuben nur geritzt hatte. Erst als ich am Rand des Platzes abseits der Pfalz schwer atmend hinter einem Baum Schutz suchte, spürte ich einen leichten Schmerz. Bis hierher war mir niemand gefolgt. Auf dem Platz herrschte ein wirres Durcheinander. Einige Frauen riefen nach Hilfe für die Verletzten, und aus dem mächtigen Portikus vor der Pfalz kamen jetzt mehrere Männer in edlen Gewändern, die sich einen Weg durch die Menge bahnten.

Wo steckten Guntwin und Mori? Sie konnten nicht weit sein. Ich blickte mich um, als sich von hinten eine Hand auf meine Schulter legte. Ich fuhr zusammen.

»Wir wollten dich gerade da herausholen. Doch ich hätte wissen müssen, dass du unsere Hilfe nicht brauchst.«

Es war Grauwolfs raue Stimme, und mit ihm standen Rorich und Guntwin plötzlich neben mir. Wir reichten uns schweigend die Hände.

»Die Mordbuben«, sagte ich dann hastig. »Ich habe sie verletzt. Aber ich weiß nicht, ob sie sich nicht doch davonmachen können. Wir müssen schnell handeln und sie in Fesseln legen, bevor es zu spät ist.«

Rorich nickte entschlossen, griff ohne Zögern nach seinem Schwert und zog es aus der Scheide.

»Mir nach«, sagte er. »Der Schmied von Sitnia hat erzählt, was euch widerfahren ist. Überlasst jetzt alles mir.«

Bald darauf standen wir vor den Eisernen, die offenbar nur leicht verletzt worden waren. Sie hatten sich aufgerichtet und hielten sich die Oberarme. Beide starrten den Schmied von Sitnia und mich wütend an, wagten jedoch beim Anblick des Königsboten nicht, etwas zu sagen.

Die von mir niedergestochenen Mordbuben waren nirgends zu sehen. Zwei Blutlachen wiesen darauf hin, dass ich sie verletzt haben musste.

»Wo stecken die Galgenvögel?«, fragte Rorich einen der Eisernen.

»Galgenvögel?«, gab der Mann verständnislos zurück. Aber dann sagte er unsicher: »Sie haben sich zur Pfalz geschleppt, um dem König Bericht zu erstatten.«

»Ha! In die Pfalz!«, rief Grauwolf gereizt. »Dass ihr meine Gefährten für Mörder gehalten habt, verzeihe ich euch. Ihr konntet es nicht besser wissen. Aber dieses Geschmeiß ist geflohen und nicht beim König. Ihr hättet sie an der Flucht hindern oder auf der Stelle einen Kopf kürzer machen müssen!«

Die Reiter blickten betreten in die Runde. Aber woher hätten sie wissen können, dass wir keine Mörder und wer die beiden in Wirklichkeit waren? Rorich gab uns Zeichen, ihm in die Schatten der Bäume zu folgen.

»Ich werde eine Schar Scaras aussenden, die jedes Zelt und jedes Haus nach den Mördern durchsuchen sollen«, sagte er kurz darauf und fügte zuversichtlich hinzu: »Sie sind verwundet und können nicht weit gekommen sein.«

»Sie führen Grauwolfs Tochter als Geisel mit sich«, erwiderte ich. »Hildegund schwebt in Lebensgefahr.«

»Ich werde mit den Scaras gehen«, sagte Grauwolf entschieden. »Wir dürfen keine Zeit verlieren«, er schaute mich an. »Und du folgst Rorich und Guntwin. Ich dulde keinen Widerspruch.«

Wenig später war der Befehl an die Scaras erteilt, die sich sofort mit Grauwolf auf die Suche machten. Eine Beschreibung der Mörder war nicht nötig gewesen, da sie ihre Gewänder ganz sicher längst gewechselt und die bleichen Gesichter verändert hatten. Wir hofften, dass sie durch ihre Verletzungen auffallen würden.

Die Menschenmenge hatte sich in der Zwischenzeit verlaufen. Es war kein blutrünstiges Schauspiel mehr zu erwarten. Rorich führte Guntwin und mich über einen festen Weg zwischen der Pfalz und der Kirche hindurch zu einem kleinen, in einem Kiefernhain versteckt liegenden Kloster.

»Hier wartet auf Befehl des Königs euer Nachtlager auf euch«, erklärte Rorich, als wir den Innenhof betraten. »In diesem Kloster leben nur wenige Geistliche mit ihren Dienern. Jeder von euch bekommt eine Gästezelle. Odoaker hat Heriburg und Mori hierher geführt. Er wird sich bereits in die Königspfalz zurückgezogen haben, denn der Abt und ich haben unsere Lager in einem Wohngebäude, in dem auch die Gemächer Karls und des Papstes liegen. Wir können nur abwarten und auf den Erfolg der Suche nach den Mördern hoffen. Wir alle sollten jetzt ruhen.«

»Karl erwartet uns«, warf ich ein.

Rorich schüttelte den Kopf. »Nicht in dieser Nacht«, sagte er. »Ich habe ihm und dem Papst bereits über jede Einzelheit berichtet. Der König empfängt uns nach dem Morgenmahl. Dann werdet ihr von eurer Reise erzählen. Anschließend wird Karl sich auf die Jagd in den Wäldern des Osning begeben.«

Im Refektorium des Klosters erwarteten uns Heriburg und Mori bei einem Krug Bier. Sie begrüßten uns freudig, aber müde. Die dampfenden Ackerbohnen mit Schaffleisch, die uns kurz danach von einem griesgrämigen Mönch auf Holztellern gereicht wurden, zwang ich ohne Genuss in mich hinein, und selbst das Bier schmeckte fade und abgestanden.

Liudgers Schwester saß neben mir an einem klobigen Holztisch, auf dem mehrere Bienenwachskerzen flackerten, die einen angenehmen Duft und mildes Licht verbreiteten. Sie trug den Lederbeutel mit den rätselhaften Schriftzeichen bei sich, den Mori im Nusswald gefunden hatte.

Nachdem ich den leeren Holzteller zur Seite geschoben hatte, deutete sie auf die Tasche und sagte: »Uns ist der geheimnisvolle Reiter, dessen Eigentum dieser Beutel ist, auf der Reise nach Padrabrun nicht begegnet. Habt ihr herausgefunden, wer er ist?«

»Nein«, antwortete ich. »Aber er hat Vili das Leben gerettet.«

Ich erzählte ihr von den Ereignissen der vergangenen Tage.

»Ich glaube, dass er nicht unser Feind ist«, sagte sie.

Mori sagte leise. »Der Reiter ist in der Nähe. Ich ahne es – er ist in der Nähe.«

»Du musst es sagen: Ist da noch etwas?«, fragte ich, während Liudgers Schwester zuerst den Jungen und dann mich ungläubig anschaute.

»Nein – nein«, sagte Mori immer noch leise. Er wich dem prüfenden Blick Heriburgs aus und schaute auf die Tischbohlen. »Aber der Maskierte ist hier irgendwo«, fuhr er dann zögerlich fort. »Ich ahne es, seit ihr von ihm sprecht.«

Rorich war derweil aufgestanden und unterbrach jetzt das Gespräch, bevor Heriburg etwas erwidern konnte.

»In dieser Nacht wird nichts mehr geschehen«, sagte er. »Euer unbekannter und rätselhafter Freund ist vielleicht in Padrabrun. Doch er wird sicherlich den kommenden Tag abwarten. Oder er hat sich schon an die Spuren der Mörder geheftet. Dann werden wir es bestimmt von Grauwolf und den Scaras erfahren. Wie auch immer, etwas Ruhe bis zum Morgengrauen wird uns allen jetzt gut tun.«

Der Königsbote hatte Recht, obwohl ich kaum würde schlafen können. Gemeinsam mit den anderen ließ ich mich von dem griesgrämigen Mönch und Rorich zu einem dunklen Gang führen, an dem unsere Unterkünfte lagen. Vor der Tür zu meiner Zelle verabschiedete ich mich von ihnen. Der von einer Kerze schwach erleuchtete Raum maß zwei mal zwei Schritte und verfügte über eine schmale Fensteröffnung zum Innenhof hinaus. Ein Tischchen und ein vierbeiniger Schemel fanden sich in einer Ecke daneben. An der Wand gegenüber stand das Bett. Es bestand aus einer einfachen Holzbank mit einem offenbar erst vor kurzem gefüllten, sauberen Leinensack, denn der Duft frischen Strohs kroch wohltuend in meine Nase, als ich mich darauf ausstreckte und wider Erwarten rasch einschlief.

Laute Rufe ließen mich aus einem finsteren Traum hochschrecken, an den ich mich jedoch schon nicht mehr erinnern konnte, als ich aufrecht auf dem Lager saß und verwirrt um mich schaute. Doch ich brauchte nur kurz, um zu wissen, wo ich war. Durch das schmale Fenster drang erstes graues Tageslicht in den kleinen Raum. Wieder ertönten die Rufe. Sie kamen vom Innenhof. Dann verfiel jemand in lautes Schluchzen.

Eilig schwang ich mich vom Bett auf, tastete unter mein Wams, wo ich die Messer spürte, und riss die Tür auf. Der Gang lag im Zwielicht vor mir. Jetzt hallten Stiefeltritte und lärmende Stimmen aus dem Refektorium durch das Halbdunkel. Ich verharrte einen Augenblick, bevor ich die wenigen Schritte zum Speiseraum des Klosters hastete.

Am Ende des langen Tisches hockte Grauwolf, den massigen Kopf in die Hände gestützt. Sein breites Gesicht wirkte eingefallen und blass. Neben ihm saß Rorich, der dem Grafen eine Hand auf den Arm gelegt hatte und auf ihn einredete. Beide bemerkten mich nicht, während vier Scaras, die vorher lautstark miteinander gesprochen hatten, bei meinem Anblick verstummten.

Ich ging langsam auf Rorich und Grauwolf zu. Als ich vor ihnen stand, blickten beide gleichzeitig auf.

»Was ist geschehen?«, fragte ich.

Grauwolf schwieg, doch der Königsbote erwiderte mit gedämpfter Stimme: »Sie haben das Zelt der Mörder gefunden. Es lag abseits des großen Lagers an den Hängen des Osning und versteckt in einer von dichtem Gestrüpp bewachsenen Felsengruppe ...«, er hielt inne und schaute Grauwolf von der Seite an.

»Und?«, fragte ich vorsichtig. »Habt ihr sie?«

Grauwolf nickte matt. »Ja, wir haben sie«, antwortete er niedergeschlagen.

»Dann – dann ist die Jagd also vorbei?«

»Sie fängt erst an«, er wischte sich mit einer Hand übers Gesicht. »Wir fanden nicht die Mörder, sondern Hildegund. Sie ist tot.«

»Nein!«, rief ich bestürzt. »Bei allen Göttern, das ist nicht wahr!«

»Meine Tochter starb durch die Hand der Dämonen«, Grauwolf schaute mich jetzt an. »Sie haben sie getötet und ihr ein Pergament auf die Brust gelegt. Dann sind sie geflohen. Sie müssen einen oder mehrere Helfer haben. Wie sonst konnten sie bei ihren Verletzungen fliehen? Die Jagd auf diese scheußlichsten aller Raubtiere in Menschengestalt wird erst jetzt wirklich beginnen, das schwöre ich bei Odin.« Er griff in seinen Waffengurt, zog ein kleines Pergament hervor und hielt es mir hin. »Es ist an uns gerichtet«, sagte er.

Ich brauchte eine Weile, um die Worte des Grafen begreifen zu können.

»Lies, Bardo«, sagte der Graf. »Lies das Pergament.«

Ein Blick reichte, um zu erkennen, dass die Schrift nicht von der gleichen Hand stammte wie auf dem Pergament aus dem Nusswald. Die Botschaft war also vermutlich von einem Fremden im Namen der Mörder geschrieben worden. Ich las sie laut vor:

»Wäre unser Plan gelungen, hätten wir unser Leben in Frieden und unerkannt in den Wäldern Westfalens fortführen können. Die fünf Männer Grauwolfs in den Baumbergen, der Bote des Grafen und der Scarareiter, der Berowulf hieß, starben, weil sie uns zufällig entdeckten. Ihre Leichen verrotten in den Wäldern und Mooren Westfalens. Auch die Friesen und die Scaras im Domänenwald gingen diesen Weg. Und hätten die Flussräuber die Burg am Hellweg nicht überfallen, wären Bardo der Westfale und Guntwin aus den Eisenfelshügeln mit seinem Sohn in der gleichen Nacht durch das Beil des Henkers gestorben, das wir geschärft hatten. Ihr wisst, jeder, der sich uns entgegenstellt, stirbt! Doch es ist der gottlose Papst, dem unser ganzer Hass gilt. Bardo jedoch verhinderte unsere Rache an Leo. Nun wird Leo vor dem Frankenkönig in die Knie sinken, um sein verfluchtes Leben zu retten. Wir konnten es nicht verhindern. Der Verräter wird wie wir nach Rom zurückkehren und dort sterben. Er kann uns nicht entkommen.«

Ich legte das Pergament nachdenklich vor Grauwolf auf den Tisch. Im Gesicht des Grafen zeigte sich keine Regung, als er sagte: »Ich will nur eins: Hildegunds Leben rächen. Und ich will, dass du mir dabei hilfst.«

»Das werde ich. Sie haben nichts von Hildegund geschrieben. Ich glaube, deine Tochter musste sterben, weil sie ihre Mörder kannte. Sie haben uns einen Hinweis gegeben. Sie sind nach Rom geflohen. Wenn die Götter es wollen, folgen wir ihnen, das verspreche ich.«

»Ihr wisst«, sagte Rorich, »dass Karl uns bald sehen will. Ich habe ihm bereits über den Mord an Grauwolfs Tochter berichtet. Er befahl mir, euch vorher von den Geschehnissen in Rom zu erzählen. Odoaker sollte diese Aufgabe übernehmen. Doch der Abt verließ noch in der Nacht die Pfalz und ist bisher nicht zurückgekehrt …«

»Odoaker!«, entfuhr es mir.

Rorich machte eine unwillige Handbewegung.

»Nein!«, sagte er laut. »Ich weiß, du verdächtigst ihn als Genossen der Mörder. Aber bei Gott, das glaube ich nicht. Und nun hört, was uns Alkuin, der geistliche Berater Karls, über das, was sich in Rom zutrug, berichtet hat. Am Tag des heiligen Markus, das ist der fünfundzwanzigste Tag des Ostarmanoth, führte Papst Leo die jährliche Reiterprozession zur Kirche St. Laurentius an. Die höchsten kirchlichen Würdenträger ritten mit ihm, und das Volk Roms drängte sich in den Straßen der Stadt, um den päpstlichen Segen zu erbitten. Während die Menschen jubelten, so schreibt Alkuin, erschien mit einem Mal eine bewaffnete Schar. Die vermummten Männer drängten sich rücksichtslos durch die Menge, stießen den Summus Pontifex vom Pferd und schlugen auf ihn ein. Schließlich rissen sie ihm die Kleider vom Leib und versuchten, ihn mit glühenden Eisen zu blenden und ihm die Zunge herauszuschneiden. Doch wie durch ein Wunder sind Leo Augenlicht und Zunge erhalten geblieben. Halbtot und nackt ließen ihn die Unbekannten im Staub liegen, weil sie glaubten, ihr blutiges Werk wäre vollendet. Einige Hilfsbereite aus dem Volk hoben ihn danach auf und trugen ihn ins nahe Kloster St. Erasmus.«

»Dieser Papst scheint mächtige Feinde zu haben«, sagte ich. »Dafür muss es Gründe geben.«

»Leo hat nicht nur Freunde. Ihr werdet auch erfahren, warum«, setzte Rorich seine Erzählung fort. »Der Papst entstammt keiner Senatoren-Familie Roms und auch nicht dem Adel. Er war ein einfacher Priester, bevor er auf den heiligen Stuhl erhoben wurde. Man sagt, seine Vorfahren kämen aus Kleinasien. Viele einflussreiche Familien, Angehörige des Lateranpalastes und hohe Mitglieder des heiligen Stuhls, die das höchste Amt der Kirche für sich selbst oder einen der ihren beanspruchten, haben seine Wahl offensichtlich übel genommen, schreibt Alkuin. Anführer des Aufstandes in Rom soll ein Neffe Papst Hadrians I., des Vorgängers Leos III., sein. Aber es sind auch Gerüchte im

Umlauf, die noch etwas ganz anderes besagen. Danach hat Leo III. Meineide geschworen, Ämterverkauf betrieben und der Völlerei und Hurerei gefröhnt. Frauen sollen in seinem Auftrag getötet worden sein, wenn sie ihm nicht zu Willen waren.«

»Was hat es mit den Edelmännern auf sich, von denen Abt Odoaker in Sitnia sprach?«, fragte ich. »Mir kommt der Verdacht, dass ihre Rache sich gar nicht gegen die Wahl des Papstes, sondern gegen seine Verbrechen richtet, von denen du zuletzt sprachst.«

Rorich schaute mich lange an, bevor er antwortete.

»Das waren auch Odoakers Worte«, sagte er dann. »Der Abt erzählte mir folgende Geschichte: Im Jahr 796 starben eine junge Frau und ihre Eltern in Rom durch die Klinge eines Meuchlers. Leo III. hatte sich dem Mädchen genähert, doch sie wies ihn ab. Man glaubt, der Papst hätte den Mörder aus verletzter Eitelkeit selbst gedungen. Einer der Edelmänner, sein Name ist Crispin, ist der Bruder der Ermordeten, und der andere mit Namen Rado war ihr versprochen ...«

»Crispin und Rado!«, rief ich aus. »Das sind die Namen, die Vili am Ufer der Lippe hörte! Es sind die Namen der Mörder! Nun wissen wir, was ihren Hass auslöste!«

Grauwolf und Rorich starrten mich verblüfft an. Ich erzählte ihnen mit wenigen Worten von den Ereignissen am Hellweg. »All die Morde wären nicht geschehen, wenn wir gewusst hätten, in welcher Gestalt Crispin und Rado in Westfalen gelebt haben«, sagte ich zum Schluss. »Noch auf Grauwolfs Burg, bevor wir loszogen, hätten wir ihrem grauenvollen Treiben ein Ende machen können, denn sie müssen dort gewesen sein.«

Grauwolf nickte. »Aber damit zu hadern ist nun müßig, die Götter haben es nicht anders gewollt. Wir wissen jetzt, mit wem wir es zu tun haben. Ich frage mich, woher die beiden von dem Überfall auf den Papst wussten, da sie doch in Westfalen lebten.«

»Der Bote des Papstes«, erwiderte Rorich. »Der Bote Leos III., der im Winnemanoth die Nachricht über den Anschlag in Rom von Regensburg nach Aachen und von dort nach Westfalen trug. Dieser Mann war Desmond, den du kanntest und den auch Crispin und Rado kannten.«

»Desmond?«, sagte Grauwolf erstaunt.

»Ja. Er war, wie du weißt, ein enger Vertrauter des Papstes. Und

Odoaker hegt den Verdacht, Desmond könnte auch der Mörder von Crispins Familie gewesen sein. Die beiden werden ihn im Nusswald erkannt haben.«

»Bei allen Göttern!«, rief der Graf und sprang auf. »Das erklärt vieles!«

Rorich schaute jetzt zu den vier Scaras hinüber, die im Eingang zum Refektorium standen und leise miteinander sprachen. »Ich werde einen der Männer zu Graf Adalhard schicken, dem Mundschenk des Königs, um uns anzumelden«, sagte er dann.

Durch die hohen Fenster fiel helles Tageslicht in den Raum. Als Ranghöchste würden der König und Leo III. ihr Mahl jetzt beendet und sich in ihre Gemächer zurückgezogen haben. Vom Hof in Aachen kannte ich die Reihenfolge an der Tafel des Königs, die mit Karl als Erstem begann, der von seinen Herzögen und Fürsten bedient wurde. Anschließend wurde diesen von den Grafen, Statthaltern und anderen Würdenträgern des Reiches aufgetragen, und die wiederum ließen sich danach von den Offizieren der Palastwache, Beamten des Hofes und höheren Dienern das Essen reichen, bis schließlich als Letzte die untersten Diener aßen.

In der Zwischenzeit waren auch Heriburg, Guntwin und Mori aus ihren Gästezellen gekommen. Sie saßen bei uns, tranken von dem mit Wasser verdünnten Wein und aßen frisch gebackenes Brot mit Speck. Die Nachricht über Hildegunds Tod und die Flucht der Mörder rief Bestürzung und Trauer bei ihnen hervor, und Heriburg konnte den Lauf ihrer Tränen lange nicht aufhalten, bis wir endlich den Ruf zum König erhielten.

Rorich ging voran. Während Guntwin und Mori im Refektorium blieben, führte der Königsbote Heriburg, die den geheimnisvollen Lederbeutel bei sich trug, Grauwolf und mich zur Pfalz, in der die weitläufigen Gemächer des Frankenherrschers lagen. Für mich war es nicht das erste Mal, dass ich vor ihn treten würde. Und doch fragte ich mich, was uns erwartete, denn meine gefährlichsten Abenteuer hatte ich immer dann erlebt, wenn der König mich zu sich gerufen hatte. Ich konnte mir allerdings nicht vorstellen, dass sich noch Schlimmeres ereignen konnte, als das, was meine Gefährten und ich in den vergangenen Tagen und Nächten erlebt hatten.

Karl empfing uns stehend. Sein mächtiger Körper warf einen langen Schatten auf den steinernen Boden. Der großen und kräftigen Gestalt des Königs fehlte das Ebenmaß. Er war für die Jagd gekleidet und trug lederne Wickelgamaschen, feste Rindlederstiefel und Hosen aus braun gefärbtem Leinen. Das ebenfalls leinene Wams konnte den mächtigen Bauch kaum verdecken. Auch der runde Kopf und sein etwas feister, zu kurz geratener Nacken machten ihn nicht zu einem schönen Mann. Er war sehr alt, fast sechzig Sommer hatte er gelebt, viel mehr als die meisten Menschen, und sein langes, ehemals blondes Haupthaar war ergraut. Doch seine wachen hellblauen Augen wirkten jung und blickten uns klar und befehlsgewohnt an, als wir eintraten.

Der König war nicht allein. Eine zweite, beinahe ebenso große, aber schmalere männliche Gestalt in einem langen Umhang und hochgeschlagener Kapuze wandte uns den Rücken zu. Sie stand vor der mit Teppichen behangenen Stirnwand und betrachtete augenscheinlich die farbigen Darstellungen auf den Wandbehängen, die den leidenschaftlichen Jäger Karl in unterschiedlichen Ansichten zeigten. Dieser Mann war nicht Leo III., wie ich erwartet hatte, denn Rorich hatte den Papst als klein und rundlich beschrieben. Auch Odoaker, der Abt, konnte es nicht sein, ihn hätte ich sofort erkannt. Wer war der Unbekannte, den Karl offensichtlich ins Vertrauen zog?

»Hier sind die Männer, die du gerufen hast«, sagte Rorich jetzt in wohl gesetztem Ton.

Der König antwortete nicht sofort. Er betrachtete uns eingehend. Eine Weile schlich sich eine bedrückende Stille in den Raum. Der Fremde kehrte uns weiter den Rücken zu und machte keine Anstalten, sich uns zu zeigen.

»Ja, ich erkenne sie«, sagte Karl dann mit seiner ungewöhnlich hellen Stimme, die so gar nicht zu dem massigen Äußeren passte. Er blieb am Fenster, lehnte sich mit einem Arm auf den Sims und winkte uns heran. Drei Schritte vor ihm blieben wir stehen.

»Graf Grauwolf«, sagte der Herrscher gleich darauf ohne Übergang. »Der Tod deiner Tochter Hildegund betrübt mich. Sie starb einen sinnlosen Tod. Aber ihre Seele ist bei Gott.«

In seinem breiten Gesicht zeigte sich ehrliche Betroffenheit. Karl liebte seine Töchter überschwänglich und achtete zudem eifersüchtig auf den Umgang, den sie pflegten.

»Ich rief dich und den Schmied Bardo«, fuhr er fort, »weil ich eure Treue und Verschwiegenheit kennen und schätzen lernte. Ihr wisst, wovon ich spreche, denn die Taufe eures kühnen Herzogs Widukind und seines Getreuen Abbio im Namen unseres einen Gottes ist eurer Tapferkeit und eurem Mut zu verdanken, das habe ich nicht vergessen.«

Von meiner Tat im Maurenland vor vielen Jahren, durch die ich sein Leben rettete, schwieg er wie immer in Gegenwart anderer.

Grauwolf hob seinen Kopf und schaute dem nur um weniges größeren König in die Augen.

»Ich musste auf dem Märzfeld des Jahres 783 einen Eid auf dich ablegen«, sagte er bitter. »Ich habe diesen Eid all die Jahre nie gebrochen. Und nun starb Hildegund. Sie starb auch für dich. Ich verlange Rache an den Mördern. Ich verlange, dass du mir freie Hand gibst, bis ich sie gefunden habe.«

Karl löste sich vom Fenstersims und ging durch den Raum. Nur wenige Fuß hinter dem Unbekannten blieb er stehen.

»Deine Trauer ehrt dich, Graf«, sagte er bedächtig. »Nicht jeder Vater liebt seine Tochter so sehr wie du. Dein Wille zur Vergeltung ist übermächtig. Ich habe nichts anderes erwartet. Nun, du sollst den Mördern folgen. Das will ich dir zugestehen. Du sollst treue Gefährten an deiner Seite haben. Doch zuvor gibt es einiges, das ihr, die ihr in diesem Raum seid, wissen sollt.« Er hielt inne. Die schwüle Luft legte sich schwer auf uns.

»Ihr wisst bereits, dass Leo III. in Rom überfallen wurde«, fuhr Karl fort. Seine Stimme bekam einen zornigen Klang. »Die Morde, die hier im Sachsenland, das jetzt zum Frankenreich gehört, seinetwegen und wegen seines ungebührlichen Verhaltens in der heiligen Stadt begangen wurden, wären vermutlich nicht geschehen, wenn der Papst meinen Weisungen von Anfang an gefolgt wäre. Doch niemand konnte ahnen, dass in den Wäldern Westfalens Männer lebten, denen Leo schon vor Jahren schweres Leid zugefügt hatte und die nur darauf warteten, dass es in Rom zu einem Anschlag kommen würde, bei dem der Papst entweder sterben oder in mein Reich nördlich der Alpen fliehen müsste, wo sie ihn und alle, die zu ihm gehören oder für ihn reiten, töten konnten. Erst durch eine rätselhafte Botschaft, deren Urheber seinen Namen nicht genannt hat, habe ich davon erfahren. Am Tag zuvor war Odoaker, der Abt und Bote Leos, von Rom nach Aachen gekommen. Ich schickte ihn sofort mit Rorich zu euch, denn es bestand der Verdacht, dass diese Männer in eurer Nähe lebten, was sich als richtig herausstellte. Die ersten Morde waren schon geschehen, und Graf Grauwolfs Tochter befand sich in den Händen der Mordgesellen, denen der Hass nur den Gedanken an Rache und Tod ließ«, Karl hob seine Stimme. »Noch vor einem Jahr forderte ich den Papst auf, gegen die Simonie vorzugehen«, sagte er dann laut. »Leo tat nichts. Dann wurde er tatsächlich im Ostarmanoth fast geblendet und erschlagen. Es mag ein Zeichen Gottes sein, dass Leo mit Hilfe des Kämmerers Albinus und im Schutz meines Grafen Winniges, der zufällig mit Truppen in Spoleto lagerte, fliehen konnte. Ich rief euch hierher, damit ihr das Leben dieses Papstes unauffällig schützt, denn er soll zum Dank für seine gnädige Aufnahme durch mich im nächsten Jahr eine wichtige Handlung für mich und mein Reich vornehmen. Doch nun hat sich durch die grausamen Morde vieles geändert. Ich befehle euch daher, noch vor Leo die Reise nach Rom anzutreten, wo ihr die Mordbuben ohne Aufsehen stellen und, wenn nötig, töten sollt. Ihr habt drei Tage Zeit, um euch vorzubereiten. Ich vertraue euch mehr als den meisten meiner Vasallen. Und ich befehle euch bei der Strafe am Haupte über alles, was in diesem Raum gesprochen wurde, zu schweigen.«

Der König unterbrach sich und schaute zum Fenster hinüber.

»Zeig dich«, sagte er dann unvermittelt.

Wir warteten gebannt darauf, dass der Mann sich zu uns umdrehen würde. Er ließ sich Zeit, bis er schließlich nach der Kapuze griff und sie nach hinten warf. Im gleichen Augenblick fielen ihm lange weiße Haare über die Schultern, und im Licht des junges Tages zeigten sich grässliche Brandwunden auf beiden Händen.

Asmund, dachte ich verblüfft. Trug der Flussräuber jetzt falsche Haare, wie ich sie am Hof in Aachen bei Gauklern, Wahrsagerinnen und Schauspielern gesehen hatte? Wagte er sich nach dem Überfall auf die Burg der Franken hierher nach Padrabrun? Langsam wandte er sich um.

Der Mann war nicht Asmund. Vor uns stand der geheimnisvolle Reiter, der Vili zu den Flussräubern gebracht und den die Mordbuben offenbar so sehr gefürchtet hatten, dass sie vor ihm geflohen waren.

Ich spürte, wer er war, obwohl er sich hinter einer fein geschnitzten Holzmaske verbarg, die das starre Antlitz eines uralten Mannes zeigte.

Die Bewegungen seiner Arme und seines Körpers waren mir vertraut. Und doch konnte es nicht sein, denn der Mann, den ich erkannt zu haben glaubte, lebte nicht mehr. Oder war die Nachricht von seinem Tod, die mich vor vielen Jahren erreicht und sehr traurig gemacht hatte, nichts als ein Gerücht gewesen?

»Nimm die Maske ruhig ab, Wanderer«, sagte Karl. »Sie werden sich an deinen Anblick gewöhnen müssen.«

»Wanderer? Arn?«, stieß ich überrascht und freudig zugleich hervor. Die Ahnung, die mich bereits bei unserer ersten Begegnung im Nusswald ergriffen hatte, war doch nicht falsch gewesen.

»Ja, Bardo, ich bin es«, sagte der Weißhaarige jetzt.

Es war unverkennbar Arns Stimme. Er nahm die Maske mit beiden Händen und zog sie vorsichtig vom Gesicht. Im ersten Augenblick sah ich nur die vernarbten, vom Feuer zerstörten Züge, die denen Asmunds glichen, und schrak heftig zusammen. Aber dann erfasste mich der Blick seiner schwarzen Augen, und ich wusste mit letzter Sicherheit, dass der tot geglaubte Arn lebte.

Auch Grauwolf kannte ihn, denn wir hatten gemeinsam mit Arn und Vili das Abenteuer um den schwarzen Priester Berengar und den Ring des Thor bestanden. Im Gesicht des Grafen standen Erstaunen und Freude über das unverhoffte Erscheinen des alten Gefährten.

Der König würde mir nicht die Zeit geben, Fragen zu stellen. Nach einer Zeit der Stille, die selbst Karl erfasst hatte, ging Liudgers Schwester mit hoch erhobenem Kopf auf Arn zu. Sie nahm den Lederbeutel von der Schulter und hielt ihn dem Wanderer hin.

»Ich weiß nicht, wer du bist«, sagte sie mit klarer Stimme. »Aber du genießt das Vertrauen des Königs und das meiner Gefährten. Du hast Vilis Leben gerettet. Du bist ein Freund. Nimm den Beutel«, sagte sie dann. »Ich habe ihn für dich aufbewahrt. Kein Silberstück fehlt. Eins aber möchte ich wissen: Was meinen die rätselhaften Schriftzeichen, die weder Bardo noch ich lesen können?«

In Arns entstelltes Gesicht trat ein Lächeln. »Ich werde es dir verraten. Ich verlor den Beutel im Nusswald, als ich die Mordbuben verfolgte. Er ist ein Geschenk König Offas von Mercia auf der Insel Britannien, der ein Weggenosse eures Königs ist.«

Der Wanderer nahm die Ledertasche und hielt die Seite mit den rätselhaften Zeichen ins Licht.

»Dies ist die geheime Schrift keltischer Druiden«, sagte er. »Nur wenige können sie heute noch lesen. Sie ist vor undenklichen Zeiten geschrieben worden. Ich weiß, was die Schrift bedeutet, denn der Beutel enthielt einst ein Losorakel, das die Alten warfen, um in die Zukunft zu sehen. Die Zeichen im Leder sollen böse Mächte und Zauberer abwehren, die sich des heiligen Orakels unrechtmäßig bedienen oder es stehlen wollen.«

»Heidnische Gebräuche, die Offa so wenig duldet wie ich! Genug davon!«, unterbrach Karl ihn ärgerlich und wandte sich uns zu. »Ihr werdet noch viele Fragen an Arn haben. Er wird sie euch auf dem Weg nach Rom beantworten, denn er soll zusammen mit Graf Rorich, der jeden noch so versteckten Winkel der Stadt kennt, mit euch reiten. Wen ihr außerdem an eurer Seite haben wollt und wie ihr reist, entscheidet ihr selbst.« Er schaute Heriburg an. »Du bist Liudgers Schwester«, stellte er fest. »Du darfst mit Leo und seinem Gefolge in die heilige Stadt reiten, wie du es dir gewünscht hast. Dort wirst du Graf Grauwolf und die anderen zu gegebener Zeit treffen, wenn sie ihre Mission erfolgreich beendet haben, und unter ihrem Schutz in den Nusswald zurückkehren, wo ich dich als Äbtissin des Klosters sehen will.« Er hielt inne. »Alles ist gesagt. Ihr dürft gehen.« Er ging mit weiten Schritten auf eine kaum erkennbare Tür neben dem Wandbehang mit den Jagdbildern zu.

Der König hatte mit keinem Wort den nächtlichen Raubzug der Flusspiraten erwähnt, von dem er längst unterrichtet sein musste. Gab es dafür einen Grund? Und noch etwas fiel mir ein.

»Halt!«, rief ich, als Karl die Tür schon erreicht hatte.

Er drehte sich um. Seine hellen Augen suchten mich. »Was gibt es noch, Schmied?«, fragte er unwillig.

»Abt Odoaker. Wo steckt der Bote des Papstes? Wird er uns nicht begleiten?«

»Odoaker ist ein Mann Leos, frage ihn!«, antwortete Karl laut und ungehalten. »Und nun geht!«

Er machte eine herrische Bewegung mit beiden Armen und verschwand gleich darauf durch die Tür, die sich mit einem dumpfen Laut hinter ihm schloss.

Rom

Den Rest des Tages verbrachten wir mit ersten Vorbereitungen für die weite Reise, die uns über die mächtige Gebirgswand der Alpes und weiter in den Süden führen würde. Dann begannen wir mit der Suche nach Odoaker. Im Gefolge Leos III. wusste niemand etwas über den Aufenthalt des Abtes. Der Papst hatte ihm keinen Geheimauftrag erteilt, wie Albinus, der Kämmerer Leos, versicherte. Zum letzten Mal war Odoaker gesehen worden, als er Heriburg und Mori in der Nacht ins Kloster geführt hatte. Danach verlor sich seine Spur, denn er hatte sein Lager im Wohngebäude der Pfalz nicht angerührt.

»Ich verstehe das nicht«, sagte Rorich am Abend. »Odoaker ist kein Mann des Verrates. Er spricht nicht mit gespaltener Zunge. Womöglich haben die Mordbuben ihn gezwungen, vielleicht sogar getötet, wenn sein Verschwinden überhaupt etwas mit ihnen zu tun hat.«

Wir saßen um ein Feuer, über dem an einem langen Eisenspieß zwei Vorderschinken eines jungen Keilers brieten. Mori und Guntwin hatten das Feuer auf einer kleinen Lichtung im Kiefernhain vor den Mauern des Klosters aus dem harzreichen Holz der Umgebung aufgeschichtet und angezündet. Wie schon an den Tagen zuvor herrschte warmes Sommerwetter, und der von den funkelnden Lichtern der Götter übersäte Himmel spannte sich blauschwarz und wolkenlos über uns. Ein lauer Sundroni trug Gelächter, Musik und vielfältige Gerüche vom großen Platz vor der Pfalz und aus dem weiter entfernten Heerlager zu uns herüber.

»Sie haben ihn nicht umgebracht. Er hat etwas mit ihnen zu tun. Er ist ihr Helfer«, sagte ich zu Rorich. »In den Eisenfelshügeln sagte Odoaker selbst, dass er die beiden kennt. Er hat ihre bestialischen Taten zwar nicht entschuldigt, aber er sprach von jungen, hoffnungsvollen Männern, die einmal ganz anders gelebt hätten. Wir wissen jetzt, was vor vielen Jahren in Rom geschehen ist. Manch einer kann ihren Hass sogar nachfühlen, wären da nicht die furchtbaren Morde. Hat Odoaker je davon erzählt, wie er wirklich zu ihnen steht? Sie müssen verwundet sein. Deshalb haben sie ihren ruchlosen Plan in Padrabrun nicht zu Ende bringen können. Wer sollte das Pergament geschrieben und ihnen zur Flucht verholfen haben, wenn nicht der Abt?«

»Das weiß ich nicht«, gab Rorich zu. Er schaute Mori an, der ihm gegenüber zwischen Guntwin und Arn saß. »Ich hörte, du hast das zweite Gesicht«, sagte der Königsbote. »Ich glaube nicht an diesen Zauber, aber nun frage ich dich doch: Weißt du etwas?«

Der Blick des Jungen suchte das Dunkel des Hains. Er schüttelte verzagt den Kopf.

»Nein«, sagte er leise. »Ich weiß nichts, und ich ahne auch nichts. Ich bin traurig über Hildegunds Tod. Vielleicht hätte ich sie retten können. Als wir nach Padrabrun kamen, hätte ich spüren müssen, dass sie in großer Gefahr ist. Aber das haben die Götter mir nicht gezeigt.«

»Du trägst keine Schuld, Junge«, sagte Arn jetzt. »Niemand ist schuldig, außer den Mordgesellen. Und selbst sie sind durch ihr Schicksal erst zu diesen Scheusalen geworden. Doch Hass, wie er die Mörder umtreibt, ist der schlechteste, ein zerstörerischer Ratgeber. Hass lässt den Menschen nicht mehr zwischen Gut und Böse unterscheiden. Er macht blind und tötet jeden guten Gedanken, bis er auch die tötet, die er beherrscht.« Er wandte sich an mich. »Was den Abt betrifft, bin ich mir gar nicht sicher, dass er den Mordbuben wohl gesinnt ist, Bardo«, sagte er. »Du solltest niemanden verdächtigen, von dem du so wenig weißt. Auf dem Weg nach Rom ist viel Zeit, um Fragen zu stellen und Antworten zu finden. Wir werden früh genug erfahren, was in der vergangenen Nacht wirklich geschehen ist. Und wir alle müssen uns selbst davor hüten, dass der Hass unseren Blick trübt.«

In dieser Nacht saßen wir nicht mehr lange zusammen. Rorich war ins Heerlager geritten, wo er sich noch einmal nach Odoaker umhören wollte. Wir anderen trauerten mit Grauwolf um Hildegund, deren Leichnam am folgenden Tag auf dem Totenacker Padrabruns der Erde übergeben werden sollte.

In der Mittagszeit trugen wir den Sarg mit Grauwolfs Tochter zum Totenacker, der hinter dem Kloster an den Hängen der Asenberge und außerhalb des Erdwalles lag. Rorich war noch nicht zurückgekehrt, aber Guntwin und Mori, Heriburg, Arn und ich begleiteten Grauwolf auf diesem schweren Gang. Wir standen lange schweigend an dem frischen Grabhügel, bis uns plötzlich dumpfer, näher kommender Hufschlag aufhorchen ließ. Das Geräusch kam aus einem weitläufigen Kiefernhain im Nordwesten.

Ich erkannte den Reiter sofort, der kurz darauf, weit über den Hals seines Pferdes gebeugt, zwischen den Bäumen auftauchte. Es war Vili. Er schwang sich, kaum dass er uns gesehen hatte, aus dem Sattel und lief die letzten hundert Fuß zwischen den Gräbern hindurch auf uns zu. Die Heilkunst der Flussräuberfrauen hatte ihn offenbar schneller genesen lassen, als ich zu hoffen gewagt hatte.

»Im Lager erzählte man mir, was geschehen ist«, brachte er keuchend hervor, als er nur noch wenige Schritte vom Grab entfernt war. Der rote Haarschopf war zerzaust, seine grünen Augen fieberten von der Anstrengung des Rittes, und Schweiß rann über sein schmales, von feinem Staub bedecktes Gesicht. »Hildegund«, sagte er schwer atmend. Er blieb auf der anderen Seite stehen. »Ist es wahr? Haben die Dämonen sie getötet?«

Grauwolf nickte. »Ja. Sie liegt zu deinen Füßen, junger Franke«, sagte er schleppend. »Sie ist bei Hel.«

Mein Gefährte sank wortlos auf die Knie. Seiner Brust entrang sich lautes Schluchzen. Keiner sagte etwas, denn jeder wusste um die Liebe, die Vili für Grauwolfs Tochter empfunden hatte.

Betretenes Schweigen lag über dem Totenacker, bis Arn schließlich sagte: »Grauwolfs Tochter ist für alle Zeiten gegangen. Sie ist in der Welt der Toten, aus der selbst die Götter nicht zurückkehren. Diese Welt aber gehört uns, den Lebenden, meine Freunde. Es liegt bei uns, die Mörder zu stellen und ihnen den Garaus zu machen. Morgen brechen wir auf.« Er trat an Vili heran, der mit Tränen in den Augen zu ihm aufblickte. »Du kommst von Asmund. Ich habe sogleich gespürt, dass etwas nicht stimmt. Willst du uns berichten, was geschehen ist?«

»Die Eisernen kamen vom Fluss und durch das Moor«, erzählte Vili wenig später stockend, als wir im Refektorium des kleinen Klosters saßen. »In der Nacht, nachdem Bardo mit Guntwin und Mori Asmunds Unterschlupf verlassen hatte, waren sie plötzlich da. Sie schossen brennende Pfeile auf die Schilfdächer ab. Viele der Flussräuber starben im Schlaf durch das Feuer. Die anderen haben gekämpft wie entfesselte

Trolle, doch ihre Gegner waren zu zahlreich. Alle Männer und sogar die Frauen und Kinder, die dem Feuer entkommen waren, endeten unter den Schwert- und Axthieben der Franken. Als einer der Letzten starb Asmund nach blutigem Kampf durch einen heimtückischen Pfeil ins Genick.«

»Ich hatte ihn gewarnt«, sagte Arn, und in seiner Stimme schwang tiefe Trauer. »Weißt du, wie die Eisernen das Versteck gefunden haben?«

»Zwei der Franken sind noch während des Überfalls auf die Burg am Hellweg aufgewacht. Sie haben die Flussräuber bis zu ihrem Unterschlupf verfolgt und die Wachen ausgekundschaftet. Sie konnten die ahnungslosen Wächter mit Leichtigkeit durch gezielte Pfeilschüsse töten. Ich habe mitangehört, als sie es sich unter hämischem Lachen zuriefen, während sie die Flusspiraten niedermachten.«

»Den Göttern sei Dank, dass du lebst«, sagte ich jetzt. »Aber wie bist du den Franken entkommen?«

»Du erinnerst dich an die Kate, in die Asmund mich gebracht hatte? Sie lag abseits der übrigen und ein paar hundert Fuß vom Haupthaus entfernt. Zwar brannte auch das Dach meiner Hütte, aber ich konnte mich ungesehen nach draußen und in das dichte Schilf am Ufer retten. Der Kampf wütete vor dem Haupthaus. Alles ging sehr schnell. Nachdem keiner der Flussräuber mehr lebte, ließ eine Gruppe Eiserner die Pferde von der Weide. Doch sie achteten nicht auf einzelne Tiere, sondern trieben die, die sie erwischen konnten, über den Knüppeldamm vor sich her. Ich wartete bis zum Morgengrauen, dann fing ich mir ein versprengtes Pferd ein und machte mich ebenfalls durch das Moor auf den Weg nach Padrabrun.«

»Und deine Verletzungen?«

»Sind gut verheilt. Ich habe kaum noch Schmerzen. Die Frauen der Flussräuber beherrschten die Heilkunst wahrlich gut.«

Vili schaute Grauwolf an.

»Da ist noch etwas«, sagte er bedeutungsschwer. »Asmund schickte am Morgen, nachdem Bardo und die anderen den Unterschlupf verlassen hatten, zwei als Fischer verkleidete Männer mit einem Einbaum zur Insel an der Furt. Die zwei kehrten in der Abenddämmerung zurück, noch vor dem Überfall der Franken. Sie haben den alten Hunold mit durchschnittener Kehle und gebrochenem Genick in seiner Hütte aufgefunden. In einer Ecke der Kate fanden sie ein Lager, Hanfseile, Knebel und diese Bronzefibel«, er griff in sein Wams und legte ein kunstvoll geschmiedetes Schmuckstück auf den Tisch. »Sie gehörte Hildegund«, sagte er. »Ich habe sie sofort erkannt.«

Grauwolf nickte nur stumm, während Mori wie von einem Zauber gebannt auf die Fibel starrte.

»Ich hab es geahnt«, flüsterte er. Dann schaute er Guntwin und mich an. »Wir hätten in der Kate nachsehen müssen, als wir durch die Furt ritten«, sagte er mit bebender Stimme. »Hildegund war in der Hütte des Fischers gefangen. Dort hatten die Mörder ihr Versteck.«

Mich überkam ein bedrückendes Gefühl. Niedergeschlagen blickte ich zu Boden. Wir waren nur wenige Schritte von Grauwolfs Tochter entfernt gewesen und hätten sie aus den Klauen der Dämonen befreien können.

»Auch ich stand vor Hunolds Kate und habe sie nicht betreten«, sagte Vili betroffen. Er fuhr sich wiederholt mit einer Hand übers staubige, von Schweiß und Tränen verklebte Gesicht. »Jetzt ist es zu spät.«

»Nein!« Arn erhob sich. »Es ist nicht zu spät, um die Mörder zur Strecke zu bringen! Es gibt Ereignisse, die wir nicht verhindern können. Dazu gehört der Tod Hildegunds, den die Götter beschlossen hatten. Aber es gibt etwas, was wir verhindern können, und das sind weitere Morde. Wenn es überhaupt einen Schuldigen in diesem Raum gibt, dann bin ich es. Ich hätte die Mordbuben längst erwischen müssen, ich war lange auf ihrer Spur, und doch ist auch mir das Versteck auf Hunolds Insel entgangen. Aber davon werde ich euch erzählen, sobald wir die Reise nach Rom angetreten haben. Nun gilt es, die letzten Vorbereitungen zu treffen.«

Niemand widersprach ihm.

Bevor der Wanderer als Erster das Refektorium verließ, kam er zu mir, beugte sich herab und sagte leise. »Ich weiß Bardo, du fragst dich, aus welchem Grund ich mich dir und den anderen nicht von Anfang an zu erkennen gab. Ich durfte es nicht. Doch das ist eine lange Geschichte, die auch mit einem Freund zu tun hat. Du wirst mich verstehen, wenn du sie kennst.«

Ich ahnte, dass er von Asmund gesprochen hatte. Ich glaubte auch, den Grund zu kennen, warum Karl den Überfall auf die Burg am Hellweg nicht erwähnt hatte, denn er musste gewusst haben, dass seine eisernen Reiter sich bereits grausam gerächt hatten. Der König hatte es nicht für nötig befunden, darauf noch ein Wort zu verschwenden. Und während ich Arn und den anderen folgte, dachte ich an Hildegund, die ich schon als junges Mädchen gekannt hatte, und Abscheu, Verbitterung und das Gefühl, versagt zu haben, trübten noch lange meine Gedanken.

Am späten Nachmittag schloss Heriburg sich auf Befehl des Königs dem Gefolge Leos III. an, der Padrabrun erst fünf Tage nach uns verlassen würde. Guntwin entschied sich bald darauf, nach Sitnia zurückzukehren, denn er war für die vielen Rennöfen verantwortlich, die nur er richtig bedienen und ohne die das Eisen nicht geschmolzen werden konnte, das für die Siedlung so wichtig war. Mit meiner und Vilis Unterstützung bettelte Mori lange darum, mit uns reisen zu dürfen. Schließlich willigte Guntwin widerstrebend ein. Er wolle seinem Sohn nicht die Möglichkeit nehmen, sagte er schließlich, die Welt außerhalb der Eisenfelshügel und des Nusswaldes kennen zu lernen.

Alle Vorbereitungen für die Reise waren getroffen, als Graf Rorich in den Abendstunden erschöpft aus dem Lager zurückkehrte. Er hatte beinahe jeden Einzelnen der Reiter, Händler, Spielleute und Gaukler befragt. Niemand hatte ihm einen Hinweis geben können, bis er zum Schluss an einen sächsischen Bauern und dessen Frau geraten war, die mit ihrem Vieh am Rand des Heerlagers in einiger Entfernung zu dem Zelt gestanden hatten, in dem Hildegund sterben musste. Der Sachse, ein Enger aus Liudihi namens Ansgar, hatte den einzigen Ochsenwagen, den er besaß, mit den Zugtieren für das Dreifache des Wertes an einen Mann verkauft, auf den die Beschreibung Odoakers passte. Ansgar hatte Rorich sogar stolz den Beutel voller Denare gezeigt und dazu gesagt, der Fremde habe Padrabrun gleich nach dem Kauf mit dem Ochsengespann und zwei Langobarden verlassen.

»Nun wissen wir, dass Odoaker doch ein Verräter ist«, sagte Grauwolf wutentbrannt. »Auch er wird durch meine Rache sterben.«

Rorich schüttelte den Kopf. »Alles scheint gegen den Abt zu sprechen, das will ich gern zugeben. Und doch bin ich sicher, es steckt etwas anderes hinter seinem Verhalten als das, was wir annehmen.«

»Das glaube ich auch«, sagte Mori unerwartet.

Ich schaute ihn überrascht an. »Wie kommst du darauf?«

»In der Nacht, als Hildegund starb, habe ich geträumt. Eigentlich wollte ich's gar nicht erzählen«, er warf mir einen Blick zu. »Aber du hast mal gesagt, ich sollte mich nicht schämen, darüber zu sprechen. Jedenfalls habe ich den Abt in diesem Traum erstochen in einer dunklen Gasse liegen sehen.«

»Das bedeutet nichts!«, rief Grauwolf. »Das bedeutet nichts!«, wiederholte er. »Odoaker ist ein Genosse der Mörder! Vielleicht bringen sie sich ja gegenseitig um, dann müssen wir sie nicht töten!«

Arn, der stumm zugehört hatte, legte Mori eine Hand auf die Schulter. »Dein Traum kann uns die Wahrheit gezeigt haben«, sagte er. Sein Blick suchte die Asenberge, die im Abendlicht in sattem Grün erstrahlten. »Doch was verbirgt sich hinter dieser Wahrheit? Wir werden es nur in Rom erfahren. Dort hat alles begonnen, und dort wird es enden.«

»Ja«, murmelte der Junge tapfer. »Ich hatte während des Traums das Gefühl, Odoaker läge in einer Gasse Roms, obwohl ich noch nie dort war.«

Moris Worte hinterließen bei mir einen faden Beigeschmack. Für mich gab es dennoch keinen Zweifel an der Schuld Odoakers. Er hatte es geschickt verstanden, Rorich zu täuschen. Wir mussten auf der Hut sein und konnten uns nicht in Sicherheit wiegen, nur weil die Mörder mit ihrem Helfer geflohen waren und der Königsbote Odoaker für unschuldig hielt. Dann, auf dem Weg zu unserem Nachtlager, fiel mir noch etwas ein.

»Hat Ansgar auch von den Verletzungen der Langobarden erzählt?«, fragte ich Rorich. »Sie müssen ihm aufgefallen sein.«

»Nein, mit keinem Wort. Aber ich habe auch nicht danach gefragt«, gab der Graf zurück. »Lass es gut sein, Bardo. Morgen treten wir die lange Reise in die heilige Stadt an. Ich bin euer Führer. Ich kenne alle Wege, auch in Rom. Ihr könnt mir vertrauen. Wir werden die Mörder zur Rechenschaft ziehen. Sie können uns nicht entkommen.«

Rorichs Antwort stimmte mich nachdenklich. Waren die Mörder gar nicht so schwer verletzt, wie ich gedacht hatte? Was aber hatte sie dann dazu bewogen, ihren Mordplan in Padrabrun aufzugeben, um Leo III. nach seiner Rückkehr in Rom zu töten?

In dieser Nacht träumte ich von Varga, meiner Schwester, die wie Mori das zweite Gesicht gehabt hatte und vor drei Jahren in Aachen durch einen Gifttrunk gestorben war. Ich sah sie tot auf ihrem Lager. Eine dunkle Gestalt beugte sich weit über sie, die Giftflasche in den Händen. Und als die Gestalt sich aufrichtete, schaute sie mich mit leblosen Augen an. Ich kannte sie und wusste plötzlich, sie hatte nicht nur Varga, sondern noch viele andere Menschen getötet. Laut und gequält schrie ich den Namen des Mörders. Gleich darauf saß ich wach und schweißüberströmt auf meinem Strohsack und blinzelte verstört in die ersten Strahlen Sunnas, die durch das schmale Fenster drangen und den Tag unseres Aufbruchs nach Rom ankündigten. Als ich wenig später zum Refektorium ging, wo meine Gefährten schon auf mich warteten, versuchte ich, mich an den Namen zu erinnern, den ich im Traum gerufen hatte, aber es gelang mir nicht.

Der Wanderer trug sein Schwert Alban über dem Rücken, als wir Padrabrun am Vormittag des dreizehnten Tages im Brachmanoth 799 verließen. Guntwin begleitete uns auf der ersten Strecke, denn wir ritten über den Hellweg nach Westen. Drei Tage später, am Abzweig, der zur Furt durch die Lippe und in die Eisenfelshügel führte, verabschiedeten wir uns voneinander. Der Schmied von Sitnia versprach, Falgar, meinen Wallach, an dem mein Herz hing, von der Domäne abzuholen, sobald er konnte. Dann trennten sich unsere Wege für lange Zeit.

Rorich führte uns schon einen Tag danach zu einer Anlegestelle am Rhein, an der frisch kalfaterte, bauchige Ruderbarken festgemacht waren, mit denen auch Pferde und sogar größere Karren und Wagen befördert werden konnten. Er handelte mit dem Schiffer einen Preis für zwei Barken und je einen erfahrenen Lotsen aus, die uns flussaufwärts an Colonia, der großen Handelsstadt am Rhein, vorbei bis nach Mainz und Ingelheim bringen sollten.

Die Fahrt verlief ohne Zwischenfälle. Noch immer herrschte warmes, trockenes Sommerwetter, und die Lotsen verstanden ihr Handwerk gut, denn sie kannten jede Untiefe und jeden gefährlichen Strudel des Flusses, die uns hätten gefährlich werden können. Am Abend des vierten Tages erreichten wir den kleinen Hafen der Königspfalz Ingelheim, an einem Seitenarm des Rheins gelegen, wo wir uns auf der linken Uferseite absetzen ließen. Von Ingelheim aus war der Rhein flussaufwärts zwar schiffbar, doch Rorich zog jetzt den Landweg vor, um so wenig Aufsehen wie möglich zu erregen.

Von nun an ritten wir auf verschlungenen Pfaden durch endlose dunkle Wälder Richtung Süden. Die Landschaft wurde zunehmend bergig. Sanfte Höhen und steile Schluchten wechselten sich ab, wie Ahornbäume, Eschen und Buchen mit Ulmen, Linden, Tannen und Eichen. Dazwischen wuchsen in den Niederungen hohe Farne und Schwarzerlen. Dicht wachsende Baumschösslinge suchten sich ihren Weg ans Licht, und reichlich Dornengestrüpp, an dem sich schon die Blüten von Himbeere und Brombeere entfalteten, wucherte überall.

Gelegentlich stießen wir auf tückische Hochmoore und Sümpfe, die wir vorsichtig und weiträumig umgehen mussten, und durchquerten unzählige kleine Bäche und Flussläufe. Schweineherden auf der Suche nach Bucheckern und bewacht von Hirten mit ihren struppigen Hunden kreuzten oft unseren Weg. Dann wieder öffneten sich die Wälder zu fetten Weiden oder Heidegebieten, auf denen Rinder, Ziegen und Schafe grasten.

Kleinere Siedlungen und Gehöfte mieden wir von Anfang an ebenso wie größere Dörfer, die in weitläufigen Bifängen erbaut worden waren. Nachts lagerten wir zumeist im Wald, schon weil wir dem Gestank der großen Siedlungen entgehen wollten. An Wild fehlte es nicht. Über jedem Feuer, das wir bei Anbruch der Dunkelheit zum Schutz vor herumstreifenden Wölfen, Luchsen und Bären anzündeten, brieten Langohren, Tauben, Wachteln und anderes schmackhaftes Getier, das wir mit Leichtigkeit gejagt, oder Forellen und Lachse, die Mori und Vili in den klaren Bächen geangelt hatten.

Tage und Nächte dehnten sich so zu Wochen. Wir hatten Austrien und Alamannien längst hinter uns gelassen und ritten seit mehreren Tagen durch Burgund, wo Rorich uns am Fluss Rhone entlang in die Alpes führen wollte.

Eines Nachts, wenige Tage bevor wir die großen Berge erreichten, erzählte Arn, wie es zu seinen Verbrennungen, der Freundschaft mit Asmund und dem Gerücht über seinen Tod gekommen war. Sunna hatte es bis hierher gut mit uns gemeint. Nur hin und wieder rauschte in finsteren Nächten das wilde Heer über den Himmel, und wir mussten Schutz vor heftigen Gewittern und Regenfällen suchen, die jedoch meist rasch wieder abklangen. Auch in dieser Nacht warf das milchige Licht des zunehmenden Mondes schwarze Schatten in die stille hügelige Landschaft, in der wir unser Lager aufgeschlagen hatten.

»Wir haben gemeinsam einen weiten Weg zurückgelegt«, sagte der Wanderer, nachdem wir die Eisenspieße von den Feuern genommen und uns an dem knusprigen Fleisch zweier Langohren gesättigt hatten. »Die Wege, auf denen ich in den vergangenen Jahren wandelte, waren auch gefährlich und weit. Vor langer Zeit, nach dem Abenteuer mit dem Ring des Thor, ging ich in meine Heimat Britannien. Dort focht ich manchen Kampf für König Offa von Mercia, einen Christenherrscher wie Karl, denn ich hatte mich entschieden, den alten Göttern zu entsagen, die uns keinen Sieg über den Christengott gebracht hatten.«

»Ja, Freund«, unterbrach ich ihn. »Auch ich und die meisten Sachsen haben schon vor vielen Jahren mit den Lippen entsagt. Du weißt es. In unseren Köpfen aber leben sie noch, die Götter, die in allem sind. Und so wird es bleiben.«

Arn lächelte. »Das gilt für mich ebenso, Bardo«, sagte er und warf Rorich einen schnellen Blick zu.

Der Königsbote machte eine wegwerfende Handbewegung. »Wir sind Gefährten«, sagte er ruhig. »Ihr seid aufrichtige Männer. Ihr solltet längst wissen, dass es mir nicht wichtig ist, ob ihr euren Göttern huldigt oder unserem Gott.«

Arn nickte, als hätte er nichts anderes erwartet, und setzte seine Erzählung fort: »Eines Tages begegnete ich einem Kämpfer, der mir gewachsen war. Dieser Mann wurde von König Offa seit langem gesucht. Es war Asmund, ein Sachse, der als Räuber mit seinen Getreuen die Küstengewässer Britanniens unsicher machte. Ich stellte ihn eines Nachts, als ein schweres Gewitter niederging, allein ohne seine Männer am Schuppen eines Hehlers im Hafen von Sarum, wo er die Beute seines letzten Raubzuges verkaufen wollte. Es war ein Kampf auf Leben und Tod. Man wird noch lange davon erzählen.«

»Ein Friese namens Jaran erzählte von diesem Kampf«, sagte Grauwolf jetzt. »Jaran starb ebenfalls durch die Hand der Mörder.«

»Asmund führte seine Klinge jedenfalls geschickt, mit Umsicht und ohne blinden Hass«, fuhr Arn fort. »Ich konnte ihn nicht wirklich bedrängen oder verletzen. Er trieb mich in den Schuppen und stand im Eingang, als ein Blitz niederfuhr und das Schilf des Daches in Brand setzte. Das Feuer breitete sich mit großer Geschwindigkeit aus. Glühende Holzbalken schlugen neben mir auf den Boden. Ich versuchte, dem Feuer zu entkommen, und bemerkte gleichzeitig, wie mein Leinenumhang in hellen Flammen aufging. Ich machte einen Schritt zur Seite, stieß meine Klinge heftig gegen Asmund, um an ihm vorbei nach draußen zu gelangen, doch ich verfehlte ihn. Im gleichen Augenblick traf mich ein herabstürzender Balken an der Schulter und warf mich nieder. Danach verlor ich meine Sinne. Als ich unter glühenden Schmerzen erwachte, lag ich auf dem Pflaster am Rand des Hafenbeckens. Noch viele andere Gebäude waren in der Zwischenzeit in Flammen aufgegangen, und die Männer, die zuvor unserem Kampf zugeschaut hatten, waren mit dem Löschen beschäftigt. Asmund beugte sich über mich. Er hatte selbst schlimme Verbrennungen erlitten und mich dennoch aus dem Feuer gerettet. Wie durch einen Zauber waren meine Haare nicht verbrannt, während seine Kopfhaut durch das Feuer versengt war.«

»Warum hat er das getan?«, fragte Mori, der Arns Erzählung voller Spannung gefolgt war. »Er hätte dich doch verbrennen lassen oder töten können.«

»Asmund ist – er war ein ehrlicher Kämpfer. Ich konnte mich nicht mehr wehren. Das war für ihn Grund genug, mich aus dem Feuer zu retten«, der Wanderer blickte gedankenvoll in die Nacht hinaus. »Ich will es kurz machen«, sagte er nach einer Weile. »Ich bot Asmund in einer ersten Regung meine Fürsprache bei König Offa als Dank für die Rettung an. Er lachte. Aber schon kurz darauf, zwei Frauen hatten unsere Schmerzen und Brandwunden mit Kamillesud behandelt, machten wir uns auf den Weg nach Mercia. Dabei erzählte Asmund, er habe sich schon vor dem Kampf mit seinen Leuten wegen der Beute überworfen, es sei sogar Blut geflossen, und er danke den Göttern, dass alles so gekommen war. König Offa, ein bedächtiger und gütiger Mann, gab tatsächlich der Bitte für meinen Lebensretter nach. Danach wurden Asmund und ich heimlich Blutsbrüder. Allerdings musste Asmund die Insel für immer verlassen, während ich mich noch einige Jahre in Britannien aufhielt. Gleich nach Asmunds Begnadigung ließ der König die Nachricht von meinem Tod beim Kampf im Hafen von Sarum verbreiten, denn ein Mann, den jeder für tot hielt, konnte ihm bessere Dienste leisten. Ich musste ihm schwören, mich niemandem zu offenbaren, und trug fortan eine Maske. Eines Morgens, im späten Ostarmanoth dieses Jahres, erhielt Offa eine Botschaft von Karl, seinem Freund und König der Franken, der als Einziger von mir wusste. Karl bat Offa um Hilfe.

Ich war der richtige Mann für eine geheime Mission. Bei meiner Ankunft in Aachen erfuhr ich von den Vorfällen in den Baumbergen, bei denen fünf Männer spurlos verschwunden und wahrscheinlich ermordet worden waren. Der König wollte die Verbrechen aufklären. Er schickte mich sofort los, mit dem Befehl, mich niemandem zu zeigen, auch euch, meinen alten Gefährten und Freunden, nicht. Asmund traf ich durch Zufall bei einem ersten Erkundungsritt wieder. Er war der Räuberei treu geblieben, doch wir erneuerten unsere Blutsbrüderschaft und versprachen uns gegenseitige Hilfe, aber wir wollten niemanden töten, außer in Not. Von den verschwundenen Männern wusste er jedoch nichts. Danach führte mein Weg mich in die Baumberge, wo ich bald eine Spur aufnehmen konnte, die mich aber in die Irre führte, denn immer dann, wenn ich glaubte, die Mörder gestellt zu haben, traten mir plötzlich andere gegenüber. Erst später fand ich heraus, dass ich jedes Mal die gleichen Männer vor meiner Klinge gehabt hatte, die es sehr gut verstanden, ihr Aussehen und sogar ihre Gestalt zu verändern. Dennoch gelang es mir nicht herauszufinden, wer sie in Wirklichkeit sind, und sie zu stellen. Alles andere kennt ihr ja.«

Ich hatte aufmerksam zugehört. »Dann wusstest du zu Beginn nichts vom Anschlag auf den Papst?«, fragte ich.

»Nein, davon erfuhr ich erst im Nusswald.«

»Und warum hast du den Scarareiter Golo mit seinem Gefährten nach dem Überfall der Mörder im Linhardtwald ins Moor gelockt?«

»Das war nach der Gefangennahme Hildegunds, die ich nicht verhindern konnte. Ich habe die zwei nicht ins Moor gelockt, Bardo. Sie entdeckten mich. Da ich nicht gegen sie kämpfen und sie töten wollte, floh ich ins Moor, und sie verfolgten mich.«

Ich hatte die beiden nach ihrer Rückkehr in Sitnia beschimpft, denn sie hatten sich in meinen Augen dumm verhalten und in die Irre führen lassen. Jetzt wusste ich, dass sie von vornherein keine Möglichkeit gehabt hatten, den geheimnisvollen Reiter zu stellen.

Grauwolf erhob sich vom Feuer und ging ein paar Schritte in die Dunkelheit. »Wir kennen jetzt deine Geschichte«, sagte er. »Sie erklärt einiges, und ich danke den Göttern, dass du bei uns bist. Nun bin ich sicher, dass uns die Mordbuben in Rom nicht noch einmal entkommen werden.«

»So ist es«, sagte Rorich. »Doch zuvor müssen wir die Alpes überwinden. Der Hewimanoth ist eine gute Zeit für den Gang über das Gebirge. Wir werden keine Schwierigkeiten haben.«

Der Graf sollte Recht behalten. Vier Tage später, nachdem wir einen großen See umgangen hatten, erreichten wir ohne Beschwernisse das Quellgebiet der Rhone, das in einem weiten grünen Tal, umgeben von gewaltigen, aber kaum mit Schnee bedeckten Bergriesen, lag. Von dort aus führte Rorich uns auf stetig ansteigenden, schmaler und steiniger werdenden Wegen durch enge Schluchten, in denen nur zu dieser Jahreszeit, in der Sunna ihren höchsten Stand am Himmel erreicht hatte, das Tageslicht bis zum Grund drang. Die Berge wurden schroffer und steiler, und der Fels öde und grau. Je höher wir kamen, umso weniger Bäume wuchsen an den Hängen und auf den Gipfeln. Bald führte unser Weg weite Strecken über nur wenige Fuß breite, senkrecht nach beiden Seiten abfallende Berggrate und zwischen niedrigen Latschenkiefern hindurch, bis es schließlich mit jedem Schritt kälter und unwirtlicher wurde und die ersten, im gleißenden Licht Sunnas liegenden Schneefelder unsere Augen blendeten. Auch das Atmen fiel nun zunehmend schwer, obwohl wir alle Lasten und selbst unsere Waffen den Reittieren aufgeladen hatten, die wir am Zaum führten.

»Dort liegt der Gipfel des Mons Bernhard«, sagte Rorich am dritten Tag unseres Aufstieges. Er deutete nach Süden, wo sich ein gewaltiges, schneebedecktes Bergmassiv gegen den tiefblauen Himmel erhob. »Unter diesem Gipfel liegt ein Pass, dann haben wir es geschafft. Danach geht's bergab.«

»Bernhard?«, fragte Vili schwer atmend und wie alle tief beeindruckt vom Anblick des mächtigen Gebirges. »Ist das nicht der Name eines Onkels des Königs?«

»Ja, nach ihm sind Berg und Pass benannt worden. Er war ein Sohn von Karl Martell, dem Vater Pippins, der wiederum Karls Vater war. Bernhard überschritt als Erster den Pass, als er im Jahr 774 gegen Desiderius, den Langobardenkönig, zog.«

Schon am folgenden Nachmittag standen wir auf dem Scheitel des Passes. Sunna hatte Huldas weiße Pracht an den umliegenden Hängen schmelzen lassen, der Weg in die warmen Täler des Südens war frei. Eisige, glasklare Bäche, deren Wasser ein köstliches Labsal waren, ergossen sich in die Tiefe, und wenig später bot sich uns ein überwältigender Ausblick.

Die weite Ebene des Flusses Po lag wie ein riesiger blühender Garten zum Greifen nah vor uns. Ich hatte das Gefühl, die Wärme spüren zu können, die von ihm ausging. Nach den langen Wegen durch die dunklen Wälder des Nordens, durch enge, finstere Täler und über sturmumtoste, kalte Höhen überkam mich plötzlich ein nie gekanntes Gefühl von Freiheit und Sehnsucht nach etwas, das ich nicht einmal hätte beschreiben können.

Im Süden breiteten sich die sonnenverwöhnten Hügel von Asti und Alba bis zu den Bergen aus, hinter denen das warme Meer begann, und nach Westen erstreckten sich die Alpes mit dem Mons Blanc und vielen anderen Bergriesen.

Wir konnten den Anblick nicht lange genießen, denn Rorich trieb zur Eile. Er führte uns auf felsigen Pfaden in das Tal von Aosta und weiter in die Ebene des Po, die wir noch einen Tag zuvor vom Mons Bernhard aus bestaunt hatten. Dank der Wegkenntnis des Königsboten und einer alten, von den Römern, den früheren Herren des Langobardenreiches, erbauten Holzbrücke erreichten wir nach weiteren zwei Tagen das südliche Ufer des Flusses und zogen über das Ligurische Gebirge nach Genova am warmen Meer.

Unsere Woll- und Lederwämser hatten wir längst gegen leichte Hemden aus dünnem Leinen getauscht. Doch die ungewohnte Wärme machte uns allen zu schaffen, als wir von Genova aus den Weg an der Küste entlang nach Rom einschlugen. Der stetige Wind, der vom Wasser aus blies, und heftige Regenschauer, die manchmal vom Meer heraufzogen, brachten nur wenig Abkühlung.

Von unserem Ziel, der »heiligen Stadt«, wie die Franken sie nannten, und ihrer uralten, ruhmreichen Geschichte hatte ich in Aachen viel gehört. Ich kannte die Namen der meisten Plätze, Tempel und Paläste und hatte mir ein Bild gemacht. Doch als wir am frühen Morgen des achtundzwanzigsten Tages im Hewimanoth 799 am Fluss Tiber vor den Toren Roms standen und schließlich inmitten von Händlern, Reisenden, Ochsenwagen, Karren, Bauern, Bettlern, Kindern und Frauen durch die Porta Flaminia in die Stadt eintraten, war ich tief enttäuscht.

Ich hatte mir goldene Zinnen vorgestellt, erhabene Paläste, im Licht

Sunnas schimmernde Gebäude aus weißem Alabaster oder wertvollem Marmor und prachtvolle Straßen. Aber Rom war ganz anders.

Rom stank, war schmutzig und grau. Baumschösslinge und Gras wuchsen auf den eingefallenen Stadtmauern. Die Straßen waren an vielen Stellen aufgebrochen, uneben und schmal. Enge Gassen führten in finstere Hinterhöfe, wild wuchernde Pflanzen rankten sich an verfallenen Häusern in die Höhe, und in den Ruinen mancher Gebäude grasten Ziegen, Schafe und Schweine. Je weiter wir in die lärmende Stadt eindrangen, umso mehr überkam mich das Gefühl, mich in einem riesigen Steinbruch zu befinden. Die Monumente aus der Zeit der Römer, von denen ich gehört hatte, lagen in Trümmern. Tempel, Amphitheater, Bäder und Paläste hatte man ihres Goldes und Silbers beraubt und die Steine erkennbar für den Bau von Christenkirchen benutzt. Umgestürzte, zerbrochene Säulen lagen überall auf den Plätzen der Stadt, auf denen sich Menschen drängten, die aus den entferntesten Teilen der Welt zu kommen schienen. Fremde Trachten wechselten mit denen von Langobarden, Sachsen, Franken, Nordmännern, Friesen und Angelsachsen, und eine verwirrende Sprachenvielfalt klang in meinen Ohren.

»Wie sollen wir in dieser Stadt die Mörder finden?«, fragte Vili, als Rorich uns durch das Tor einer kleinen Herberge in der Nähe des mächtigen Colosseums in der Mitte Roms führte. Von der Gasse aus hatte das ganz aus Steinblöcken erbaute Haus einen halbwegs sauberen, gut erhaltenen Eindruck gemacht, der sich rasch bestätigte.

Grauwolf stand neben den beiden und schaute sich auf dem mit blühenden Rosenbeeten bepflanzten, sonnendurchfluteten Innenhof um. »Ja«, sagte er. »Das frage ich mich auch. Wir wissen ja nicht einmal, wie sie aussehen und wem wir in diesem grauenvollen, stinkenden Rom überhaupt vertrauen können.«

»Mir«, sagte Rorich lächelnd. »Mir könnt ihr vertrauen. Ich kenne Flavio, den Wirt dieser Herberge, sehr gut. Er ist mir verpflichtet, weiß von allem, was in der Stadt geschieht, und wird sich für uns nach neu angekommenen Reisenden umhören.«

Rorich hatte eine gute Wahl getroffen, denn Flavio stellte sich bald als wichtiger Mann für uns heraus. Er empfing Rorich mit strahlendem Lächeln und umarmte ihn innig und lange wie einen alten Freund. Danach begrüßte er uns freundlich und ließ unsere Pferde von einem herbeigerufenen Knecht in ein abseits gelegenes Stallgebäude führen, das durch einen schmalen Gang mit dem Haupthaus verbunden war. Die Schlafkammern, die er uns kurz darauf im ersten Stock zeigte, waren klein, aber hell. Nach einer Zeit der Ruhe trafen wir uns am Nachmittag in der geräumigen Schänke, die zur Herberge gehörte. Die hohen Fenster des Raumes öffneten sich zur Straße hin, auf der wir gekommen waren, und ließen den Blick auf das eindrucksvolle Colosseum zu.

Der Königsbote saß schon mit Grauwolf an einem der Holztische. Sie sprachen leise miteinander, als wir anderen den zu dieser Tageszeit noch ruhigen Schankraum betraten.

»Abt Odoaker ist ein sehr bekannter Mann in der Stadt, was uns die Suche leichter macht«, sagte Rorich wenig später. »Das trifft auch auf Crispin und Rado zu, die dem römischen Adel entstammen.«

Vor uns standen irdene Krüge, in denen lang vermisstes, kühles Bier schäumte, und aus der Küche drang der verlockende Duft von mit allerlei Kräutern gewürztem und gebratenem Schinken.

»Wie meinst du das?«, fragte ich.

»Ich habe mit Flavio gesprochen und ihm die Namen der drei genannt, ohne ihm vom Grund für unsere Mission zu erzählen«, sagte Rorich. »Und als hätte das Schicksal es so bestimmt: Er wusste bereits, dass Odoaker mit den beiden in Rom angekommen ist.«

»Dann weiß er auch, wo der Abt und die Mörder sich aufhalten?«

»Nein. Aber alle Männer aus der näheren Umgebung des Papstes, zu denen Odoaker gehört, leben im Lateranpalast. Oder sie haben sich im Haus Crispins verkrochen. Denn Flavio erzählte, Crispins Familie hätte nicht weit vom Lateranpalast entfernt einen kleinen Palazzo besessen, der aber jetzt verfallen ist.«

»Sie werden kaum dort untergeschlüpft sein«, sagte Grauwolf unwillig. »Wir werden das ganze hässliche Rom nach ihnen absuchen müssen.«

»Das glaub ich nicht«, sagte Mori leise. Sein Gesicht überzog sich mit der Farbe der reifen Hagebutte.

Grauwolf klopfte mit den Fingern beider Hände im Takt auf die Holzbohlen, als schlüge er Hillebillen. »Sag, was weißt du, Junge«, sagte er.

»Ich weiß nichts, aber vielleicht wissen die drei ja, dass wir in Rom sind«, sagte Mori etwas mutiger. »Womöglich haben sie uns beobachtet.«

»Ah, das ist ein Gedanke. Du meinst, wir müssten nur auf sie warten?«

Mori schüttelte den Kopf. »Nein, aber wir sollten auf der Hut sein«, erwiderte er.

»Wie auch immer«, mischte Arn sich ein. »Sie sind im Vorteil. Dies ist ihre Stadt.«

Rorich hatte still zugehört. Jetzt sagte er: »Ihr vergesst Flavio. Er ist mir treu ergeben und hat einige seiner Freunde, denen Odoaker, Crispin und Rado bekannt sind, gleich am Mittag auf die Suche geschickt. Sie wissen, was sie zu tun haben. Mit etwas Glück erfahren wir heute Abend schon mehr. Wir sind erst wenige Stunden in Rom. Lasst uns abwarten. Etwas Ruhe tut uns nach der langen Reise zudem gut«, er schaute in die Runde. »Ich glaube außerdem immer noch nicht, dass Odoaker wirklich etwas mit den Morden zu tun hat«, sagte er dann.

»Und aus welchem Grund sollte er mit den beiden aus Padrabrun geflohen sein, wenn er nicht mit ihnen zusammensteckt?«, fragte Vili.

Eine einleuchtende Antwort wusste niemand. Der Königsbote war zumindest hoffnungsvoll. Sicher war es richtig, nichts zu übereilen und auf die Rückkehr der Freunde Flavios zu warten.

Bei Anbruch der Nacht, als die letzten trunkenen Gäste die Schänke verlassen hatten und wir schon unsere Schlafstellen aufsuchen wollten, pochte jemand an das Tor der Herberge. Flavio hatte es wegen des vielen herumstreifenden Diebesgesindels verschlossen und fragte laut nach dem Begehr des Ruhestörers. Aber draußen stand kein Vagabund. Es waren die längst erwarteten Freunde, die er nach Odoaker und den Mördern ausgeschickt hatte. Gleich darauf setzten sich drei Männer an unseren Tisch.

»Im Lateranpalast wusste niemand etwas von Odoaker, und das Haus Crispins ist verfallen und leer. Nicht einmal der ärmste Bettler würde dort sein Lager aufschlagen. Wir haben sie nicht gefunden und auch nicht erfahren können, wo sie sich verstecken«, sagte der Wortführer, ein nur fünf Fuß großer, drahtiger Mann. »Doch wir können euch etwas über den Abt und die beiden Edelleute erzählen, wenn ihr wollt. Es ist etwas, das uns erst einfiel, als wir schon auf dem Weg hierher waren.«

»Nur zu«, sagte ich.

»Als Crispin und Rado vor drei Jahren aus Rom fliehen mussten, wurden sie zuvor von jemandem gewarnt. Nur so kann es gewesen sein, denn sonst wären sie den Schergen Leos III. niemals entkommen. Selbst ihre Verkleidungen hätten sie in Rom nicht geschützt. Jedes Kind in der Stadt kennt die tragische Geschichte der beiden und weiß, was in diesen Tagen geschah. Doch nur wenige ahnen, wer der unbekannte Helfer gewesen sein muss.«

»Und«, sagte Grauwolf ungeduldig. »Warum ist das so wichtig?«

»Wenn ihr es nicht wissen wollt, schweige ich.«

Rorich machte eine beschwichtigende Geste. »Schon gut«, sagte er. »Erzähl weiter.«

»Crispins Onkel, der Bruder seiner Mutter, bekleidet eine hohe Stellung im Lateranpalast. Der Mann heißt Odoaker. Es gibt nur einen, der diesen Namen trägt. Er ist Bote des Papstes. Nur *er* kann die beiden damals gewarnt haben.«

Flavio und Rorich waren gleichzeitig aufgesprungen. »Bei Bacchus, dem Gott des Trunkes und der Leutseligkeit!«, rief der Wirt. »Das hätte mir gleich einfallen müssen, als Rorich von den dreien erzählte!«

»Es beweist nicht Odoakers Schuld«, sagte der Königsbote.

»Aber die Geschichte wirft ein anderes Licht auf die Ereignisse«, gab ich zurück. Ein eigenartiges Gefühl ergriff mich. Mir fielen plötzlich die Worte des Abtes in den Eisenfelshügeln von Sitnia ein. Er hatte von der glücklichen Jugend der Mordgesellen gesprochen, davon, dass sie nicht immer so voller Hass und grausam gewesen waren und Hildegund und Vili sich vielleicht deswegen nicht in Lebensgefahr Gefahr befänden. Odoaker hatte uns Hoffnung gemacht. Nur jemand, der die Mörder gut kannte und sehr mochte oder gar liebte, würde nach den grauenvollen Untaten noch so reden. Der Abt hatte sich geirrt. Doch was hatte sich genau in Padrabrun ereignet?

Flavio und seine Freunde suchten während der folgenden vier Tage und Nächte vergebens nach den Verschwundenen, und auch unsere Streifzüge durch die Stadt blieben ohne Erfolg. Es schien, als hätte Rom die drei verschlungen, bis wir in der Nacht zum dritten Tag des Aranmanoth müde und niedergeschlagen im nur mäßig besuchten Schankraum der Herberge saßen und mit einem Mal von der Straße her lärmende Stimmen durch das Tor zu uns drangen. Gleich darauf stürzte ein Mann in die Schänke.

»Draußen liegt ein Toter! Er wurde erstochen!«, rief er aufgeregt.

Wir sprangen mit allen anderen Schankgästen auf.

»Wo?«, rief Flavio.

»Ich hab's geträumt«, sagte Mori neben mir ahnungsvoll, als der Wirt uns eilig durch einen finsteren Straßenzug um das nahe gelegene Colosseum herumführte.

»Du meinst – Odoaker?«, fragte ich. Aber warum sollte der Abt erstochen worden sein?

Wenig später standen wir am Ende einer dunklen Gasse. Vor einem der letzten Häuser, einem halbverfallenen Gebäude, hatte sich eine Menschentraube gebildet. Fackeln und Kienspäne erleuchteten den geisterhaften Schauplatz eines Mordes.

Flavio kämpfte sich als Erster durch die Menge. Rorich und ich folgten ihm.

Auf den breiten Stufen vor dem Haus lag, seltsam verkrümmt, ein Mann. Ich erkannte ihn sofort. Moris Ahnung hatte sich bewahrheitet. Doch der Abt lebte. Er richtete seinen Blick auf uns.

»Odoaker«, sagte ich betroffen und beugte mich mit Rorich zu ihm hinunter.

»Ich habe nicht mehr viel Zeit«, hauchte der Abt schwach. »Es ist gut, dass ihr kommt. Ich hatte darum gebetet, denn ich hätte es nicht bis zur Herberge geschafft. Ich muss euch etwas erklären und euch warnen. Lasst mich reden, bevor es mit mir zu Ende ist.«

Auf seiner Stirn und den eingefallenen, bleichen Wangen hatte sich kalter Schweiß gebildet.

»Was ist geschehen?«, fragte Rorich, der Odoakers Kopf anhob und behutsam auf seine Knie legte, um ihm das Atmen zu erleichtern.

»Crispin ist mein Neffe, der geliebte Sohn meiner Schwester«, flüsterte der Abt. »Auch ich liebte ihn wie meinen Sohn. Ich konnte ihn und Rado in Padrabrun nicht verraten, als ich erkannte, dass meine Vermutung richtig war und dass sie es waren, die die furchtbaren Morde begangen hatten. Ich war es, der sie vor drei Jahren vor Leos Schergen gewarnt und der ihnen geraten hatte, in die undurchdringlichen Wälder Westfalens zu gehen, wo sie niemand suchen würde. In Padrabrun habe ich es ihnen gesagt. Und ich habe ihnen vorgeworfen, dass ihr Hass unschuldige Menschen getötet hatte …«

»Warum musste Hildegund sterben«, unterbrach ich ihn barsch. »Warum, Odoaker?«

»Grauwolfs Tochter?«, er versuchte, seinen Kopf zu heben, und schaute mich aus erschrockenen Augen an. »Grauwolfs Tochter?«, wiederholte er leise. »Sie lebt. Ich weiß es.«

»Nein, Odoaker«, sagte Rorich. »Wir fanden Hildegund mit durchschnittener Kehle.«

»O Gott«, stöhnte der Abt. Sein Kopf sank nach hinten, und Tränen rollten über seine Wangen. »Dann sind sie noch einmal in das Zelt zurückgekehrt, nachdem ich das Pergament geschrieben hatte, und haben sie getötet. Das wusste ich nicht. Glaubt mir, das wusste ich nicht. Ich hatte sie angefleht, Hildegund leben zu lassen. Sie haben mir versichert, sie würden sie verschonen.«

Odoaker atmete schwer und schloss seine Augen. Nun wusste ich, warum in dem Pergament nichts von Hildegunds Tod geschrieben stand. Der Abt war weder ein Verräter noch ein Mörder, und mich überkam ein tiefes Gefühl von Scham.

»Wer waren Crispin und Rado, als sie sich in Westfalens Wäldern verbargen? Und wo versteckten sie sich?«

»Ja, sie versteckten sich«, kam es beinahe tonlos zurück. »Aber sie taten es sehr klug, denn sie hatten in den römischen Theatern gelernt, wie man sein Aussehen meisterhaft verändern kann. Sie reisten über Aachen, wo sie als Mönche verkleidet für Wochen am Hof Karls lebten. Sie wollten mehr über Westfalen und die Sachsen erfahren. Dort in Aachen starb die Seherin Varga durch ihre Hand, denn sie hatte die Tarnung der beiden durchschaut. Eines Nachts schlich Crispin sich an ihr Lager und vergiftete sie ...«

»Varga!«, stieß ich hervor. »Sie war meine Schwester. O ihr Götter!«

Mir fiel der Traum in der Nacht vor unserer Abreise in Padrabrun ein, der mir die tote Varga und den Meuchler gezeigt hatte. Er war also ein Hinweis der Götter gewesen. Brennender Hass stieg in mir hoch.

»Wer waren Crispin und Rado?«, fragte ich noch einmal.

»In den Baumbergen bei Mimigernaford stießen sie nach ihrem Fortgang aus Aachen auf den Köhler Hagrim und seinen Knecht«, fuhr Odoaker leise fort. »Hagrim sah Crispin so ähnlich wie ein Zwillingsbruder, und der Knecht hätte ein Abbild Rados sein können. Diese Begegnung war für Crispin und Rado wie ein Fingerzeig Gottes und brachte sie auf den Gedanken, Hagrim und seinen Knecht zu töten.

Das Einzige, was sie unterschied, war die Farbe der Haare, denn Crispin und Rado sind hellhaarig. Hagrim und sein Gehilfe dagegen hatten schwarze Haare.

»Hagrim und sein Knecht!« Ich sprang auf. Auch Grauwolf hatte die Worte des Abtes gehört. Er starrte mit vor Zorn verzerrtem Gesicht auf den Abt.

»Ja«, sagte Odoaker. »Crispin und Rado setzten ihren teuflischen Plan in die Tat um und verscharrten die Leichen des Köhlers und seines Knechtes unter den Meilern. Dort liegen auch die fünf Männer, die im Ostarmanoth spurlos verschwanden, und ebenso Berowulf, der Scarareiter. Alle starben, weil sie zufällig dazukamen, als Crispin und Rado ihre eigentlich blonden Haare mit Kohle schwarz färbten. Die Meiler bergen ein grausiges Geheimnis, und niemand hätte die Leichen je entdeckt«, der Abt atmete schnell und röchelnd. »Dann erschien Desmond eines Abends an der Furt durch die Stever, als Crispin und Rado mit ihrer Holzkohle auf dem Weg zu Grauwolfs Burg waren. Sie erkannten den Mörder von Crispins Eltern und seiner Schwester Eleanor sofort, rissen Desmond vom Pferd und erfuhren von ihm, dass der verhasste Papst in Rom beinahe einem Anschlag zum Opfer gefallen wäre und in letzter Minute gerettet worden war.«

»Der Köhler und sein Gehilfe. Sie waren in der Burg, die ganze Nacht«, sagte Grauwolf.

Ich schloss die Augen und sah Hagrim und seinen Knecht, wie sie in der Morgendämmerung Grauwolfs Burg verließen. Sie hatten sich sogar noch umgeschaut und uns zugewinkt, und meine Erinnerung an das schreckliche Geschehen, das, wie ich jetzt wusste, für mich schon in Aachen mit dem Tod Vargas begonnen hatte, lähmte meine Stimme. Eine Weile sprach niemand von uns.

»Was geschah weiter in Padrabrun, Freund?«, fragte Rorich dann. Er strich dem Sterbenden vorsichtig über den Kopf, um ihn zu beruhigen.

»Bardo hatte sie verletzt. So schwer, dass sie einen Mordanschlag auf Leo nicht ohne Gefahr durchführen konnten«, sagte Odoaker leise. »Aber sie waren wie vom Teufel besessen. Mir war klar, dass sie Padrabrun verlassen mussten. Es durfte nicht noch mehr Blut fließen. Ich überredete sie unter dem Vorwand, sie könnten ungestört ihre Verwundungen ausheilen, wenn sie mit mir nach Rom gehen würden, wo sie nur auf Leo warten müssten, der sie dort nach so langer Zeit nicht vermuten würde. In Wahrheit aber wollte ich sie mit Hilfe Gottes dazu bringen, keine weiteren Morde mehr zu begehen. Sie willigten ein, wenn auch zögerlich. Darum erklärte ich mich bereit, das Pergament zu schreiben, worauf beide bestanden, was sie aber wegen ihrer Verletzungen selbst nicht gekonnt hätten. Sie wollten euch mit dem Pergament sagen, dass sie nach Rom gehen, und dadurch gleichzeitig ihren Hohn und ihren Spott über euer Unvermögen zeigen. Aber sie haben nicht wirklich damit gerechnet, dass ihr uns folgen würdet. Und ich *hoffte*, ihr würdet es nicht tun. Doch heute Abend ...«

Die Stimme des Abtes versagte. Wieder entrang sich ein Röcheln seiner Brust, dann bäumte er sich auf, bevor er in Rorichs Arme sank.

»Wo stecken die beiden?«, fragte der Königsbote und wiederholte: »Sag uns, wo sie stecken.«

»Niemand hätte uns gefunden«, flüsterte Odoaker jetzt. »Aber heute Abend kam Rado mit der Nachricht, dass ihr *doch* in Rom seid. Er wusste auch von eurer Herberge bei Flavio. Sie wollten heute Nacht dort eindringen und euch im Schlaf töten. Ich versuchte, sie von ihrem Vorhaben abzubringen. Es kam zu einem Handgemenge. Plötzlich spürte ich eine Klinge in der Brust und gleich darauf noch einmal. Ich sank vornüber und blieb regungslos auf dem Boden liegen. Sie hielten mich für tot und verschwanden in den Gängen der Katakomben, wo wir unser Lager aufgeschlagen haben. Ich konnte mich nach draußen auf die Gasse schleppen. Ich wollte euch warnen.«

»Die Katakomben!«, rief Rorich. »Daran hat nicht einmal Flavio gedacht!«

»Ihr findet den Einstieg dort«, sagte Odoaker leise und deutete unter großer Anstrengung auf ein halbverfallenes Gebäude. »Es ist das Haus von Crispins Eltern. Niemand außer der Familie kennt diesen Weg in die Katakomben. Geht ins Kellergewölbe, dort gibt es eine Mauer ...«, seine Stimme brach.

Rorich beugte sich mit einem Ohr ganz nah an den Mund des Abtes, dann fiel Odoakers Kopf nach hinten. Er war ins Reich der Toten eingegangen.

Die Menschenmenge verlief sich. Flavio hob den toten Abt mit seinen Freunden auf, um ihn zur Herberge zu tragen. Zuvor hatte er einigen der umstehenden Männern mit ein paar Worten die Fackeln abgenommen und uns gereicht. Auf mein Bitten hin nahm er Mori mit, denn wir wollten Guntwins Sohn nicht in Gefahr bringen. Der Junge lehnte sich lautstark dagegen auf, doch die raue Stimme des Grafen ließ ihn rasch verstummen, und kurz darauf verschwand er murrend mit dem Wirt und den anderen im Dunkeln der Straßen.

Bald darauf standen wir mit Fackeln in den Händen vor der Mauer im Kellergewölbe, von der Odoaker gesprochen hatte. Rorich machte ohne Zögern einen Schritt auf sie zu und verschwand durch einen Spalt, den ich bis dahin nicht gesehen hatte. Grauwolf folgte ihm auf dem Fuß.

Modrige, feuchte Luft schlug mir entgegen, als ich nach Arn und Vili in den finsteren Gang trat, der sich hinter der Mauer öffnete.

»Sie haben als Köhler drei Jahre in den finsteren Wäldern gelebt. Sie sehen im Dunkeln so gut wie bei Tageslicht«, sagte ich leise und dachte dabei an den Überfall im Linhardtwald, wo uns die Schwärze der Nacht nichts genutzt hatte.

»Wir lassen die Fackeln an«, raunte Grauwolf. »Wir sind zu fünft, sie nur zu zweit.«

Der Geruch von Verwesung und Tod wurde mit jedem Schritt stärker, den wir tiefer in die unheimlichen Katakomben eindrangen. Alkuin hatte in Aachen erzählt, dass sie vor undenklichen Zeiten Zuflucht der Christen gewesen waren. Das Licht der Fackeln warf lange Schatten auf den Boden und an die Wände, die von tiefen Nischen unterbrochen waren, in denen Totenschädel und von dickem, grauem Staub überzogene menschliche Knochen lagen. Nichts rührte sich, und kein Laut drang an meine Ohren außer den leisen Schritten meiner Gefährten. Jeder trug sein Schwert stoßbereit in der Hand. Nach einer Weile blieb Rorich stehen. Wir hatten eine Gabelung erreicht und mussten uns entscheiden. Plötzlich war von ganz nah ein leises Geräusch zu vernehmen.

Gleich darauf brach der unbändige Hass der Mörder, die wir so lange gesucht hatten, über uns herein. Obwohl sie nur zu zweit waren, fielen sie wie eine Meute todeshungriger Trolle über uns her. Sie waren sehr schnell und schienen überall zu sein, sprangen vor, stießen ihre Schwerter gegen uns und verschwanden gleich darauf hinter einer Biegung. Wir versuchten, sie mit unseren Waffen zu erreichen. Dabei entglitten uns die Fackeln und fielen zu Boden, wo sie ein unruhiges, schwaches Licht verbreiteten. Wutentbrannte Rufe zeigten mir, wo Grauwolf stand. Rorichs Stimme war unverkennbar, und Arns kannte ich, wie die Vilis, von vielen Kämpfen, die wir gemeinsam ausgefochten hatten.

Doch die zwei waren nicht nur feige Mörder. Sie nutzten den Vorteil der Überraschung durch fintenreiche, lautlose Angriffe und wirbelten uns durcheinander. Sie waren mitten unter uns und gleich darauf im Dunkeln verschwunden. Sie waren schlau, kämpften geschickt, zogen sich zurück und stießen danach blitzschnell wieder ihre Waffen gegen uns. Nie war sicher, wer gegen wen kämpfte.

Als Ersten traf es Arn. Er stand neben mir. Sein zorniger Schmerzensschrei gellte durch die Katakomben, dann klirrte sein Schwert auf den steinigen Boden. Ob er schwer verletzt war, konnte ich nicht erkennen, denn im gleichen Augenblick spürte ich, wie mir eine Klinge das Wams zerfetzte. Der Unhold sprang zurück, ich setzte nach, aber meine Waffe verfehlte ihn. Er machte einen Schritt ins Dunkel und entzog sich meinem nächsten Angriff, als Vili hinter mir laut aufstöhnte. Ich fuhr herum. Mein Gefährte griff sich an die Brust, seine Waffe entglitt der Hand. Eine schattenhafte Gestalt stieß ein zweites Mal zu, als Vili schon mit einem gurgelnden Laut in die Knie sank. Der Mordgeselle wandte sich von ihm ab. Er hatte mich nicht bemerkt und lief in meine Klinge, die ich ihm mit aller Kraft bis zum Heft in die Brust rammte. Er starb, bevor sein Körper den Boden berührte. Der Kampf hatte sich zu unserem Vorteil gewendet. Aber um welchen Preis?

Am Abzweig fochten Rorich und Grauwolf mit dem zweiten Mörder, der schon wankte und in die Knie sank. Er schien den Tod seines Genossen in diesem Augenblick bemerkt zu haben, denn mit einem Mal ließ er sein Schwert sinken und schrie: »Mich und alle, die ich liebte, hat der Hass gefressen! Der Tod ist allemal besser als solch ein Leben! Tötet mich!«

Grauwolfs Klinge fuhr ihm mit ungeheurer Wucht in den Hals und trennte ihm den Kopf mit einem Schlag vom Rumpf. Auch der zweite Unhold hatte sein Leben ausgehaucht.

In den düsteren Gängen der Katakomben herrschte Stille, als wir Arn und Vili kurz darauf zur Gasse hinauftrugen.

Epilog

Unsere Gefährten hatten schwere Verletzungen erlitten, doch sie lebten. Flavio sorgte mit seiner Frau dafür, dass sie wieder gesund wurden und mit uns die Reise in den Norden antreten konnten. Auch Heriburg, die Rom in der Zwischenzeit im Gefolge Leos III. erreicht hatte, schloss sich uns an. In den letzten Tagen des Herbstimanoth, drei Monate nach dem Tod der Mörder in den Katakomben, stand ich gemeinsam mit meinen Gefährten und einer Schar von Grauwolfs Männern vor den Meilern in den Baumbergen. Schon der Weg dorthin hatte uns mit Grauen erfüllt. Und der Anblick der verkohlten Leichen von acht Männern, die wir kurz danach in den vier großen Meilern fanden, ließ uns für lange Zeit verstummen.

Grauwolf befahl schließlich, die brüchigen Schädel und Knochen zusammenzutragen. Niemand konnte mehr sagen, welche Gebeine zu welchem Mann gehörten. Doch sie würden auf dem Totenacker seiner Burg der Erde Westfalens übergeben werden. Danach wurden alle Meiler und die schon verfallene Kate des Köhlers dem Erdboden gleichgemacht. Nichts sollte mehr an das grauenvolle Geschehen erinnern.

Noch Jahre später mieden die Menschen die Nähe dieses unheimlichen Ortes, von dem gesagt wurde, die Geister der Toten würden jeden, der es trotzdem wagte, ihn zu betreten, in das finstere Moor stürzen, das sich unterhalb der Baumberge bis nach Mimigernaford erstreckte.

Papst Leo III. musste im Jahr darauf in Rom eine peinliche Gerichtsverhandlung über sich ergehen lassen, in der seine Verbrechen und Fehltritte verhandelt wurden. Aber er konnte sich mit Hilfe einer ausgefeilten Rede so gut verteidigen, dass ihm der Heilige Stuhl der Christen blieb. Am fünfundzwanzigsten Tag des Heiligmanoth im Jahr 800 krönte er in der Petersbasilika zu Rom den Frankenkönig Karl mit großem Prunk zum Kaiser aller Christen. Man erzählte, Karl hätte von dieser Krönung nichts geahnt und sei überrascht, ja sogar erbost gewesen. Ich wusste es besser, und auch, dass die Geschichte einen anderen Verlauf genommen hätte, wäre der unheilige Papst dem Hass Crispins und Rados zum Opfer gefallen. Doch niemand weiß, ob die Welt dadurch besser geworden wäre, als sie heute ist.

ENDE

Glossar

Abbio – Stammesführer der Sachsen, vermutlich Ostfale.

Alamannen – die Alamannen nannten sich selbst auch Sueben oder Schwaben. Sie siedelten im Bodenseegebiet und ließen sich erst unter Karl dem Großen in das fränkische Reich eingliedern.

Alkuin – auch »Alkwin« genannt (730–804). Benediktinermönch und angelsächsischer Gelehrter aus Northumbrien. Alkuin war der wichtigste geistliche Berater Karls des Großen.

Alpes – Alpen.

Apsis – halbrunde, später meist eckige Raumnische, von einer Halbkugel überwölbt. Beim christlichen Kirchenbau der Chorabschluss des Hauptschiffes.

Attigny – fränkischer Königshof (Königspfalz) in Austrien, am Flüsschen Aisne gelegen.

Austrien – Gebiet des Frankenreiches, das sich auf Teile des heutigen östlichen Frankreichs, Belgiens, der Niederlande und Luxemburgs erstreckte sowie große Gebiete des heutigen Deutschlands umfasste und an das Land der Sachsen im Norden und die sorbische und böhmische Mark im Osten grenzte.

Aquitanien – Gebiet des Frankenreichs im heutigen Südwesten Frankreichs, etwa zwischen der Loire im Osten und Norden und der Garonne im Süden gelegen.

Asen – nordisches Göttergeschlecht, dessen oberster Gott Odin war.

Asenberge – der heutige Teutoburger Wald.

Awaren – Steppenvolk in Mitteleuropa. Um 500 n. Chr. wurden die Awaren von den Türken aus Innerasien vertrieben und wanderten danach über das Gebiet der Wolgamündung zum Balkan. Sie siedelten im Donauraum zwischen Belgrad und Budapest. Ende des 8. Jahrhunderts zog Karl der Große gegen die Awaren und besiegte sie.

Bardengau – Gebiet zwischen Weser und Elbe.

Barke – vermutlich im friesischen Raum entwickelter und dort vorherrschender Schiffstyp, der zur Zeit Karls des Großen bereits mit einem Segel ausgestattet sein konnte. Die Planken der Barken waren wie die anderer Boote und Schiffe fast immer klinkerweise zusammengefügt, d.h. sie wurden übereinander gelegt und mit eisernen Nägeln untereinander verbunden. Man kannte neben dem Klinker- aber auch den eleganteren Kraweelbau, bei dem die Schiffsplanken aneinander stießen und nicht übereinander gelegt wurden.

Basilika – Hallenkirche. Bei Griechen und Römern war die Basilika ein großes hallenartiges Gebäude für Handelsverkehr und Rechtspflege. Sie wurde später dem christlichen Kirchenbau zum Vorbild.

Bastard – unehelich geborenes Kind.

Bienenhonig – die Bienenzucht besaß eine beträchtliche volkswirtschaftliche Bedeutung. Die Zuckerrübe war noch nicht bekannt, so gab es zum Süßen nur Honig, der auch zur Erzeugung von Wachs, z.B. für Kerzen, genutzt wurde.

Blutsbrüderschaft – Der zum Blutsbruder auserkorene Freund stand gleichrangig neben dem leiblichen Bruder. Die Blutsbrüderschaft war eine künstliche, unauflösbare Verwandtschaft, die auch zwischen Männern aus unterschiedlichen Sippen geschlossen werden konnte. Sie wurde nach einem bestimmten Ritus vollzogen, indem die zukünftigen Blutsbrüder ihr Blut auf denselben Flecken Erde unter einem Streifen Wiese rinnen ließen und dabei schworen, einander wie Brüder zu rächen. Vermutlich hat man dabei ursprünglich an eine vollständige Identität der beiden Blutsbrüder gedacht, was sich z.B. im Mitbeerdigen kundtat, dann jedoch durch ein Scheinbegräbnis und später durch die Blutrache abgelöst wurde. Durch die Rache sollte der Getötete im Rächer weiterleben.

Bretwalda – »Herrscher über Britannien«, Herrschaftstitel unter den angelsächsischen Königen. In einem festgelegten zeitlichen Rhythmus wechselte, wenn auch vermutlich eher symbolisch, die Vorherrschaft der Könige über ganz Britannien (siehe auch dort).

Britannien – im 5. und 6. Jahrhundert wanderten germanische Stämme der Angeln, Sachsen und Jüten aus den Küstenlandschaften der Nordsee zwischen den Niederlanden und Norwegen auf die britischen Inseln ein, wo sie das Tiefland in der Mitte und im Süden der Insel eroberten und die dort siedelnden Kelten nach und nach verdrängten (z.B. durch Einheiraten in keltische Familien). Zur Zeit Karls des Großen existierten auf Britannien die angelsächsischen Königreiche Wessex, Sussex, Kent, Essex, Ost-Anglia, Mercia und Northumbria.

Bronzefibel – Schmuckstück und Spange zugleich, mit der Kleidungsstücke, z.B. Umhänge, zusammengehalten wurden.

Brünnen – mit Eisenplättchen versehene Lederwämser, die von den eisernen Reitern Karls des Großen getragen wurden. Diese Schuppenpanzer waren die Vorläufer der späteren Ritterrüstungen. Die eisernen Brünnen waren, wie die Schwertklingen, so wertvoll, dass ihre Ausfuhr aus dem fränkischen Reich streng verboten war.

Brukterer – germanischer Volksstamm, der zur Zeit des Römischen Reiches im Bereich der Lippe siedelte.

Buchstaben – die sächsischen/germanischen Seher warfen, um in die Zukunft zu sehen, auch Losorakel. Für dieses Orakel schnitten sie Zweige fruchttragender Bäume ab. Danach zerteilten sie die Zweige in kleine Stücke (Stäbchen), versahen sie mit Runen und warfen sie wahllos auf ein Laken aus Leinenfasern. Der Ursprung unserer heutigen Bezeichnung »Buchstaben« geht auf die in Stücke geschnittenen Zweige, die Stäbchen, zurück, die oft von Buchen geschnitten wurden.

Capitulatio de partibus Saxoniae – von Karl dem Großen im Jahre 782 gegen die Sachsen erlassenes Gesetz von großer Strenge, in dem es unter anderem heißt: »Wer den Leib eines Verstorbenen nach heidnischem Ritus dem Feuer überantwortet, so dass seine Gebeine zu Asche werden, sterbe des Todes ... Wer sich unter seinen Landsleuten (den Sachsen) zu verbergen sucht, weil er die Annahme der Taufe verweigert, sterbe des Todes ... Wer aus Verachtung des Christentums das heilige vierzigtägige Fasten nicht hält und Fleisch isst, sterbe des Todes ... Wer gemeinsam mit den Heiden etwas gegen Christen plant und in Feindschaft zu den Christen zu bleiben gedenkt, der sterbe des Todes ...«

Capitulare Saxonicum – der Capitulatio de partibus Saxoniae gegenüber milderes Gesetz von 797, nach dem zuvor mit der Todesstrafe belegte Vergehen nun mit, wenn auch hohen, Geldbußen belegt waren, wobei eine Rinderwährung als Grundlage der Berechnung galt: 1 Schilling = 1 einjähriges Rind.

Coracle – Bootstyp, der auf Flussläufen benutzt wurde. Ähnliche Boote sind gegenwärtig noch in Wales und Irland in Gebrauch. Es sind nicht besonders große, aus Weidenruten geflochtene, ovale Boote, denen durch ein hölzernes Kiel- und Spantengerüst Form und Halt gegeben wird. Ein geteerter Überzug aus Tierhäuten verleiht ihnen die nötige Dichtigkeit.

Denar – schon ab Ende des 7. Jahrhunderts wurde in Franken die Umstellung der alten Gold- auf die Silberwährung betrieben. Man schuf durch diese Münzreform ein einheitliches Währungssystem. Zum Beispiel wurden aus einem Pfund Silber 240 Pfennige geprägt. Der Solidus oder Schilling wurde zu 12 Denaren gerechnet, das Pfund zu 20 Solidi, wobei Pfund und Solidus nicht ausgeprägt wurden. Sie waren reine Recheneinheiten. Die Grundlagen dieser karolingischen Münzreform haben sich bis in die Neuzeit erhalten: Noch in jüngster Vergangenheit wurde in England das Pfund zu 20 Schilling und der Schilling zu 12 Pennies gerechnet.

Eidbrüchige – die Sachsen schworen, vor allem nach verlorenen Kämpfen, immer wieder Eide darauf, dass sie sich den Franken unterwerfen würden und stellten sogar Geiseln. Sobald die Franken jedoch abgezogen waren, erhoben sich die Westfalen mit den anderen Stämmen ungeachtet der Geiseln zu immer neuen Aufständen.

Einbaum – ausgehöhlter und zu einer einfachen Bootsform behauener Baumstamm aus Buche oder Eiche, in dem ein oder zwei Männer Platz fanden.

Einherjer – (anord. »Der allein kämpft«) gefallene Kämpfer, die von Walküren nach Walhall geholt werden.

Eisen – auf der Werteskala der damaligen Zeit rangierte neben Gold und Silber auch das Eisen an oberster Stelle. Die verfügbare Eisenmenge war so gering, dass man es immer wieder verarbeitete (z.B. wurden alte, zerbrochene oder schartige Eisenklingen eingeschmolzen, um neue daraus zu schmieden). Im Rohzustand wurde das Metall durch den Abbau von Oberflächenvorkommen im Mittelgebirgs- und Alpenraum gewonnen. Im Norden nutzte man das Raseneisenerz, das mühsam vom Boden aufgesammelt werden musste.

Eisenfelshügel – Borkenberge bei Sythen/Haltern a. See. In den Borkenbergen, die militärisches Sperrgebiet sind, soll ein großer Opferstein der Sachsen gelegen haben, der in den fünfziger Jahren von den Briten gesprengt wurde.

Eiserne Reiter – berittene Krieger Karls des Großen, die ihren Namen wegen der Rüstungen (Brünnen, Spangenhelme) trugen.

Emmer – Flüsschen zur Weser. Den gleichen Namen trägt auch eine Getreidesorte, die im Mittelalter angebaut wurde.

Engern – wie die Westfalen waren die Engern ein Stamm der Sachsen. Sie siedelten im Wesergebiet, Wiehengebirge und im östlichen Teutoburger Wald.

Eresburg – stark befestigte sächsische Volksburg oberhalb der Diemel bei Marsberg, die Karl der Große im Jahr 772 eroberte.

Ethelinge – Edelmänner.

Färberwaid – gehört zu den ältesten Kulturpflanzen. Aus Färberwaid wurde der blaue Farbstoff Indigo gewonnen.

Färberwau – wurde wie Färberwaid schon sehr früh zum Einfärben von Textilien verwendet. Es ergab die Farbe Gelb.

Feuerschwamm – Pilzart, die vorzugsweise an Laubbäumen wächst. Der Feuerschwamm wurde gesammelt, getrocknet und zerrieben. Zusammen mit Salzfels ergab der Feuerschwamm ein leicht entzündbares Gemisch.

Filz – das Herstellen von Filz ist die älteste textile Technik überhaupt. Man vermutet, dass dieses Handwerk noch vor dem Spinnen und Weben angewendet wurde. Zum Herstellen von Filz wird Schafwolle gereinigt und gezupft. Danach wird mit dem »Filzen« begonnen: Dazu wird die Wolle in dünnen Schichten übereinander gelegt, mit warmer Seifenlauge besprenkelt und langsam mit den Händen – zuerst sehr vorsichtig, später kräftiger – durch Druck verfilzt. Die kreuz und quer übereinander liegenden Wollhaare verhaken sich dabei durch ihre schuppenartige Oberfläche miteinander, schrumpfen und werden so zu einer leichten, weichen, wärmenden Fläche. Später kann der Filz geschnitten und weiterverarbeitet werden.

Franziska – Wurfaxt der Franken, mit der ein geübter Krieger seinen Gegner bis auf ca. 13 Meter tödlich treffen konnte.

Freyja – Göttin des Glücks, des Frühlings und der Liebe.

Fuß – Längenmaß. In der Karolingerzeit wurde entweder der altrömische Fuß (29,6 Zentimeter) oder der Fuß des Drusus (33,3 Zentimeter) verwendet. Den Entfernungsangaben im Roman liegen 30 Zentimeter zugrunde.

Gabelweihe – Name für den Milan, einen stolzen Greifvogel, der bis heute in einigen Gegenden Deutschlands brütet. Man unterscheidet den roten Milan mit stark gegabeltem Schwanzgefieder und den schwarzen Milan mit schwach gegabeltem Schwanz. Der Milan war Vogel des Jahres 1999.

Gau – besiedelte Landfläche. Westfalen, Engern und Ostfalen hatten ihre Stammesgebiete in Gaue aufgeteilt, z.B. in den Dreingau, Brukterergau, Bardengau, Hvettagau, Ittergau und andere. Karl der Große behielt später die Aufteilung in Gaue bei.

Ger – germanischer Wurfspieß.

Gjöll – unterirdischer Fluss, der die Grenze zum Reich der Hel, dem Totenreich, bildet.

Grubenhäuser – ca. 1,50 Meter tiefe, 2 Meter breite und 3 Meter lange in das Erdreich eingelassene Gruben, die von einem bis auf den Boden reichenden Dach bedeckt waren. In Westfalen dienten die Grubenhäuser nicht als Wohnhäuser. Sie wurden für verschiedene Arbeiten, z.B. zum Weben, benutzt.

Hel – Herrin des gleichnamigen Totenreiches.

Hellweg – Handels- und Heerweg, der von Karl dem Großen als Aufmarschweg gegen die Sachsen benutzt wurde. Der Hellweg führte vom heutigen Duisburg kommend über Essen, Dortmund (Hohensyburg) und Soest nach Paderborn. Aber auch andere Handelswege wurden oft »Hellweg« genannt. Diese Wege- und Straßenbezeichnung findet sich noch heute in vielen Gegenden Westfalens und darüber hinaus.

Hillebillen – – Busch- oder Waldtelegraphen der Sachsen. Zur Erzeugung von Tönen, die bestimmte Wörter oder Sätze bedeuteten, wurde mit Holzschlägeln auf Hartholzbretter geschlagen, und auf diese Weise wurden Nachrichten verbreitet. Noch heute gibt es das »Hillebilleschlagen« in einigen Gegenden Ostwestfalens: Beim Richtfest eines Hauses bzw. eines Dachstuhles schlagen die Zimmerleute mit ihren Hämmern nach einem festgelegten Takt auf den Firstbalken und verkünden so der Nachbarschaft die Errichtung des Daches.

Hulda – Winterbringerin und Vorbild für Frau Holle aus Grimms Märchen.

Irminsul – Hauptheiligtum der Sachsen. Die Irminsul lag vermutlich in einem heiligen Hain – einer Stätte der Götterverehrung – in der Gegend von Paderborn. Man nimmt an, dass die Irminsul ein gewaltiger Baumstamm war, der in der Vorstellungswelt der Sachsen die das All tragende Säule darstellte. In der Gestalt diese Baumes verehrten die Sachsen auch ihre Volksgötter wie Odin, Thor und andere.

Jagd – Karl der Große liebte die Jagd. In einer geradezu poetischen Schilderung ist z.B. der Aufbruch des Hofes zu einem Jagdausflug überliefert: »Hier im Schatten des Waldes pflegt Vater Karl, der ehrwürdige Held, sich auf freier Wildbahn im Spiele zu sammeln, hier jagt er das Wild mit der Meute und erlegt mit schwirrendem Pfeile das Rotwild im Tann ...«

Kalfatern – das Abdichten der Fugen zwischen den Planken eines Schiffes mit Viehhaaren oder Wolle, die fadenförmig zusammengedreht und in die Fugen gepresst wurden. Anschließend goss man die Fugen mit Pech aus.

Karl der Große – (742–814). Ab 768 war Karl der Große gemeinsam mit seinem Bruder Karlmann König der Franken. Als Karlmann im Jahre 771 starb, wurde Karl der Große alleiniger Herrscher und im Jahr 800 in Rom zum Kaiser gekrönt. Er unterwarf und christianisierte die Sachsen in einem zweiunddreißig Jahre dauernden blutigen Krieg.

Karl Martell (der Hammer) – gestorben 741. Großvater Karls des Großen. Karl Martell erneuerte das fränkische Reich noch unter den Merowingern und begründete die Macht der Karolinger. In der Schlacht bei Tours und Poitiers schlug Karl Martell im Jahre 732 die Mauren und verhinderte damit vermutlich ein dauerndes Vordringen der Mauren von der Iberischen Halbinsel auf das europäische Festland.

Kelten – die Kelten waren die ersten »organisierten Mitteleuropäer«. Ihr ursprüngliches Siedlungsgebiet erstreckte sich lange vor Christi Geburt von der Nordsee bis zum Donaubecken. Ab dem 6.–7. Jahrhundert reichte es von Irland bis zum Schwarzen Meer. Sie galten als Meister der Metallverarbeitung und des Bergbaus, vervollkommneten den Räder- und Wagenbau und führten das Pferd in Europa ein. Besonders in Nord- und Mitteleuropa hinterließen sie unzählige Hügelfestungen und reich ausgestattete Fürsten- und Pferdegräber.

Kienspan – aus besonders harzigem Holz geschnittener und daher leicht entzündbarer, etwa daumendicker Span, der hauptsächlich zum Beleuchten von Innenräumen benutzt wurde.

Krapp – ist neben Färberwaid einer der ältesten Pflanzenfarbstoffe und wurde zum Rotfärben verwendet.

Kräuter – Würz- und Heilkräuter wurden in Kräutergärten gepflanzt oder gesät bzw. in der Natur gesucht. Fenchel und Brunnenkresse setzte man z.B. gegen Verstopfung, Augenleiden und Husten ein, Absinth gegen Fieber, Kerbel gegen Blutungen; Bärwurz half gegen die Winde des Darms; Flaschenkürbis vertrieb die Würmer; Frauenminze beruhigte das Herz; Gewürznelken milderten den Zahnschmerz; Zwergholunder verbesserte den Harn; Salbei und Kamille halfen bei Blutungen und gegen Entzündungen im Mund- und Rachenraum.

Langobarden – germanischer Volksstamm, der in Oberitalien ein Königreich errichtete, das zur Zeit Karls des Großen von König Desiderius regiert wurde.

Latte – Längenmaß. Eine Latte entsprach zwölf Fuß.

Linhardtwald – Linhardt. Ausgedehntes Waldgebiet an den Borkenbergen (siehe *Eisenfelshügel*), in dem eine Thing- und Richtstätte der Sachsen gelegen haben soll.

Liudihi – Lügde in der Nähe von Bad Pyrmont, im äußersten südöstlichen Zipfel des Lipperlandes gelegen. Wegen des Osterräderlaufs, einem Brauch der erstmals 1743 schriftlich erwähnt wird, ist die Stadt Lügde weit über ihre Grenzen hinaus bekannt.
Einer der vielen Sagen nach, die sich um den Sachsenherzog Widukind ranken, soll dieser bereits das Weihnachtsfest des Jahres 784 gemeinsam mit Karl dem Großen in Lügde gefeiert haben. Nachdem der Sachse bei diesem Anlass die Erlösungsgeschichte des Christengottes zum ersten Mal gehört hatte, soll er so von ihr beeindruckt gewesen sein, dass er sich im Jahr 785 taufen ließ.

Luppe – Klumpen aus verbrannter Holzkohle und geschmolzenem Eisen.

Maifeld – auch »Märzfeld«, nannte man die Versammlungen, zu denen Karl der Große seine Grafen und Edelleute einmal im Jahr zusammenrief. Bei diesen Versammlungen wurden die folgenden Heerzüge und andere Angelegenheiten des Reiches besprochen. Das Maifeld bezeichnete weniger einen Ort – die Orte wechselten meist von Jahr zu Jahr – als einen genau festgelegten Termin. Man begegnete sich an bestimmten Tagen im frühen Jahr irgendwo zwischen Donau, Rhone, den Alpen und der Atlantikküste.

Marschall – Leiter des königlichen Reitstalls.

Mauren – Karl der Große zog 778 – allerdings ohne Erfolg – gegen die Mauren, die von 711 bis 1492 weite Teile der Iberischen Halbinsel beherrschten. Unter der Herrschaft der maurischen Kalifen (arabischer Name der Nachfolger Mohammeds) entstand in Spanien ein blühendes Staatswesen, in dem sich die Wissenschaften und Künste, aber auch andere Glaubensrichtungen wie das Christen- und Judentum frei entfalten konnten.

Meile – Entfernungsmaß. Die germanische Meile schwankte zwischen 750 und 900 Meter. Eine Seemeile beträgt noch heute 1850 Meter (im Roman auch die Meilenangabe an Land).

Meiler – sie dienten zur Gewinnung von Holzkohle. Das »Köhlern«, wie das Verfahren genannt wurde, ist vermutlich schon so lange bekannt, wie Menschen Metalle gewinnen und verarbeiten (etwa ab dem 5. Jahrtausend v. Chr.). Zum Köhlern wurden die Holzscheite, am besten eignete sich Buchenholz, unter nur geringer Luftzufuhr verkohlt, nicht verbrannt. Die Holzscheite wurden übereinander gelegt oder gestellt und mit Grassoden, Erde, Laub, Farn oder Ähnlichem luftdicht abgedeckt. Durch gezielt eingesteckte Löcher sorgte man für die notwendige Sauerstoffzufuhr. Hin und wieder konnte es, meist durch zu viel Sauerstoffzufuhr, zu Meilerbränden kommen, die je nach Größe der Meiler zwischen wenigen Tagen und drei Wochen dauerten. In einigen Gegenden Deutschlands, z.B. im Harz, wird das Köhlern noch heute praktiziert.

Merowinger – fränkisches Königsgeschlecht im frühen Mittelalter. Im Jahr 751/752 löste der Sohn Karl Martells und Vater Karls des Großen, Pippin der Jüngere, den letzten Merowingerkönig ab.

Mimigernaford – alter Name Münsters.

missi dominici – Königsboten, die auch die Markgrafen, Äbte, Bischöfe und Gaugrafen kontrollierten.

Mjöllnir – der Hammer Thors, der den Donner verursacht und nach jedem Wurf in die Hand des Gottes zurückkehrt.

Njörd – (anord. vermutlich: »Kraft«) Gott der Fruchtbarkeit und der Schifffahrt.

Nordalbingien – Gebiet der Sachsen an der Unterelbe.

Nornen – »die Raunenden« waren Schicksalsgöttinnen in der germanischen Mythologie. Am Brunnen der Urd bei der Weltenesche wirkten drei Nornen: Urd bestimmte die Vergangenheit, Verdandi die Gegenwart und Skuld die Zukunft.

Nusswald – Nottuln und seine Umgebung im Landkreis Coesfeld. Der Ort Nottuln gehörte im frühen Mittelalter zum Kernland der Sachsen/Westfalen. Auf dem Gebiet Nottulns existierte eine Wallburg, deren Begrenzungen sich bis heute erhalten haben. In den Jahren 1976–1978 stieß man bei Ausgrabungsarbeiten in der St. Martinus Kirche zu Nottuln unterhalb der Grundmauern auf einen gut erhaltenen Eichenbaumsarg mit Gebeinen, die seit ihrer Bestattung im 9. Jahrhundert unberührt geblieben waren. Diese Gebeine werden der heiligen Heriburg zugerechnet, einer Schwester des Friesen Liudger (gestorben 809), der um 796 Münster gründete. Der Eichenbaumsarg vermittelt einen nachhaltigen Eindruck von jener weit zurückliegenden Zeit.

Osenbrugga – Osnabrück.

Osning – alte Bezeichnung für Gebiete des heutigen Teutoburger Waldes.

Padrabrun – Paderborn.

Pergament – haarfeines ungegerbtes Ziegen-, Schafs- oder Kalbsleder, das sorgfältig geglättet wurde und zum Beschreiben diente.

Pfalz – Palast.

Pfahlzäune – aufrecht in den Boden gerammte, oben zugespitzte Holzstämme, die meist auf dem vordersten Wall der Wallburgen errichtet wurden und oft eine torähnliche Öffnung freiließen. Die Pfahlzäune waren vermutlich etwa mannshoch.

Pippin der Jüngere (der Kurze) – gestorben 768. Vater Karls des Großen. Nach der Absetzung des letzten Merowingers 751/752 wurde Pippin zum König der Franken erhoben. Im Jahr 754 übertrug er mit der so genannten »Pippinschen Schenkung« dem Papst in Rom das Exarchat von Ravenna und wurde so der Begründer des Kirchenstaates.

Rennofen – aus Lehm gebauter, schornsteinförmiger Ofen zur Eisenschmelze von etwa 1 Meter Höhe.

Rutenberge – Vorratseinrichtungen mit einem höhenverstellbaren Dach zum Lagern von Getreide, Holz, Heu und anderen Gütern. Vereinzelt werden Rutenberge heute noch in den Niederlanden verwendet.

Saflor – auch Färberdistel, wurde zum Rotfärben von Textilien verwendet.

Salzfels – Salpeter. In einem Bottich wurden Stallmist, Kalk und Pottasche (Kaliumkarbonat, das durch Auslaugen und Eindampfen von Pflanzenaschen entstand) miteinander vermischt, durch Jauche feucht gehalten und umgeschichtet. Auf diese Weise gewann man Salpeter, der u.a. in Verbindung mit Feuerschwamm als leicht entzündbares Gemisch (Zunder) genutzt wurde.

Sarum – große Hügelfestungsanlage im Süden Englands im Gebiet der heutigen Stadt Salisbury, die vermutlich schon in der Eisenzeit um 500 v. Chr. oder noch wesentlich früher entstand, von den Kelten besiedelt war und später zu einer römischen Festung ausgebaut wurde (ca. 50 n. Chr.).

Sax – kurzes, einschneidiges Schwert der Sachsen.

Scaras – besonders gut ausgebildete und bewaffnete fränkische Reiter.

Simonie – laut Kirchenrecht verbotener Verkauf geistlicher Ämter.

Sitnia – Sythen bei Haltern in Westfalen. Der Name Sythens ist eng mit einer blutigen Schlacht der Franken gegen die Sachsen im Jahr 758 verbunden. Die »Annales regni Francorum« erwähnen diese Schlacht und den Ort, an dem sie stattfand. Daher gilt Sythen als einer der ältesten Orte Westfalens überhaupt. In den »Annales regni Francorum« heißt es:

»König Pippin zog nach Sachsen und drang tapfer in die Befestigungen der Sachsen ein bei Sythen, und beim Sachsenvolk traten schwere Verluste ein; da versprachen sie gegen Pippin alle seine Wünsche zu erfüllen und als Ehrengabe auf seinem Reichstag bis zu 300 Pferde jährlich zu stellen ...«[1] (300 Pferde stellten in der damaligen Zeit

einen unvorstellbar hohen Wert dar. Daher wird diese Angabe von vielen Historikern angezweifelt).
Auch in der Halterner Stadtchronik findet sich zu diesem Ereignis ein schriftliches Zeugnis: »Die westphfäliger rebelirten wiederum gegen Pippenium, König der Franken und döteten alle christen, verschanzten sich sehr mechtig und stark an den Lippestrom in der gegent woh jetz halteren liegt, alwoh sich auch Pipinum in selbigen gegent nahe bei das haus Sithnia wieder geschlagen, jedoch aber von pipino wieder angenommen und als kurtz hernach pipinus mit todte abginge, rebelirten sie noch herter ...«[2]

Skuld – eine der Schicksalsgöttinnen (siehe *Nornen*).

Spatha – zweischneidiges Langschwert.

Spelt – auch »Spelz« genannt, eine Weizenart.

Sprache – Franken, Sachsen und Angelsachsen sprachen germanische Dialekte, und zwar Altfränkisch (Althochdeutsch), Sächsisch (Altniederdeutsch) und Angelsächsisch (Altenglisch). Alle germanischen Stämme konnten sich also untereinander recht gut verständigen. Die Sprache der Kirche dagegen war Lateinisch, in der auch fast alle schriftlichen Zeugnisse der damaligen Zeit abgefasst wurden.

Stürmisches Meer – Nordsee.

Sunna – auch »Sol« genannte Jungfrau, die den Sonnenwagen zieht.

Theotmalli – Detmold.

Thrym – König der Riesen. Thrym stahl Thor den Hammer Mjöllnir, wodurch die Asen in große Gefahr gerieten. Erst durch eine List Lokis und mit der Hilfe Freyjas gelang es Thor, seinen Hammer zurückzubekommen (Thrymlied).

Tyr – auch »Ziu« oder »Tiwaz« genannt. Alter Gott des Krieges und des Rechts, der später von Odin abgelöst wurde. Tyrs Zeichen der Macht war der Speer.

1 Quellen zur karolingischen Reichsgeschichte. Neubearbeitet von Reinhold Rau, Darmstadt 1980, S. 18–19.
2 Chronik der Stadt Haltern von 1839 (Stadtarchiv Haltern), S. 29.

Walhall – in die Walhall Odins gehen nach der Vorstellung der Sachsen/ Germanen alle gefallenen Krieger als Helden ein.

Walküren – Frauen, die nach Odins oder eigenem Willen Tote vom Schlachtfeld für die Walhall auswählen.

Wallburgen – Verteidigungs-, Flucht- und Wohnanlagen aus mehreren aufeinander folgenden, hoch aufgeschütteten und meistens ringförmigen Erdwällen. Auf der höchsten Erhebung im Zentrum der Wälle befanden sich die vermutlich aus Stein errichteten Gebäude der Burgen. Die Wallburgen befanden sich auf Berghöhen oder an Berghängen. Im Münsterland wurden sie jedoch auch in der Ebene angelegt.

Warmes Meer – Mittelmeer.

Widukind – gestorben ca. 807. Widukind wurde auch »Wittekind« oder »Witukind« genannt. Er war ein sächsischer Edelmann vom Stamm der Engern und wurde auf einer Stammesversammlung, wahrscheinlich im Jahr 768, zum Heerführer (Herzog) aller sächsischen Stämme gewählt.

Wildes Heer – von Thor, nach anderer Vorstellung von Hulda, nachts bei Sturm durch den Himmel geführtes Heer der Einherjer. Auch »Wilde Schar« oder »Wilde Jagd« genannt.

Bezeichnungen der Monate

Wintarmanoth – Januar
Hornung – Februar
Lentzinmanoth – März
Ostarmanoth – April
Winnemanoth – Mai
Brachmanoth – Juni
Hewimanoth – Juli
Aranmanoth – August
Witumanoth – September
Windumemanoth – Oktober
Herbstimanoth – November
Heiligmanoth – Dezember

Bezeichnungen der Winde

Ostroni – Ostwind
Ostsundroni – Südostwind
Sundostroni – Südsüdostwind
Sundroni – Südwind
Westsundroni – Südsüdwestwind
Westroni – Westwind
Westnordroni – Nordwestwind
Nordwestroni – Nordnordwestwind
Nordroni – Nordwind
Nordostroni – Nordostwind
Ostnordroni – Ostnordostwind

Zeittafel

732	Karl Martell schlägt in der siebentägigen Schlacht bei Tours und Poitiers die maurischen Heere.
742	Karl der Große wird geboren (Geburtsjahr umstritten).
758	Pippin der Jüngere zieht gegen die Sachsen und schlägt sie in der Schlacht bei Sythen.
771	Nach dem Tode seines Bruders Karlmann wird Karl der Große Alleinherrscher im Frankenreich.
772	Mit der Eroberung der Eresburg und dem Sturz der Irminsul durch Karl den Großen beginnen die Sachsenkriege.
774	Karl der Große unterwirft den Langobardenkönig Desiderius und lässt sich zum König der Langobarden krönen.
778	Karl der Große marschiert auf der Iberischen Halbinsel ein. Der Feldzug ist jedoch nicht von Erfolg gekrönt.
782	Strafgericht Karls des Großen gegen die Sachsen in Verden an der Aller, bei dem 4500 sächsische Männer hingerichtet wurden (umstritten).
783	Schlacht bei Theotmalli (Detmold) und an der Hase (in der Nähe von Osnabrück).
785	Taufe Widukinds (umstritten).
788	Sturz des Bayernherzogs Tassilo III., angeblich wegen »harisliz«, d.h. Verlassen des Heeres, Fahnenflucht.
791	Awarenfeldzug der Franken.
795–796	Ende des Awarenreiches.
795	Tod Papst Hadrians I.

796 Wahl Leos III. zum Papst.

799 Attentat auf Papst Leo III. in Rom.

800 Kaiserkrönung Karls des Großen durch Leo III. in Rom.

804 Endgültige Unterwerfung der Sachsen, vor allem durch Deportation und Vertreibung aus ihren Stammesgebieten in weit entfernt liegende fränkische Gebiete.

814 Tod Karls des Großen.

Nachwort

Das Attentat auf Papst Leo III. am 25. April 799 in Rom und das Treffen des Papstes mit dem Frankenkönig in Paderborn im Juni des gleichen Jahres sind historische Ereignisse.

Der Überfall auf Leo III. war ein von langer Hand geplanter Staatsstreich. Gründe, den Papst zu stürzen, gab es reichlich. Einer war sicherlich seine bäuerliche Herkunft, die vielen römischen Adligen ein Dorn im Auge war. Andere, gewichtigere, waren seine Bestechlichkeit und sein Lebenswandel. Er bereicherte sich rücksichtslos durch Ämterverkauf oder bezahlte Gefälligkeitsurteile und presste die Bürger der Stadt bis aufs Blut aus. Sogar Vergewaltigung und Mord werden ihm nachgesagt. Entsprechend hassten die Römer ihn.

Karl der Große muss davon gewusst haben, denn er forderte Leo III. einige Male auf, die unhaltbaren Zustände zu ändern. Aber nichts geschah. Daher kann der König nicht sonderlich überrascht gewesen sein, als ihn Anfang 799 die Nachricht erreichte, der Papst sei nur mit Mühe und Not einem Anschlag auf sein Leben entgangen.

Was Karl und Leo III. in Paderborn im Einzelnen besprachen, ist nicht überliefert. Zu diesem historisch wichtigen Treffen des weltlichen Herrschers mit dem Oberhaupt der Kirche auf sächsischem Boden kam es vor allem, weil Karls wichtigster Berater Alkuin dazu geraten hatte, denn der König hatte nach den Vorkommnissen in Rom zuerst nicht an eine Zusammenkunft mit dem Papst gedacht.

Viele Historiker gehen davon aus, dass in Paderborn auch über die Krönung Karls zum Kaiser, zum »Augustus«, und damit zum Nachfolger der römischen Imperatoren, gesprochen wurde. Dass Karl während oder nach der Krönung unwillig reagierte, ist mehr auf die Zeremonie zurückzuführen, in der Leo III. die Kaiserkrönung durchführte, als auf die Krönung selbst, denn der Papst hatte eine Rolle übernommen, die ihm nicht zukam. Er hatte die Reihenfolge geändert, die für eine solche Krönung vorgesehen war. Ursprünglich wurde der Herrscher durch zustimmenden Beifall und Zuruf der versammelten Edelleute des Reiches zum Kaiser erhoben, also durch die weltliche Macht, und erst danach gekrönt. Leo III. jedoch setzte Karl zuerst die Krone auf und gab erst dann das Zeichen zum Zustimmungsjubel und zu den Lobgesängen. Die Welt musste auf diese Weise den Eindruck gewinnen, dass der kPapst den Kaiser machte und die Verleihung der Krone einem Geschenk der Kirche glich. Leo III. hatte damit einen Präzedenzfall den weltlichen Königen gegenüber geschaffen und wurde nicht zuletzt deswegen später heilig gesprochen.

Die Abenteuer von Bardo und seinen Gefährten sind frei erfunden. Einige Figuren sind historisch verbürgt, so zum Beispiel Heriburg, die Schwester des friesischen Mönchs Liudger, deren sterbliche Überreste in einem Eichenbaumsarg in der Kirche St. Martin zu Nottuln ruhen. Mein Bestreben war es, eine spannende Geschichte aus dem frühen Mittelalter zu erzählen und vielleicht Interesse an dieser Zeit zu wecken.

Nottuln, im Februar 2003 *Rolf Heinrich Lampe*

Dank

Ich danke meinem Freund Alexander Gerbold für seine unermüdliche Unterstützung bei der Suche nach Unmöglichem und Verborgenem;

Christel Steinmetz, der Cheflektorin des Emons Verlages, für ihr großes Vertrauen;

Marion Heister, meiner Lektorin, die mich wie immer sicher durch den Buchstabenwald und den Mikrokosmos eines Romans führte;

meinen Testlesern Monika Seewald aus Nienberge und Susanne Halstatt aus Detmold, sowie Thorsten Deilmann und seinem Bruder Holger aus Nottuln, die sich mutig meinen Texten aussetzten, sich kritisch damit auseinander setzten und mir schließlich so zusetzten, dass ich mich hinsetzen musste, um all die Fehler zu berichtigen, die mir unterlaufen waren;

und nicht zuletzt bedanke ich mich bei allen, die nicht genannt werden wollen, ohne die ich diese Geschichte jedoch nicht hätte schreiben können. Sie haben mir in einer besonders schweren Zeit während der Entstehung dieses Romans zur Seite gestanden.